dtv

Vom Glück, dem Zufall endlich einmal freie Hand zu geben …

Paul behält wahnsinnig gerne die Kontrolle. Flecken machen ihn nervös, und auch für schlechte Manieren hat er so gar kein Verständnis. Sein Leben und seine Beziehung zu Annika würden in wunderbar geraden Bahnen verlaufen – wäre da nicht ihre chaotische Schwester Jojo, die ihm oft den letzten Nerv raubt. Als Annika ihn bittet, kurz vor seinem 30. Geburtstag mit Jojo nach Paris zu fahren, um dort einen seltenen Kontrabass zu verkaufen, beginnt seine ganz persönliche Odyssee.

Katrin Einhorn, 1979 geboren, studierte Germanistik und Französisch und arbeitet als Lehrerin. Die Schlafzeiten ihrer Kinder nutzt sie, um ihre charmanten und witzigen Bücher zu schreiben. Katrin Einhorn lebt mit ihrer Familie in Trier. ›Paris für Anfänger‹ ist ihr vierter Roman bei dtv.

Katrin Einhorn

Paris für Anfänger

Roman

dtv

Ausführliche Informationen über unsere Autoren und Bücher
www.dtv.de

Von Katrin Einhorn
sind bei dtv außerdem erschienen:
Liebesköter (21499)
Hebammerich (21563)
Sand in Sicht (21669)

Originalausgabe 2018

Dieses Werk wurde vermittelt durch die
Literarische Agentur Thomas Schlück GmbH, Hannover
Umschlaggestaltung: Katharina Netolitzky/dtv
Gesetzt aus der Sabon LT Pro
Gesamtherstellung: Druckerei C.H.Beck, Nördlingen
Gedruckt auf säurefreiem, chlorfrei gebleichtem Papier
Printed in Germany · ISBN 978-3-423-21750-7

Für Eva

1.

»Du möchtest ein Hirschgeweih kaufen?« Paul hoffte, dass er sich verhört hatte, doch seine Freundin nickte begeistert.

»Es ist pink«, sagte er.

»Richtig.«

»Und es glitzert.«

»Ganz genau.«

»Du hast Holzmöbel.«

»Ja und?« Annika hob das Geweih wie einen Handspiegel in die Höhe. »Kontraste sind spannend, das sagst du doch selbst immer!« Sie grinste. »Oder was denkst du, warum ich ausgerechnet mit dir zusammen bin?«

Auf diese Frage gab es nur eine Antwort. »Weil niemand auf der Welt seinen Kaffee so stilvoll verschüttet wie ich.«

Annika lachte. Sie zog Paul oft damit auf, dass er nicht mal den Müllbeutel lieblos in die Tonne kloppen konnte, sondern mit einem eleganten Schwung an seinen Bestimmungsort beförderte. Er nahm ihr das nicht übel, im Gegenteil.

»Fünfzehn Euro«, sagte der bärtige Endfünfziger hinter dem Tapeziertisch. Paul nickte bloß. Er hatte es nicht so mit Flohmärkten. Ganz im Gegensatz zu seiner Freundin, die fast jedes Wochenende loszog, um Berge von Gebrauchtwaren zu durchforsten. Immerhin: Annika legte das Glitzergeweih wieder beiseite und zeigte auf zwei Manschettenknöpfe, die aussahen wie silberne Kaffeebohnen.

»Guck mal, die sind ja witzig!«

Paul zögerte. Bei der Arbeit und zu besonderen Anlässen trug er gerne mal Manschettenknöpfe. Normalerweise runde, ovale oder quadratische. Ab und an durfte es auch mal ein rauten- oder knotenförmiges Modell sein. Aber eine Kaffeebohne?

»Komm, die nehmen wir«, sagte Annika.

Paul drehte eins der Silberstücke in den Fingern. Die Beharrlichkeit seiner Freundin setzte ihn unter Druck. Ob sie nach einem Geschenk für ihn suchte? Ausgeschlossen war das nicht, denn in sieben Tagen wurde er dreißig.

»Gefallen sie dir?«, fragte Annika.

»Schon.« Paul legte die Kaffeebohne zurück. »Aber lieber würde ich noch ein bisschen weitergucken. Wer weiß, was noch kommt.«

»Auch wieder wahr. Wir haben noch lange nicht alles abgegrast.« Annika ließ ihren Blick über das Gelände wandern. »Ach, da hinten steht sie ja.« Sie deutete auf eine Menschentraube eine Reihe weiter nördlich. »Jojo!«

Die Angesprochene – oder vielmehr Angeschriene – schien sie nicht zu hören, denn sie schlenderte weiter zum nächsten Stand. Umso besser. Paul hatte kein Interesse an einem Treffen mit Annikas kleiner Schwester, würde das als höflicher Mensch jedoch nie zugeben.

Jojo war – es ließ sich nicht schönreden – eine Ikone des schlechten Stils. Sie trug nicht nur ausgelatschte Turnschuhe, sondern auch unförmige Kapuzenpullis, und sie färbte sich die Haare so unnatürlich orangerot, dass der Anblick in den Augen wehtat. Seit ihrem Schulabschluss arbeitete sie in einer Kneipe, in der die Gäste Erdnussschalen auf den Boden warfen. Sie wechselte ihre Männerbekanntschaften so häufig wie kultivierte Menschen die Zahnbürste, und sie verwendete Brachialbegriffe, die Paul nicht einmal kennen wollte.

»Ich geh mal eben Hallo sagen. Kaufst du mir das Geweih?« Annika drückte ihm zwei Geldscheine in die Hand. »Kannst ja noch ein bisschen handeln.«

»Mach ich.« Paul strich das zerknitterte Papier glatt und entschied sich noch in derselben Sekunde um. Feilschen war nicht sein Ding. Er musste doch die Vorarbeit des Verkäufers würdigen, der bestimmt viel Zeit in die Festsetzung der Preise investiert hatte. Mal abgesehen davon hatte er es einfach nicht drauf.

»Ein interessantes Geweih«, begann er.

»Zwanzig«, sagte der Verkäufer.

»Sagten Sie nicht eben fünfzehn?«

»Nein.«

»Also ... ich bin mir fast sicher ...«

»Da haben Sie sich wohl verhört.«

Paul zögerte. Da er über ein äußerst gutes Gehör und ein ebensolches Gedächtnis verfügte, lag der Verdacht nahe, dass der Bärtige seine Preise doch nicht aufwändig berechnete, sondern spontan aus der Situation heraus entwickelte. Oder dass er ihn über den Tisch ziehen wollte.

»Für zehn würde ich es kaufen«, sagte Paul. Der Bärtige sah ihn an, als hätte er mutwillig eine Spitze des Geweihs abgebrochen. »Neunzehn«, brummte er.

»Sechzehn?«

»Achtzehn. Mein letztes Angebot.«

»Siebzehn.«

»Einverstanden.«

Es hätte schlechter laufen können. Paul zahlte die gewünschte Summe mit Annikas Scheinen und seinem letzten Kleingeld. Sie und Jojo hatten sich inzwischen vor einem Stand mit Truhen, Bilderrahmen, Kaffeemühlen und Streichinstrumenten postiert. Annika strich mit der Fingerkuppe über eine tiefdunkle Holztruhe, während Jojo auf dem Korpus eines Kontrabasses herumklopfte. Ein Cello befand sich nicht unter den Ausstellungsstücken.

»Hey, Klippschliefer! Alles fit?« Wie gewohnt hielt Annikas Schwester es nicht für nötig, ihm bei der Begrüßung länger als eine Millisekunde in die Augen zu sehen. Paul bejahte die Frage und überreichte seiner Freundin das Geweih. »Ich habe es drei Euro runtergehandelt.« Er zog fünfzehn Euro aus seinem Portemonnaie. »Und ich möchte es dir gerne schenken.«

»Danke, nett von dir!« Annika zupfte eine Strähne zurecht, die ihrem sonnenblonden Zopf entwischt war. »Wer weiß? Vielleicht hängt es irgendwann ja sogar mal in unserer gemeinsamen Wohnung …?«

Paul rieb das Ziffernblatt seiner Uhr wie eine Wunderlampe. »Tja, wer weiß? Irgendwann, wenn … Du weißt schon.«

Ein Hauch von Enttäuschung zeichnete sich in Annikas Blick ab. War sie traurig, weil er den Gedanken nicht weiterspann? Sie wusste doch genau, wo das Problem lag! Oder zumindest grob.

»Klippschliefer, was ist der wert?« Jojo klopfte auf den Korpus des Kontrabasses, als würde sie um Einlass bitten.

»Ich spiele Cello«, murmelte er, während er Annikas Mienenspiel analysierte.

»Das ist doch dasselbe«, sagte Jojo.

»Genau. Wie Bier und Wein.« Paul diskutierte nicht gerne mit einer Frau, die in einer Punkband »sang« und Pink Floyd höchstens vom Hörensagen her kannte. Auch das Motiv ihrer Frage gefiel ihm nicht. Jojo besserte ihr Einkommen auf, indem sie Gebrauchtwaren günstig auf dem Flohmarkt einkaufte und überteuert im Internet verscherbelte. Ein nicht besonders sympathischer Nebenerwerb. Er wollte schleunigst das Thema wechseln oder noch lieber den Standort, doch seine Freundin sah ihn eindringlich an.

»Jetzt schätz doch mal«, forderte sie ihn auf.

Der gambenförmige Kontrabass hatte schon einige Jahrzehnte auf dem Buckel und bestand aus massivem Holz, das von Rissen und Lackschäden gezeichnet war. Paul spähte durch die beiden f-förmigen Schalllöcher in das Innere des Korpus. »Und?«, fragte Jojo.

»Schwer zu sagen.« Paul legte sich ungern fest. »Alt ist er, aber ob er wertvoll ist, kann nur ein Experte beurteilen.« Er dachte an Herrn Winkler, einen Bekannten seiner Eltern.

»Der wäre was für den Neffen von meinem Chef«, sagte Annika. »Der Monsieur handelt mit Antiquitäten. Als ich letztens in Paris auf dieser Möbelmesse war, hat er alle Mitarbeiter zu sich nach Hause eingeladen. Ohne Witz: Der Mann könnte ein Museum aufmachen.«

»Wisst ihr was? Ich kauf das Teil.« Entschlossen wandte sich Jojo an den Verkäufer, der von seiner Aufmachung her an einen abgehalfterten Zirkusdirektor erinnerte.

»Chef. Ein Hunni. Passt das?«

»Der kostet 250 Euro, junge Frau.«

»Nicht Ihr Ernst, oder?«

»Die Schnecke ist handgeschnitzt.«

»Aber das Ding ist halb verwurmt.« Jojo schob die Ärmel ihres Sweatshirts nach oben. Schweigen.

»230 Euro«, sagte der Verkäufer.

»What?!« Sie schüttelte den Kopf. »So wird das aber nichts mit uns, Amigo.«

Paul bemerkte aus den Augenwinkeln, wie sich vom Nachbarstand her ein ehemaliger Schüler des WBI Trier näherte. Der Enddreißiger hatte in dem Weiterbildungsinstitut vor gut einem Jahr ein Business-Knigge-Seminar unter seiner Leitung absolviert. Er trug ein nachtblaues Hemd mit Haikragen, was darauf hindeutete, dass er Pauls Kleidungstipps inzwischen verinnerlicht hatte.

»Da kommt eine Krawatte!«, raunte Annika.

»Bloß weg hier!« Paul zwickte seine Freundin dezent in die Seite, bevor er einen Schritt auf seinen Exschüler zu machte. »Wie geht's denn so?«, fragte er.

»Alles bestens.« Der Haikragenträger lächelte, wie es der Situation angemessen war: mit Augenkontakt und ohne Zahnfleisch zu entblößen. »Was macht Ihr Ratgeber?«

»Das sind ja Preise, meine Fresse!«, schimpfte Jojo, bevor Paul die Frage beantworten konnte. »Red du mal mit dem Typ.« Sie versetzte ihm mit ihrem Ellbogen einen

Seitenhieb. Der Blick des Haikragenträgers heftete sich an Jojo. Paul lächelte gequält. »Ich komme.« Er sah aus den Augenwinkeln, wie sein Exschüler schmunzelte.

»190 Euro«, erklärte der Verkäufer.

Jojo drehte sich zu ihm um. »Sagten Sie 160?«

»Mhm, na ja ...« Der Verkäufer räusperte sich. »Ja.«

»Deal!« Sie strahlte. »Das lief ja super, leck die –«

»Ich helfe dir tragen«, sagte Paul schnell, bevor sie mit einem weiteren Brachialbegriff aufwartete. Er verabschiedete sich von dem Haikragenträger, ohne näher darauf einzugehen, dass er mit dem Schreiben seines Stilratgebers noch immer nicht begonnen hatte. Warum eigentlich nicht? Seit Jahren träumte er schon davon, und er ging mit diesem Traum auch offen um, doch immer kam ihm irgendetwas anderes in die Quere. Er sollte das Projekt endlich angehen, und zwar so schnell wie möglich.

Paul hatte schon zahlreiche Celli transportiert, aber noch nie einen Kontrabass. Das Instrument war fast so groß wie er selbst, gefühlte fünfzig Kilo schwer und sperrig wie ein Konzertflügel. Ihn wie ein überdimensioniertes Tablett vor sich her zu tragen, war unmöglich. Ihn seitlich unterm Arm zu halten, ging gerade so. Noch bevor sie das Gelände verlassen hatten, bahnte sich eine Problemstellung den Weg in Pauls Bewusstsein: »Passt der überhaupt in dein Auto?« Jojo fuhr einen verbeulten Fiat Panda – ein wenig stilvoller Wagen, der gut zu ihr passte. Knallfrosch nannte sie das grün lackierte Gefährt, das sich auf der Fahrerseite nur dann schließen ließ, wenn man die Tür mit voller Wucht zuknallte. »Das hab ich verkauft«, sagte sie.

»Sehr vernünftig.«

»Deine Meinung.« Jojo klang trotzig.

»Willst du den Kontrabass zu mir bringen?«, fragte Annika.

»Nee, der kommt in den Proberaum. Es ist ja Samstag.«

»Zu Fuß?«, rief Paul.

»Ist doch ein schöner Tag.« Jojo zog sich die Kapuze ihres unförmigen Sweatshirts über den Kopf. »Du kannst ihn nachher auch gern mal testen, Klippschliefer.«

»Ich spiele Cello. Cello!« Paul atmete ganz bewusst ein und wieder aus, während er den Kontrabass durch das Tor des Messeplatzes schleppte. Ein mit Radios gefüllter Kinderwagen rumpelte ihm über den rechten Fuß.

»Und wenn du dein Cello zur Probe mitnimmst?« Annika klang viel zu begeistert. »Du hast mir ewig nichts vorgespielt.«

»Super Idee!« Jojo rückte einen silbernen Anhänger zurecht, den sie an einem Lederband um den Hals trug. Paul musste husten, wobei er sich aufgrund seiner Last nicht mal eine Hand vor den Mund halten konnte.

»Ich übe im Moment die Songs von der ›Dark Side of the Moon‹«, krächzte er. »Pink Floyd.«

»Macht ja nichts.« Annika strich ihm über die Schulter, während er sich mit dem Kontrabass über die Straße quälte. »Na los, sag ja. Sei doch endlich mal spontan.«

»Man kann nicht auf Befehl spontan sein.«

»Ich befehle dir nichts, ich wünsche mir nur etwas.«

»Die machen musikalisch etwas völlig anderes.«

»Ein Stilmix ist immer interessant. Deine Worte!«

»Ich passe nicht zu denen.«

»Es ist doch nur mal so zum Spaß.«

»Spaß.« Dass er diese Gemütsregung in Gegenwart von fünf Punk-Sympathisanten empfinden würde, hielt Paul für ausgeschlossen. Er wusste, was ihn erwartete, er hatte schließlich einen Bruder. Der hatte zwar nichts mit Punk am Hut, aber mit zwielichtigen Menschen, die ihre Freizeit in muffigen Kellern verbrachten. Das war nicht seine Welt.

Annika sah die Sache anders. »Ja, Spaß!«, rief sie. »Das wird lustig. Außerdem wäre es endlich mal was anderes. Komm schon, lass uns wenigstens zum Zuhören hingehen.«

Paul stoppte an einer roten Fußgängerampel. »Aber ich kenne die alle überhaupt nicht«, wandte er ein.

»Dann lernst du sie eben kennen. Außerdem kennst du mich. Und Jojo. Ihren neuen Freund wollte ich dir sowieso längst vorstellen.«

Paul zögerte kurz, dann nickte er. »Also gut. Wenn es dir so wichtig ist ...« Er hatte keine Lust auf die Bandprobe, aber Annika vor den Kopf zu stoßen, war keine Option. Die Ampel sprang auf Grün. Er wollte seinen Weg gerade fortsetzen, als ihm ein Radfahrer entgegenkam, dem er nur durch einen Sidestep ausweichen konnte. Wie durch ein Wunder blieb der Kontrabass unversehrt. Auch das Gleichgewicht hatte Paul gehalten. Nur seine innere Balance, die war ihm abhandengekommen. Und das aus gutem Grund.

2.

Paul marschierte die Metalltreppe hinab, die zu dem Kellerraum der ehemaligen Kerzenfabrik führte. Diesmal nicht – wie gut eine Stunde zuvor – mit Jojos Kontrabass, sondern mit einer Tragetasche im Gepäck. Als er die ersten verzerrten Gitarrenriffs vernahm, spürte er ein mulmiges Gefühl in der Magengegend.

An der dunkelgrauen Eisentür, die zu dem Proberaum führte, prangte ein Zettel. Im Zentrum: der Bandname »Rabbizz«. Rechts darunter: ein liederlich gezeichneter weißer Hase. Paul zögerte, dann drückte er die Klinke hinunter.

Muffig roch es in der Kammer, in der nicht nur diverse Instrumente, Lautsprecher und Elektrogeräte herumstanden, sondern auch ein fünfstöckiger Stapel Bierkästen. Drei männliche Gestalten. Einer der Typen hatte eine E-Gitarre umgeschnallt, ein anderer hockte hinter dem Schlagzeug und der dritte schloss einen Bass an einen Verstärker an. Annika belegte den einzigen Stuhl, und Jojo – ganz die Thekenkraft – nahm gerade eine leere Flasche von ihrem Schlagzeuger-Freund entgegen.

»Hallo.« Paul machte einen Schritt auf den Gitarristen zu und wollte ihm die Hand reichen, entschied sich jedoch im letzten Moment für ein freundliches Kopfnicken.

»Hi. Ich bin Steffen. Gib mal die Schnur da.« Der Angesprochene deutete vage in Richtung eines Entfeuchtungsgeräts.

»Welche Schnur?«

»Ich brauch 'nen Kanister voll Strom.«

»Einen Kanister?« Bevor er die Metapher entschlüsseln konnte, hatte der Bassist schon ein Kabel vom Boden aufgehoben und weitergereicht. Paul dachte an Knigge. Wie hatte er doch gleich gesagt? *»Lerne den Ton der Gesellschaft anzunehmen, in der du dich befindest.«*

»Ich dachte, Strom gäbe es nur aus Fässern«, sagte er, bevor er seine Freundin umarmte, die anderen Musiker begrüßte und sein Gastgeschenk überreichte.

Paul brachte zu einem Treffen grundsätzlich etwas mit. Er war ein höflicher Mensch, und Höflichkeit stellte neben Respekt, Ehrlichkeit, Toleranz, Hilfsbereitschaft, Fairness und Verlässlichkeit einen der sieben Werte dar, die er in seinem Stilratgeber ausführlich erläutern würde. Als Mitbringsel wählte er meistens eine Flasche Wein, in diesem Rahmen waren ihm Bier und Chips jedoch passender erschienen, und damit hatte er richtig gelegen. Beides wurde mit großem Hallo begrüßt und machte gleich die Runde.

»Willst du auch eins, Klippschliefer?«, fragte Jojo, nachdem sie eine Flasche mit einem Feuerzeug geöffnet hatte. Paul, der eine Schwäche für norditalienische Rotweine hatte, schüttelte den Kopf. Annika setzte sich auf einen umgedrehten Getränkekasten und deutete auf den Stuhl.

»Nein, der ist für dich«, sagte Paul.

»Passt schon. Danke, Panther.«

»Okay, wie du meinst.« Er setzte sich. Annika war eigentlich nicht der Typ für Getränkekästen. In ihrem Wohnzimmer standen pastellblaue Cocktail-Sessel, in ihrer Küche Vintage-Stühle aus abgewetztem Treibholz mit bedruckten Leinenkissen. Aber egal – Hauptsache, sie fühlte sich wohl.

Die Musik, die Sekunden später durch den Kellerraum fegte, zeichnete sich – wie erwartet – durch überaus simple Strukturen aus. Der Gitarrist schrubbte immer dieselben drei Akkorde und der Schlagzeuger hatte nichts Besseres im Sinn, als uninspiriert auf seinen Trommeln herumzuknüppeln. Wieder einmal wurde Paul bewusst, wie sehr er Pink Floyd liebte. Oder Porcupine Tree. Wenn er nur an ›Blackest Eyes‹ dachte … Die Taktwechsel im Intro, das scheinbar rhythmische Durcheinander, das durch das Gitarrenriff melodisch zusammengehalten wurde; dann der geniale Kontrast zwischen den Lyrics der Strophe, die von Aggressionen handelte, und ihrer Melodie, die so sanft dahinsäuselte, als ginge es um Frühlingsblumen …

»Fang!«, rief Jojo, nachdem die erste Schlacht geschlagen war, und im selben Moment flog ihm auch schon ein gelbes Plastik-Ei entgegen. Annika bekam ein rotes. Eggshaker. Mit Granulat gefüllte Schütteleier, deren Rasseln in einer Bibliothek sicher wunderbar zur Geltung käme.

»Kann man die an den Verstärker anschließen?« Paul tat, als würde er nach einem Kabel suchen, was der Gitarrist unheimlich witzig fand.

»Wir spielen jetzt was Ruhiges«, erklärte Jojo. »›Alice‹ heißt der Song.« Paul schüttelte das Instrument direkt neben seinem rechten Ohr. Er wollte kein Granulat-Ei in den Song einbauen. Dann doch lieber sein Cello, aber das stand zu Hause.

»Die Dinger bringen es nicht«, brummte der Schlagzeuger, der sich an dem Kontrabass vorbei zu den Bierkästen quetschte. »Genauso wenig wie dieses Teil hier.« Er musterte das Instrument wie eine Frau, die ihm gar nicht gefiel.

»Klar bringt das was«, sagte Jojo. »Mir bringt es Geld, und jemand anderes wird Musik damit machen.«

»Hast ja recht.« Ihr Freund klang, als hätte er drei Nächte durchgeraucht. »Und ein super Müllschlucker ist es noch dazu, was haben wir ein Glück!« Er tat, als wollte er den Kronkorken durch das rechte Schallloch in den Korpus des Kontrabasses werfen.

»Hey, untersteh dich«, sagte Jojo, die gerade eine Handvoll Chips in sich hineinstopfte.

»Wieso? Was passiert, wenn ich loslasse?«

»Dann schläfst du heute Nacht woanders, Amigo.« Ihre Stimme klang nicht nur krümelig, sondern auch zornig. Paul erhob sich schnell, um die Situation zu entschärfen, stieß dabei jedoch gegen das Reibeisen, das noch immer vor dem Kontrabass stand, ins Straucheln geriet, sich im letzten Moment fing – und den Kronkorken losließ! Klackernd landete das Teil im Inneren des Instruments. Jojo riss ihre schwarzumrandeten Augen auf. »Hey, spinnt ihr? Den will ich verkaufen!«

»Er hat mich geschubst.« Das Reibeisen zeigte auf Paul.

»Aber doch nicht mit Absicht.«

»Trotzdem.«

»Du hast mit dem Blödsinn angefangen«, sagte Jojo. »Also guck, dass du das Ding wieder rauskriegst!«

»Nö. Seh ich gar nicht ein.« Das Reibeisen schlappte zurück zu seinem Schlagzeug.

»Ich mache das«, bot Paul an. »Probt ihr ruhig weiter.« Annika half ihm dabei, den Kontrabass hinaus in den Flur zu tragen. Direkt vor dem Raum war es zu eng und außerdem zu dunkel, deshalb schleppten sie das Instrument ein Stockwerk höher. Hier war der Gang hell, breit, allerdings auch extrem schmutzig. Überall standen Plastikwannen voller Bauschutt, und von den Wänden bröckelte der Putz. »Was für eine Bruchbude«, murmelte Paul.

»Die bauen um. Hier soll ein Fotoatelier reinkommen, glaube ich. Oder war es ein Nagelstudio?«

»Da muss aber erst mal ordentlich saniert werden.«

»Machen die doch schon. Guck mal, wie schön das aussieht!«

Paul warf einen Blick in den türlosen Raum zu seiner Rechten. Plastikrohre an der Decke, dazu tausend Kabel, eine versiffte Klinkerwand, zwei Schubkarren voller Steine und Staub auf nacktem Beton ... Na ja, so war Annika. Sie erahnte Schätze, wo jeder andere nur Unrat sah. Deshalb war sie auf Flohmärkten auch immer so erfolgreich.

Wobei Paul ihre Begeisterung in diesem Fall leider nur bedingt nachvollziehen konnte. Das einzig Erträgliche in diesem raumgewordenen Schutthaufen war der Ausblick auf einen Hinterhof, der von einem Mirabellenbaum beschattet wurde. »Oh, lecker!«, rief Annika, die die sonnengelben Früchte ebenfalls entdeckt hatte. »Da kriege ich gleich Hunger. Du nicht auch?«

»Da ist ein Zaun. Außerdem haben wir zu tun.« Paul

drehte sich um und deutete auf den Kontrabass, den er in einer nahezu staubfreien Zone abgestellt hatte. »Stimmt ja.« Annika nickte. »Also ran an den Deckel.« Sie knuffte ihm in die Seite. »Jojos Freund ist schon ein bisschen asi, oder?«

»Da sagst du was.« Paul richtete sich auf. »Ich hätte dieses Ding viel eleganter in das Loch geworfen.«

»Nachdem du wie eine Gazelle von deinem Stuhl aufgesprungen bist.« Sie grinste. »Oder wie hieß doch gleich das Tier mit dem Rüssel?«

»Gelernt ist eben gelernt!« Paul lächelte, während er gemeinsam mit Annika den Kontrabass umdrehte. Der Kronkorken rutschte von rechts nach links, fand jedoch nicht wie von Zauberhand den Weg durch das Schallloch.

»Das haben wir gleich.« Annika stellte das Instrument ab und machte sich auf den Weg in den Proberaum, um sich zwei leere Getränkekisten zu schnappen. Paul folgte ihrem Beispiel.

Zurück im Erdgeschoss bedeckte er den ersten Kistenstapel mit seiner Jacke und den zweiten mit einem Handtuch, das er auf einer Plastikwanne entdeckt hatte. Gemeinsam betteten sie das Instrument auf die beiden Stützen und schüttelten es sanft, bis der Kronkorken genau auf einem der Schalllöcher lag. Paul schob drei Steinklumpen mit den Füßen beiseite und legte sich wie ein Automechaniker unter das Instrument. Der Betonboden war nicht nur schmutzig, sondern auch eiskalt. Fröstelnd stocherte er mit seinem Haustürschlüssel in dem Kontrabass herum. Staub kitzelte in seiner Nase. Ein Dutzend Mal erwischte er den Kronkorken beinahe, ein Dutzend Mal entwischte er ihm wieder, bis er schließlich viel zu weit von dem Schallloch entfernt lag.

Annika kippte das Instrument ein Stück zur Seite, und der Verschluss rutschte wieder zu dem Loch.

Auf einmal entdeckte Paul ein Stückchen Papier. Noch mehr Müll? Der Versuch, mit seinem Handy in den Korpus zu leuchten, brachte ihn nicht weiter. Erst beim achten Versuch erwischte er das kleine Etikett. Er kroch unter dem Instrument hervor.

Was war das?

3.

Paul sah sich zufrieden um. Kein Lachsrest krustete mehr an seinem Esstisch, die sandfarbene Couch war fleckenfrei und die Fotografien von New York und San Francisco glänzten in der Abendsonne. Käse und Oliven standen bereit, sein Gast konnte kommen. Sieben Minuten vor der vereinbarten Zeit klingelte es an der Tür.

»Heyho. Schlüssel vergessen.« Kai drängte sich in den Flur, wo er ungelenk aus seinen Turnschuhen herausschlappte.

»Was machst du hier?«, fragte Paul irritiert.

»Ja, was wohl?« Kai grinste. »Zocken. Fernsehen. Was futtern. Duschen. Pennen.«

»Wolltest du nicht zu diesem Turnier?« Paul sprach das Wort »Turnier« ganz neutral aus, auch wenn er der Meinung war, dass Flippern keine Beschäftigung war, die sich mit einem sportlichen Wettkampf gleichsetzen ließ.

»Fällt aus. Chucky ist pleite.«

»Och nee!« Pauls Ausruf bezog sich weniger auf die finanziellen Probleme des Veranstalters als vielmehr auf die Konsequenzen, die der Ausfall dieses Events mit sich brachte. »Und was machst du jetzt?«

»Hab ich doch gesagt.« Kai warf seine Jeans über eine Stuhllehne und nahm im Schneidersitz auf dem Sofa

Platz. »Zocken. Fernsehen. Was futtern. Duschen. Pennen.«

Pauls Blick schnellte von den froschgrünen Boxershorts seines Bruders zu seiner Armbanduhr.

»Herr Winkler kommt zu Besuch«, sagte er.

»Ist ja super.«

»Es wäre nett, wenn du deine Hose wieder anziehen könntest.«

»Geht in Ordnung.« Kai grinste, während Paul innerlich in Aufruhr geriet. Herr Winkler war nicht gerade als coole Socke bekannt. Schon Menschen, die Krawatte zum Button-Down-Hemd trugen, machten den Gutachter nervös – so hatte ihr Vater neulich gewitzelt. Ihn mit einem Mittzwanziger in Unterwäsche konfrontieren? Undenkbar.

Zum Glück zeigte Kai sich kooperativ: Er stopfte sich eine Olive in den Mund und verschwand in seinem Zimmer. Paul warf ihm die liegen gebliebene Jeans hinterher. Kaum hatte er die Temperatur des Weins geprüft, klingelte es auch schon an der Tür.

Herr Winkler war für seine Verhältnisse leger gekleidet: Anstelle eines Zweireihers trug er ein anthrazitfarbenes Zweiknopfsakko und eine Krawatte, die mit einem einfachen Four-in-Hand-Knoten gebunden war. Paul schätzte diesen Stil nicht sonderlich, auch wenn er in seinen Knigge-Seminaren ähnlich herumlaufen musste. Nichts gegen ein schickes Hemd, wenn es zum Anlass passte, nichts gegen Manschettenknöpfe – aber immer und überall in Anzug und Krawatte aufzutreten, war übertrieben.

»Schön, dich zu sehen, Paul«, sagte Herr Winkler,

während sie sich die Hände schüttelten. »Und, was macht der Papa?«

Er hatte tatsächlich ›Papa‹ gesagt. Als sei Paul nicht neunundzwanzig, sondern neun.

»Dem geht es gut.« Paul unterdrückte ein gequältes Lächeln und bot seinem Gast einen Wein an. Er liebte die komplexen Aromen des Barolo Sarmassa. Kirschen, Heidelbeeren, Brombeeren, Zwetschgen und Waldhimbeeren – ein Geschmack wie ein Waldspaziergang im Spätsommer. Nachdem sie angestoßen hatten, richtete er südfranzösische Grüße aus, erkundigte sich nach Herrn Winklers Wohlbefinden und nach der Arbeit. Der letzte Punkt war für ihn von besonderer Bedeutung, bot sich bei der Gelegenheit doch die Möglichkeit, elegant zu seinem Anliegen überzuleiten.

»Ein interessantes Stück«, sagte Herr Winkler, als Paul – so, wie er es Annika versprochen hatte – nach Jojos Kontrabass fragte. »Edler Klang, eine gute Ansprache. Und was den sogenannten Zettel anbelangt …«

Ein Rumpeln im Flur unterbrach die Ausführungen des Experten. Dem Rumpeln folgte ein Knall, der sich anhörte, als sei ein Rollschuhfahrer mit voller Wucht gegen die Flurkommode geprallt.

»Ist er echt?«, fragte Paul, ohne auf die Störgeräusche einzugehen. »Der Zettel ist –«, begann Herr Winkler, wurde jedoch zum zweiten Mal durch ein Rumpeln aus dem Konzept gebracht. »Was war das?«, fragte er.

»Sie kennen sicher noch Kai …« Paul zog sein dunkelgraues Hemd zurecht, das er – anders als Herr Winkler – lässig über der Hose trug.

»Natürlich.« Die Gesichtszüge seines Besuchers entspannten sich. Noch bevor er seinen Gedanken wieder aufgreifen konnte, rumpelte es zum dritten Mal im Flur. Paul entschuldigte sich und öffnete die Tür.

»Was machst du denn?«, fragte er schroff.

»Üben.« Kai grinste zu ihm hinauf.

»Ich habe Besuch«, raunte Paul.

»Macht ja nichts.«

»Was ist denn ...« Herr Winkler, der Paul mit seinem Weinglas in der Hand gefolgt war, brach unvermittelt ab und begann zu husten. Die rubinrote Flüssigkeit wogte in seinem Glas wie ein Ozean bei ordentlichem Seegang. Kein Wunder. Ein Mittzwanziger auf einem Kinderroller – welch ein Anblick! Immerhin hatte Kai eine Hose angezogen. Seine Wahl ließ zu wünschen übrig. Wie hatte Karl Lagerfeld so schön gesagt? *»Wer eine Jogginghose trägt, hat die Kontrolle über sein Leben verloren.«* Eine Weisheit, die auf Kai hundertprozentig zutraf.

»Du bist zu laut«, bemerkte Paul.

»Ja, schon gut.« Kai erhob sich, packte das Gefährt und trollte sich. »Ciao ciao.« Er nickte Herrn Winkler zu, bevor die Zimmertür hinter ihm ins Schloss knallte. Erst jetzt fiel Paul auf, dass er seinem Bruder nicht mal die Gelegenheit gegeben hatte, den Gast zu begrüßen. Na ja, das hätte Kai ja auch von sich aus machen können. Herr Winkler schien sich an dieser Nachlässigkeit ohnehin nicht zu stören. »Kai habe ich ewig nicht gesehen.« Er strich über seine Krawatte. »Er hat sich ... entwickelt.«

»Er veröffentlicht Videos. Im Internet. Warum auch immer.« Paul schluckte. Dass sein Bruder auf Dreirädern, in Einkaufswägen, auf Schaukelpferden oder

Skateboards durch eine Waschstraße fuhr und dabei Autotipps zum Besten gab, war so verrückt, dass schon der Gedanke daran schmerzte. Kai machte sich vor der ganzen Welt lächerlich – und hatte auch noch Spaß dabei! Es war bitter. Fast so bitter wie sein Glücks-Cookie.

Paul hatte die Theorie entwickelt, dass jeder Mensch über einen ganz persönlichen Glückscode verfügte – eine Idee, die er in seinem Ratgeber unter dem Namen »Cookie-Konzept« vorstellen würde. Sein eigener Cookie war mit genau fünf Schokostücken versehen. Was machte ihn glücklich? In erster Linie seine Freundin Annika. Das wichtigste aller Schokostücke, das Zentrum des Kekses. Um ihn herum gruppierten sich vier weitere Komponenten des Glücks: Cello spielen, Pink Floyd hören, Riesenkrevetten essen und Mountainbike fahren. Mehr brauchte er nicht, um glücklich zu sein. Gelegentlich ersetzte er Pink Floyd durch Rush oder Porcupine Tree und die Riesencrevetten durch eine Languste, aber die Grundkomponenten blieben gleich.

Annikas Glücks-Cookie wartete ebenfalls mit exquisiten Schokostücken auf. Das Schokoladenherz bildete – so hoffte Paul zumindest – er selbst. Ansonsten liebte sie es, alte Möbel zu restaurieren, neue Möbel zu entwerfen und ihre Wohnung umzugestalten. Sie hegte eine große Leidenschaft für Flohmärkte und ging wie Paul sehr gerne essen.

Und wofür begeisterte sich Kai? Flipper, Bier und YouTube. Paul sah in Gedanken taktvoll von einer Wertung ab.

Zu seiner Erleichterung erfragte Herr Winkler keine Details hinsichtlich des Rollers, sondern kehrte ohne

Umwege zu seinem Sitzplatz und ihrem Ausgangsthema zurück. Einen baugleichen Kontrabass, erzählte er, habe er wenige Wochen zuvor bei einer Aufführung der ›Aida‹ in Luxemburg gesehen. Das Modell weise zwar keine Reparaturen und deutlich weniger Gebrauchsspuren auf, stamme jedoch aus derselben Werkstatt und habe klanglich überzeugt.

»Der Zettel ist also echt?«, fragte Paul.

»Ich habe Expertisen zu Instrumenten aus demselben Hause.«

Herr Winkler sah sich suchend um. Paul sprang auf, um in den Flur zu eilen, wo er die Aktentasche seines Gastes zuletzt gesehen hatte.

Jenseits des Wohnzimmers empfing ihn eine unangenehm vertraute Geräuschkulisse. »Judgement day«, tönte es gedämpft – aber nicht gedämpft genug – aus Kais Zimmer. Geklacker. Gebimmel. »Jackpot!« Noch mehr Geklacker. Noch mehr Gebimmel. »Fire at will!« Das Geklacker steigerte sich ebenso wie das Gebimmel und mündete in einen heiseren Freudenschrei.

»Ein lebhafter Mensch«, sagte Herr Winkler, der ihm gefolgt war. Paul nickte bloß. Über seinen Bruder sprach er nur ungern, dabei lebte er nun schon über sieben Jahre in dieser ungewöhnlichen Wohngemeinschaft. Seit ihre Eltern nach Südfrankreich gezogen und den beiden Brüdern das kleine Stadthaus mietfrei überlassen hatten. Ihre einzige Bedingung: Das Anwesen sollte in Schuss gehalten werden. Eine Aufgabe, die Kai unmöglich alleine meistern konnte.

Herr Winkler suchte das Bad auf, und Paul nutzte die Gelegenheit, um nach seinem Bruder zu sehen. Kai fixierte wie gebannt die Spielfläche seines Flipperautomaten.

»Herr Winkler ist immer noch da«, sagte Paul.

»Schön.« Kai drückte den rechten Knopf des Flippers, woraufhin seine Kugel quer durch den Automaten schoss.

»Man hört den Flipper.«

»Dann mach die Tür zu.« Er schlug mit der linken Handfläche gegen das Gehäuse.

»Das reicht nicht.«

»Na los. Komm schon!« Kai hämmerte immer fester gegen den Automaten, kämpfte mit einer festgeklemmten Kugel.

»Jetzt hör doch mal«, sagte Paul energisch. »Es ist unhöflich, einen Gast …«

»Spinnst du? Ich knack gleich den Highscore!«

Kai hieb mit der Faust gegen die Kiste. Seine Kugel verschwand im Korpus des Flippers, die Worte »Game over« erschienen auf dem Display.

»Na ganz toll.« Kai verschränkte die Arme.

»Hast du mitbekommen, was ich gesagt habe?«

»Ja doch.« Sein Bruder warf sich auf das ungemachte Bett und stellte den Fernseher an. Auf Sender Nummer eins liefen Nachrichten. Kai schaltete mitten im Satz um, was Paul irgendwie unhöflich fand – auch wenn der Sprecher natürlich nicht mitbekam, dass er abgewürgt wurde. Auf Sender Nummer zwei lief eine Serie einfachster Machart, die sofort Kais Aufmerksamkeit fesselte. Paul hörte die Lachkonserven und unterdrückte ein Seufzen. »Hast du dir inzwischen mal ›Memento‹ angesehen?«, fragte er.

»Diesen komischen Film?«

»Diesen sehr guten Film.«

»Nur den Anfang.« Kai winkte ab. »Ich hab das nicht gerafft mit dem Schwarz-Weiß.«

»Die Struktur sorgt für Desorientierung. Dass dich das verwirrt, ist gewollt.«

»Kann ich nix mit anfangen.«

»Aber das ist genial gemacht!« Paul liebte den Film mit den beiden Handlungssträngen, einer in Schwarz-Weiß, der andere in Farbe. Der eine wurde chronologisch erzählt, der andere vom Ende her. Jedes einzelne Tattoo der Hauptfigur könnte er ausdeuten, doch er hielt sich zurück. Sein Bruder war kein Theoretiker. Bei Gelegenheit würde er noch mal einen gemeinsamen Movie-Abend anberaumen, um ihm diesen wunderbar komplexen Film über den Mann ohne Kurzzeitgedächtnis näherzubringen. Ein stilistisches Kunstwerk, das Kai vor lauter Flippern und YouTube bisher entgangen war. Bevor Paul mit einem Terminvorschlag aufwarten konnte, schaltete Kai den Fernseher auch schon wieder aus. »Ich geh einkaufen«, sagte er. »Brauchst du noch was?«

»Eine Milch, wenn's geht.«

»Oder Bier? Am Samstag steigt doch deine Party.«

»Danke, aber das erledige ich am Freitag. Außerdem trinken die meisten Gäste lieber Wein.« Paul hörte das Rauschen der Toilettenspülung und machte sich schleunigst auf den Rückweg ins Wohnzimmer.

»Warum feierst du eigentlich nicht im Wash Up?«, rief ihm Kai hinterher. »Das ist eine super Location! Chucky hat auch schon überlegt, ob er bei uns 'ne Party schmeißt.«

»Ich kann doch meine Freunde nicht in eine Waschstraße einladen.« Kopfschüttelnd schloss Paul die Zimmertür. Die Dielen knarzten unter seinen Füßen.

Herr Winkler hatte es sich inzwischen wieder auf dem Sofa gemütlich gemacht. Neben ihm stand seine Aktentasche und in den Händen hielt er eine anthrazitfarbene Mappe, die mit der Farbe seines Anzugs harmonierte.

»Also, was den Zettel anbelangt …« Er blätterte sich an diversen Expertisen vorbei. »Ja, er ist echt. Mit einer Wahrscheinlichkeit von 97 Prozent.« Er deutete auf die Fotografie eines nahezu identischen Etiketts.

Paul nickte erfreut. »Haben Sie eine Werteinschätzung vorgenommen?«, fragte er, so wie Annika ihn gebeten hatte.

»Selbstverständlich.« Herr Winkler blätterte nun zur letzten Seite seiner Mappe. »Für diesen Ernesto Giusto würde ich folgenden Preis veranschlagen.« Mit seinem goldenen Kugelschreiber trug er eine Zahl auf einem Vordruck ein, dann überreichte er ihm feierlich das Zertifikat.

4.

Zwei Tage nach Herrn Winklers Besuch wachte Paul mit einem breiten Lächeln auf. Es war Freitag, die Sonne schien, er hatte frei und lag horizontal ausgerichtet im Bett seiner Freundin. Idealer konnten die Rahmenbedingungen kaum sein. Schläfrig bewegte er eine Hand nach links – und stutzte. Annikas Decke fühlte sich an, als hätte sie ihre Seite bereits Stunden zuvor verlassen. In der Küche stand eine halb leere Tasse Kaffee, deren Restinhalt bloß Zimmertemperatur hatte. Ein Blick aus dem Küchenfenster: Kein Tiguan mehr in Sicht.

Paul setzte sich mit einem Kaffee an den kerbenreichen Küchentisch. Direkt unter das Glitzergeweih vom Flohmarkt, das weder zu ihrer hellblauen Vintage-Kommode noch zu den Stühlen aus abgewetztem Treibholz passte. Er hatte sich noch immer nicht an den Anblick gewöhnt – aber egal. Wenn es ihr gefiel …

Paul streckte seine Beine aus. Immerhin hatte Annika die Zeit gefunden, einen Fleck für ihn zu hinterlassen. Lächelnd nahm er das Papier an sich. Paul und Annika ließen ihren Kaffee entgegen allen Konventionen grundsätzlich über den Rand schwappen. Früher geschah das bei Paul unabsichtlich, weil er immer extrem viel Milch und noch mehr Milchschaum in seine Tassen füllte, heute steckte pure Absicht dahinter.

Annika hatte sich kurz nach Beginn ihrer Beziehung so sehr über einen eingetrockneten Kaffeefleck amüsiert, den Paul während eines Telefonats gedankenverloren mit einem Gesicht und einem Hut verziert hatte, dass er am selben Tag die Tradition der Fleckengrüße gründete: Wann immer einer der beiden dem anderen eine Nachricht hinterlassen wollte, löffelte oder schwappte er etwas Kaffee auf ein Stück Papier. Sobald der Fleck getrocknet war, wurde er mit einem Gesicht, Armen, Beinen und oft auch einer Sprechblase versehen. Dass Annika den Fleck des Tages nicht weiter ausgestaltet hatte, deutete darauf hin, dass sie in Eile gewesen war. Als Angestellte des Möbeldesign-Labels Mobilis war sie immer schwer im Stress. Paul nahm einen Kugelschreiber und stattete den Fleck mit Armen, Beinen, einer Sonnenbrille und einem Skateboard aus. Wie so oft fühlte er sich bei dieser Tätigkeit verrucht, rebellisch, aber irgendwie gut.

Zumindest so lange, bis sein Werk beendet war, denn dann kam ihm plötzlich der Aufgabenberg in den Sinn, der heute noch vor ihm lag. Er hatte am nächsten Tag Geburtstag, und seine To-do-Liste war bis zum Bersten gefüllt. Hätte er sich nicht extra freigenommen, würde er ordentlich ins Schwitzen kommen.

Eine Aufgabe gab es, für die er noch nicht mal seinen Platz an Annikas Küchentisch verlassen musste. Eine Aufgabe, die er schon seit zwei Jahren auf jede imaginäre Liste setzte, ohne sie je abzuhaken. Heute, an seinem letzten Tag in den Zwanzigern, musste er es schaffen, wenigstens einen Startpunkt zu setzen. Also los!

Paul nahm ein frisches Notizblatt zur Hand und suchte einen Kugelschreiber.

»Adolph Franz Friedrich Ludwig Freiherr von Knigge (1752–1796) war ein Vertreter der Aufklärung.«

Er las sich die Worte durch und strich sie wieder. Spannend klang anders, und ein Geschichtsbuch wollte er nun wirklich nicht schreiben.

Nächster Versuch:

»Vier Stilkategorien regieren die Welt. Zu welcher Kategorie zählen Sie?«

Paul zögerte, dann strich er auch diesen Satz durch und schrieb einen neuen. Ein Zitat. Zitate kamen immer gut.

»›Stil ist die Kleidung der Gedanken‹, sagte einst Lord Stanhope. Wie Sie Ihre Gedanken aus den löchrigen Trainingshosen herausbekommen, verrät Ihnen dieser Ratgeber.«

Paul nickte. Na bitte, das klang doch schon mal vielversprechend! Und jetzt? Sollte er direkt zum Cookie-Konzept überleiten? Das Popcorn-Prinzip erklären oder die Donut-Formel? Mit der Tür ins Haus zu fallen, erschien ihm eigentlich nicht sehr sinnvoll. Aber was dann? Er überlegte eine ganze Weile, doch ein zündender Gedanke wollte ihm partout nicht in den Sinn kommen.

Auch an den ersten Sätzen seines Vorworts begann er zu zweifeln. Sämtliche Theorien wollte er mithilfe von Süßigkeiten und Desserts veranschaulichen. Der Titel, der ihm vorschwebte, lautete passend dazu: *»Taste of*

Style. Der Geschmack des Stils«. Der Untertitel: *»33 unschlagbare Rezepte zum Umgang mit Menschen«*. Musste das Vorwort dieses Leitmotiv nicht aufgreifen? Eigentlich schon. Der Ratgeber sollte schließlich eine runde Sache werden. Da konnte er doch nicht mit löchrigen Trainingshosen um die Ecke kommen! Nein, er würde die Sache noch einmal überdenken müssen ...

Nachdem Paul das Blatt in einer Schublade verstaut hatte, führte ihn sein Weg zunächst unter die Dusche und dann zu Annikas Kleiderschrank. Fünf Kleiderbügel waren für ihn reserviert. Drei Hemden hingen dort, ein T-Shirt und eine Jeans, die am Knie bald reißen würde. Die sandfarbene Arbeitshose vom Vortag sah zum Glück noch passabel aus und hielt auch dem Geruchstest stand. Dazu passte ein dunkelgraues Businesshemd, da das einzige T-Shirt mit einem Fleck aufwartete, der beim Waschen wohl nicht rausgegangen war. Ärgerlich. Oder auch nicht. Paul trug selten T-Shirts. Die Narbe an seinem linken Ellbogen verbarg er – wenn es nicht allzu heiß war – lieber unter einem langen Ärmel. Narben hatten keinen Stil. Zur Feier des letzten Tages in den Zwanzigern befestigte Paul noch zwei Manschettenknöpfe an seinem Hemd, dann war er fertig.

Teil zwei des Aufgabenberges lautete: einkaufen. Riesenkrevetten, Black-Angus-Filet, Fingermöhren, Bonnotte-Kartoffeln und ein halber Kräutergarten. Da Paul sein Menü von langer Hand geplant und die wichtigsten Zutaten bei den Händlern seines Vertrauens vorbestellt hatte, ging der Einkauf erfreulich schnell über die Bühne. Ein kurzer Abstecher zum heimischen Kühlschrank, dann standen die Getränke auf dem Programm. Für sich, für seine Feier und auch für Annika, der er das Tragen schwerer Kästen grundsätzlich nicht zumutete.

Als er eine halbe Stunde später mit einer Kiste Mineralwasser vor ihrer Wohnungstür stand, stellte er fest, dass er den Schlüssel nur einmal umdrehen musste. Merkwürdig.

»Hast du was vergessen?« Um ein Haar wäre er mit der Getränkekiste gegen den Kontrabass gestoßen, der im Flur an der Wand lehnte.

»Nein, mein Hase.« Jojo kam ihm grinsend mit einem Bettlaken entgegen.

»Was machst du denn hier?« Paul legte seinen Schlüsselbund auf der Kommode ab. Er hasste es, wenn sich Jojo ungefragt in Annikas Wohnung breitmachte. Ihr Schlüssel war für Notfälle gedacht, und für sonst nichts!

»Ich wollte Annika was fragen, aber sie geht nicht ans Telefon«, sagte sie, während es in Paul gewitterte.

»Und was hast du damit vor?«, fragte er mit Blick auf den Kontrabass, den Jojo nun in das Laken einwickelte.

»Genau darüber wollte ich mit ihr sprechen«, erklärte sie. »Der Neffe von ihrem Chef will das Ding tatsächlich kaufen. Der Zettel hat ihn total geflasht.«

»Freut mich.« 6200 Euro hatte der Gutachter für das Instrument veranschlagt. Für Menschen wie Jojo ein Vermögen. Sie nickte heftig. »Das Problem ist bloß: Der Typ wohnt in Paris, und er will nicht, dass ich das gute Stück verschicke. Kann man ja verstehen, bei dem Preis. Abholen kann er's aber auch nicht, und da dachte ich, ich frag einfach mal mein Schwesterlein.«

»Annika arbeitet.« Paul ging in die Küche, um das

Mineralwasser wegzuräumen. Jojo folgte ihm, trat ganz nah an ihn heran, was in ihm einen Fluchtreflex auslöste, den er nur mit Mühe unterdrücken konnte.

»Und wenn du mich fährst?«

Paul verschluckte sich fast an seiner eigenen Spucke.

»Ich kann doch jetzt nicht nach Paris fahren.«

»Warum nicht? Dann kommst du wenigstens mal raus aus dem guten alten Trier.« Jojo grinste. »Ein echtes Abenteuer.«

»Eine Autofahrt ist kein Abenteuer«, versetzte Paul. »Außerdem hab ich zu tun.«

»Wir müssen ja gar nicht bis in die Stadt«, sagte Jojo. »Da ist eine Raststätte an der Autobahn, dort will er …«

Das Handy klingelte, noch bevor Paul darauf hinweisen konnte, dass er den Tag vor seinem dreißigsten Geburtstag mitnichten auf der Autobahn verbringen würde.

»Annika!«, rief er atemlos.

»Hallo Panther.«

»Wo bist du?«

»In Bologna.«

»Was? Wieso?«

»Mein Chef hat mich heute Nacht aus dem Bett geschmissen. Hier ist doch diese Möbelmesse, aber Lisa ist krank, und ich muss ihre ganzen Termine übernehmen. Acht Stück direkt hintereinander und morgen zwölf, richtig übel.«

»Morgen ist Samstag!«, rief Paul.

»Das interessiert doch den Hilbert nicht.«

»Aber mein Geburtstag!«

»Ich hatte keine Wahl.«

»Man hat im Leben immer eine Wahl.«

»Nicht mit einem befristeten Arbeitsvertrag.«

»Das ist ... wirklich ...« Paul konnte es nicht fassen. Seit Monaten freute er sich auf seinen Geburtstag – und dann musste Annika urplötzlich nach Bologna? Seine Freundin, sein wichtigster Gast?

»Du, ich habe jetzt den nächsten Termin.« Sie klang gestresst. »Ich melde mich später noch mal, okay?« Ein knackendes Geräusch, dann war ihre Stimme nur noch gedämpft zu hören. »Sag Marv, dass ich auf dem Weg bin!«

»Gib mal«, verlangte Jojo, bevor Paul reagieren konnte. Er schüttelte den Kopf, verabschiedete sich von seiner Freundin und reichte erst dann das Handy weiter.

»Hast du meine Nachricht gekriegt?« Jojo drückte ihr Ohr fest an den Apparat. »Ja, mich hat's auch aus den Schuhen gehauen«, sagte sie. »Nee, keiner.« Schweigen. »Hab ich auch schon gedacht. Ja ... Nein ... Ich frag ihn noch mal. Genau. Also wenn das kein Notfall ist ...«

Moment. Sprachen die beiden etwa über ihn? Paul versuchte mit rudernden Armbewegungen ein entschiedenes Nein zu verkörpern, doch Jojo begriff mal wieder gar nichts.

»Bedaure!«, platzte er so dezent wie möglich heraus, als sie zum zweiten Mal mit ihrer weltfremden Idee ankam.

»Annika meint, du lässt niemanden hängen. Das wäre stillos, hat sie gesagt.«

»Darum geht es ...« Paul stockte. »Annika kennt meinen Terminplan nicht.«

»Hier, sie will dich sprechen.« Jojo reichte ihm das Handy und verschwand im Flur.

»Paul?« Annika sprach viel schneller als üblich. »Tu ihr den Gefallen. Sie braucht das Geld.«

»Ich muss noch Ordnung schaffen. Und meine Marinade vorbereiten. Ich bekomme morgen Gäste!«

»Wenn ihr jetzt losfahrt, seid ihr heute Abend wieder pünktlich zurück.«

»Mein Auto ist zu klein. Da passt kein Kontrabass rein, beim besten Willen nicht!« Paul polierte fahrig den Manschettenknopf an seinem linken Ärmel. »Du kennst doch meine Schwester. Die packt ein Nilpferd in einen Smart, wenn es sein muss.«

»Aber ich möchte nicht in irgendwelche dubiosen Geschäfte auf Rastplätzen verwickelt werden.«

»Jetzt mach dich mal locker.« Annika lachte. »Und selbst wenn: Du hast Jojo dabei. Schätz mal, wie viele Kerle die schon aus dem »Peanuts« geschmissen hat!«

»Das will ich gar nicht wissen.«

»Hilf dem, der dessen bedarf. Deine Worte.«

»Das hat Freiherr von Knigge gesagt.«

»Umso besser. Hör auf ihn.«

Paul schwieg. Auf der Straße hupte jemand. Ein Blick durchs Küchenfenster verriet, dass Jojo in der Zwischenzeit ungefragt den Autoschlüssel an sich genommen und den Kontrabass in seinem Citroën verstaut hatte.

»Bist du noch dran?«, fragte Annika.

»Ja.« Paul atmete tief durch. Seine Freundin anzulügen kam nicht infrage, und ein zündendes Argument, mit dem er dieser Nummer elegant entschlüpfen könnte, fiel ihm nicht ein. »Und du hattest recht. Das Nilpferd sitzt.«

»Ist ja prima. Dann bon voyage!« Annika klang, als sei sie schon halb auf dem Sprung. Paul lehnte sich gegen die Arbeitsplatte. Eine Fahrt nach Paris. Acht Stunden im Auto. Vier hin, vier zurück. Mit Jojo. Konnte es eigentlich noch schlimmer kommen?

5.

Der Kontrabass füllte den halben Citroën aus. Sein Korpus lagerte halb auf der Rückbank, der Hals ragte quer durch den Wagen und endete auf der Beifahrerseite. Eine untragbare Situation, die durch die Anwesenheit des ungebetenen Gastes noch eine zusätzliche Steigerung erfuhr.

»Ich hab Hunger«, verkündete Jojo, nachdem sie wie selbstverständlich den Platz hinter dem Beifahrersitz eingenommen hatte, womit Paul die Funktion des rangniederen Chauffeurs zukam. »Du hast Glück«, sagte er. »Wir fahren zu einer Raststätte.«

»So lange halt ich das aber nicht aus. Ich hab heute noch nicht gefrühstückt!«

»Wir sind hier im Industriegebiet.«

»Da hinten gibt's Burger. Klippschliefer, das ist ein Notfall. Ich brauche Hack!« Jojo klang wie ein Metzger, der auf eine überfällige Warenlieferung wartet. Paul kapitulierte. »Aber bitte nichts Fettiges im Auto essen, ja?« Er war nicht kleinlich, aber die Stoffbezüge seines Wagens stammten noch aus den Siebzigern. Ein Gedanke, den er zwanzig Minuten später tapfer verdrängte. Jojo hatte eine halbe Ewigkeit auf ihren Burger warten müssen, und nun war sein Zeitplan in Gefahr.

»Ich pass auch gut auf«, versprach sie.

»Das hoffe ich sehr«, murmelte Paul.

Um 11:04 Uhr erreichten sie die Autobahn. Paul beschloss, zur Feier des Moments eine CD zu aktivieren. Aber welche? Pink Floyd, Rush oder Porcupine Tree? Er überlegte, was besser zu seiner Stimmung passte.

»Brauchst du Mucke?«, fragte Jojo.

»Wie bitte?«

»Wenn du Bluetooth anschmeißt, können wir Musik von meinem Handy hören.«

»Danke, nicht nötig.« Paul aktivierte Laufwerk Nummer zwei: Rush. ›Dreamline‹ übertönte zum Glück die Essgeräusche, die auf der Rückbank mit Sicherheit gerade produziert wurden. »Hast du was zu trinken?«, fragte Jojo, während er auf 130 km/h beschleunigte.

»Leider nein.«

»Ich hab aber Durst.«

»Wenn wir noch mal anhalten, kommen wir zu spät.«

Schweigen.

»Hier steht Wein«, sagte Jojo.

»Das ist ein Châteauneuf-du-Pape.«

»Ist doch super.«

»Bescheiden ist, wer sich den Käse mit den größten Löchern nimmt, sagte Knigge.« Die Worte hingen einen Moment im Wageninneren. »We travel on the road to adventure«, tönte es aus den Lautsprechern. Paul seufzte. Wir reisen auf der Straße ins Abenteuer? Er fühlte sich eher wie auf der Straße in den Wahnsinn. Oder zumindest würde er sich so fühlen, wenn er mehr als acht Stunden mit Jojo verbringen musste. Er drückte aufs Gaspedal.

»Klippschliefer, ich muss was trinken, sonst vertrockne ich.« Das Schlüsselklimpern, das vom Rücksitz her ertönte, klang viel zu entschlossen.

»Du willst doch jetzt nicht ernsthaft meinen Wein aufmachen?!« Fassungslos beobachtete er über den Innenspiegel, wie Jojo den Korken zog und einen Schluck Châteauneuf-du-Pape trank. Aus der Flasche!

»Meine Fresse, gar nicht übel«, murmelte sie, woraufhin Paul ein kalter Schauer über die Unterarme lief. Er wollte die unqualifizierte Aussage gerade sprachlich überformen, als seine Mitfahrerin so laut »Stopp!« brüllte, dass er zusammenzuckte und ruckartig auf neunzig km/h hinunterbremste. Jojo äußerte einen einsilbigen Brachialbegriff.

»War da ein Blitzer?«, fragte Paul.

»Nein, ein Tramper.«

»Ja und?«

»Ich dachte, wir könnten ihn mitnehmen.«

»Ein origineller Plan«, sagte Paul. »Im Kofferraum wäre noch ein Plätzchen frei.«

»Na, dann halt nicht.« In Jojos Stimme schwang ein gefühltes Schulterzucken mit. »Aber brems bloß nicht noch mal wie ein Wahnsinniger, das hat mich fast den halben Wein gekostet.«

Paul drehte sich ruckartig um. Das Laken, das den Kontrabass schützte, hatte einen Rotweinfleck von den Ausmaßen eines Platztellers abbekommen. Ob der Bezug des Rücksitzes gelitten hatte, konnte er nicht erkennen.

Der Weg nach Paris war eine Tortur. Vier Stunden brauchten sie noch bis zur Raststätte Changis-sur-Marne. Vier Stunden, in denen Paul mit einer Umleitung Bekanntschaft machte, mit zwei Baustellen und der Erkenntnis, dass Jojo und Annika trotz ihrer biologischen Verwandtschaft keinerlei Gemeinsamkeiten hatten.

Neun Zehntel der Fahrtzeit bestritt seine Beifahrerin damit, den letzten Streit mit ihrem Freund aufzuarbeiten. Dies hieß jedoch nicht, dass sie die Auseinandersetzung mit diesem »Lappen« in verknappter Form Revue passieren ließ, Geschehenes reflektierte und sinnvolle abstrahierende Schlüsse daraus zog – es bedeutete vielmehr, dass sie das Gespräch wiedergab. Wortgetreu. In direkter Rede. »Ich so …«, lautete die Formulierung, die sie am häufigsten verwendete, dicht gefolgt von »Und dann er so …« Als sie um 15:10 Uhr ihr Ziel erreichten, war Paul mit seinen Nerven am Ende.

6.

Auf den fünf Parkplätzen vor der Tankstelle standen drei Motorräder und ein silbergrauer Mercedes. »Das muss er sein.« Jojo deutete auf den Wagen. Paul stellte sich auf den einzigen freien Parkplatz, und sie steuerten den Mercedes an. »Herr Campion?« Jojo winkte dem Fahrer zu. »Huhu! Hey!« Der Mittsechziger, der ein Sandwich in der Hand hielt, ließ die Scheibe mit etwas Verzögerung herunter. Paul schüttelte den Kopf. Was für eine Begrüßung! Er trat ebenfalls ans Wagenfenster. »Guten Tag, mein Name ist Paul Klippschliefer.«

Der Blick des Fahrers deutete darauf hin, dass er nur sehr schlecht Deutsch verstand. Paul setzte ein Lächeln als universelles Kommunikationsmittel ein. »Bonjour. Paul Klippschliefer. Nous avons …« Er wandte sich an Jojo. »Was heißt denn Kontrabass auf Französisch?«

Sie zuckte mit den Schultern.

»Contrebasse?«, fragte der Fahrer, und Paul nickte. Na bitte. Einladen, abfahren. Wenn jetzt nichts mehr dazwischenkam, würden sie rechtzeitig zurück sein. Mit Jojos Hilfe trug er das Instrument in seinem rot befleckten Laken zu dem Mercedes hinüber. »Ah non, Monsieur!« Der Fahrer verließ seinen Wagen, wollte vermutlich die Rückbank umklappen. Jojo öffnete die Tür, und Paul schob den Kontrabass vorsichtig nach vorne.

»Mais qu'est-ce que vous faites là, bordel?!«

»Ich glaube, der ist genervt«, bemerkte Jojo.

»Wir sind ja auch spät dran.« Er nickte dem Senior zum Abschied zu. Dass er mit einem unverständlichen Redeschwall verabschiedet wurde, verbuchte er in der Kategorie »interkulturelle Erfahrungen«.

Während sich Jojo um die finanzielle Abwicklung des Geschäfts kümmerte, entfernte Paul den Abfall vom Rücksitz seines Wagens. Er hatte gerade wieder auf der Fahrerseite Platz genommen, als Jojo auf ihn zustürmte. Ihre Wimperntusche war verlaufen, die Wangen rot erhitzt.

»Was ist los?«, fragte Paul durch das geöffnete Fenster.

»Das war …« Vor Lachen konnte sie kaum sprechen. »Das war gar nicht der Käufer!«

»Wie? Warum hat der Mann denn nichts gesagt?«

»Wollte er! Hat er auch!« Sie wischte sich die Tränen aus den Augenwinkeln. »Wir haben's aber nicht gecheckt!«

»Das darf doch nicht wahr sein.« Nur mit Mühe bewahrte Paul die Ruhe. Eine Entschuldigung später schleppte er das Instrument wieder zu seinem Wagen zurück. Jetzt hieß es warten. Ein zweiter Mercedes fuhr vor – und verschwand wieder. Ein dritter ebenso. »Wo bleibt der nur?« Jojo, die sich nun doch auf dem Beifahrersitz eingefunden hatte, konsultierte zum hundertsten Mal ihr Handy. »Er war so scharf auf das Ding!« Paul blickte auf seine Armbanduhr. »Eine Viertelstunde noch, dann fahren wir«, entschied er.

»Nein, das geht nicht!«

»Ich erwarte morgen Gäste.«

»Klippschliefer, bitte.« Jojo ruckelte an dem verklemmten Reißverschluss ihrer Trainingsjacke. »Das ist ein Notfall. Ohne Scheiß jetzt.«

»So wie eben mit dem Burger? Oder mit dem Rotwein?«

»Schlimmer.« Jojo zerrte immer wilder an dem Reißverschluss. »Ich muss dieses Ding verkaufen.«

»Dann mach das eben nächste Woche. Es muss doch nicht unbedingt heute sein!«

»Doch. Muss es.«

»Warum?«

»Darum.« Jojo steckte den abgerissenen Schieber ihres Reißverschlusses in die Hosentasche. Nachdenklich polierte Paul seinen linken Manschettenknopf. Auch wenn Annikas Schwester keine Details offenbarte, schien die Angelegenheit dringlich zu sein. Wieder kam ihm Knigge in den Sinn: *»Hilf dem, der dessen bedarf.«*

Kurz entschlossen startete er den Motor. »Wir liefern den Kontrabass persönlich ab. Hast du die Adresse?«

»Klippschliefer, du bist mein Held!« Jojo grub einen Zettel aus ihrer Tasche aus und gab einen Straßennamen in das Navi ein. Zwanzig Minuten später passierten sie das Ortseingangsschild von Paris: Paul, Jojo und ein Kontrabass.

7.

Der Montmartre stellte mit seinen 127 Metern die höchste Anhöhe von Paris dar. Dort oben befand sich nicht nur die Basilika Sacré-Cœur, sondern auch die Rue Gabrielle, in der der potenzielle Käufer lebte. Der einzige freie Parkplatz des gesamten Viertels lag ganz am Fuße des Montmartre. In einem Hof, der leider privat war, wie Paul zu spät bemerkte. »Hier können wir nicht bleiben«, entschied er mit Blick auf das Schild.

»Wir sind doch sofort wieder weg.«

»Und wenn wir abgeschleppt werden?«

»Viel zu teuer.«

»Ja, für uns.«

»Wer einen Abschlepper bestellt, muss das Geld vorstrecken. Das macht doch keiner. Stell dich hier hin und gut ist.«

Paul zögerte noch einen Moment, dann stieg er aus. In spätestens einer halben Stunde würden sie wieder verschwunden sein, vielleicht auch schon in zwanzig Minuten. Also Beeilung. Beziehungsweise ... Pauls Blick fiel auf den Rücksitz. Sollte er vielleicht sein Sakko anziehen? In seiner Freizeit trug er so was eigentlich nie, aber ein Sakko wirkte seriös, und Seriosität könnte den Verkauf des Kontrabasses beschleunigen. Zum Wetter passte das Kleidungsstück ebenfalls, denn es war zwar sonnig, aber nicht übermäßig heiß. Der Stoff fühlte sich angenehm auf seiner Haut an. Paul packte den oberen Teil des Kontrabasses, Jojo den unteren. Gemeinsam verließen sie den Hof und traten auf die Rue des Martyrs. Jojo blickte die Straße hinauf. »Ganz hoch?« Sie klang, als müsse sie eine Steilwand emporklettern.

»Es gibt eine Seilbahn«, sagte Paul.

»Was du alles weißt.«

Sie bogen nach rechts ab in die Rue de l'Orsel und marschierten minutenlang geradeaus. Mit ihrer Last kamen sie nur langsam voran und mussten immer wieder anhalten. Nachdem Jojo mit der Schnecke des Kontrabasses beinahe den Augapfel eines Passanten gerammt hätte, beschloss Paul, das Instrument alleine zu tragen. Eine Ewigkeit später erreichten sie eine von Souvenirläden gesäumte Straße, die direkt auf Sacré-Cœur zuführte. Von hier aus war es nicht mehr weit bis zu der Seilbahn, vor der bestimmt fünf Busladungen Menschen warteten. »Bis die oben sind, ist Mitternacht«, stöhnte Paul. »So viel Zeit haben wir nicht.«

Der Montmartre war berühmt für seine Treppen. Hunderte von Stufen führten zum Gipfel des Hügels hinauf, wo der atemberaubende Blick über die Stadt den staunenden Betrachter für die Mühen des Aufstiegs belohnte. So stand es zumindest auf der dreisprachig gehaltenen Infotafel, die sie auf halber Strecke passierten.

Paul sah die Sache anders. Nachdem er den Kontrabass bis in die Rue Gabrielle geschleppt hatte, war er nass geschwitzt, müde, hungrig und gereizt. Vier Stockwerke hatte das schmale Haus mit der lila Tür.

Jojo drückte entschlossen auf die Klingel. Nichts passierte. Sie äußerte den Klassiker unter den Brachialbegriffen, klingelte ein zweites und auch noch ein drittes Mal. Paul bewahrte nur mit Mühe die Contenance. Die Fahrt, die elende Schlepperei – alles umsonst!

Ein Blick auf sein linkes Handgelenk. 16:12 Uhr. Er wollte gerade umkehren, als sich eine circa vierzigjährige Frau mit klimperndem Schlüsselbund näherte. Sie hielt einen Transponder an eine Empfangseinheit rechts der Haustür, die sich daraufhin mit einem Klacken öffnete.

»Madame Campion?«, fragte Jojo.

»Non, désolée.« Die Französin schüttelte ihr Seidenhaar, das Paul vom Farbton her an das Fell eines gepflegten Golden Retriever erinnerte. Ihr Blick heftete sich auf das rot verschmierte Laken, das den Kontrabass verhüllte.

»Une contrebasse«, sagte Paul schnell und lüftete einen Zipfel des Lakens. Ihre Miene hellte sich auf.

»Alors c'est pour Monsieur Campion? Allez-y.« Die Dame hielt ihnen die Tür auf. »Ich lege ihm einen Zettel auf die Fußmatte«, sagte Jojo. »Dann weiß er, dass wir da waren.«

Paul nickte. Eine kurze Notiz würde seinen Zeitplan nicht sprengen. Er reichte ihr einen Kugelschreiber und ein Blatt aus seinem Notizblock, den er immer in der Sakkotasche bei sich trug. Während sie die Treppe in den vierten Stock hinaufstapfte, bewachte er den Kontrabass. »Klippschliefer!«, hallte es kurz darauf durch das Treppenhaus. »Komm mal!«

»Du musst ihn drehen, dann schreibt er!«

»Nein, komm mal her. Schnell!«

»Wieso, was ist denn?«

»Hier stimmt was nicht.«

Jojo klang angespannt, was Paul irritierte. Schnaufend trug er den Kontrabass in den vierten Stock hinauf. Annikas Schwester stand neben einer geöffneten Wohnungstür.

»Ist er doch zu Hause?«, fragte Paul. Im Flur brannte Licht, Blubbergeräusche drangen an sein Ohr. Er rieb seinen linken Manschettenknopf, als hätte dieser seinen Glanz verloren. »Monsieur Campion?«

Niemand antwortete.

»Merkwürdig«, sagte Paul.

»Finde ich auch.« Jojo öffnete die Tür noch ein Stückchen weiter. »Das darfst du nicht«, stellte Paul fest.

»Und wenn was passiert ist?«

»Dann müssen wir die Polizei verständigen.«

Etwas klackerte.

»Was war das?«, fragte Jojo.

Paul schaute zu Boden, erspähte jedoch keine verlorene Münze oder Ähnliches. Im selben Moment machte Jojo einen großen Schritt in die Wohnung der Familie Campion. »Das darfst du nicht!«, wiederholte Paul beschwörend, doch da hatte sie sich schon nach rechts gewandt und war aus seinem Sichtfeld verschwunden. Das Blubbergeräusch verstummte, und Jojo kam zurück. »Der Wasserkocher war an. War aber fast kein Wasser mehr drin. Und da stand eine Kanne mit drei Teebeuteln.« Paul trat zögernd über die Schwelle.

»Ich habe ein merkwürdiges Gefühl«, sagte er. Jojo wandte sich der nächsten Tür zu. Die Dielen knarzten.

»Was ist?«, fragte Paul.

»Komm mal.«

Mit einem unangenehmen Kribbeln im Bauch folgte er Jojo in das Wohnzimmer der Campions. Ein gedeckter Tisch für zwei Personen. Eine Kerze, halb heruntergebrannt. Eine mit Mousse au Chocolat gefüllte Glasschale mitten auf dem Tisch.

»Hallo?« Jojo lief einmal quer durch den Raum und öffnete nacheinander die beiden Türen, die vom Esszimmer wegführten. »Bad und Schlafzimmer sind auch leer. Wir müssen die Polizei rufen!«

Paul blickte von dem gedeckten Tisch zu seiner Armbanduhr. Die Zeit drängte. Andererseits konnte er angesichts der brennenden Kerze nicht einfach so tun, als wüsste er von nichts – denn irgendetwas oder irgendjemand hatte Monsieur und Madame zu einem fluchtartigen Aufbruch bewegt.

»Wir müssen der Sache nachgehen«, sagte er. »Lass uns die Leute im Haus befragen. Vielleicht hat irgendwer etwas gesehen.«

»Einverstanden.« Sie ließen die Wohnungstür offen stehen und stiegen die Treppe hinab. Der Kontrabass schien mit jedem Schritt an Gewicht zuzulegen.

Auf der dritten Etage öffnete niemand, auf der zweiten hatten sie Erfolg. Zumindest im Hinblick auf das Türöffnen, denn der schwarz gekleidete Endzwanziger mit dem überlangen Pony wusste von nichts.

Pauls Hoffnung ruhte nun ganz auf der Dame mit dem Seidenhaar, der er bei einem Abstecher in den ersten Stock schleunigst sein Anliegen erklärte.

»C'est bizarre.« Die Französin kniff die Augen zusammen, dann zog sie ihr Handy hervor und wählte eine Nummer. Sie schüttelte den Kopf. »C'est vraiment bizarre.« Seltsam war die Sache in der Tat. »Wir müssen die Polizei rufen. The police!«, rief Jojo. Paul wollte gerade ebenfalls sein Handy zücken, als das Gesicht der Seidenhaarigen auf einmal zu leuchten begann. »Mais … Ils sont peut-être à l'hôpital! Ils attendent un bébé, vous savez?«

Ach, sie erwarteten ein Baby? Hatte die Frau womöglich Wehen bekommen? Dass Monsieur Campion unter diesen Umständen von einem Kontrabasskauf absah und den Wasserkocher ebenso wie die brennende Kerze vergaß, war nachvollziehbar. »Dann brauchen wir wohl doch keine Polizei«, folgerte Paul. »Lass uns nach Hause fahren.«

»Ja, aber …« Jojo fasste an den kaputten Griff ihres Reißverschlusses. »Was ist mit dem Kontrabass?«

»Was soll damit sein?«

»Du weißt doch.«

»Die bekommen ein Baby!«

Jojo blickte ihm so tief in die Augen, als wollte sie ihn verführen oder hypnotisieren, wobei er trotz seiner Abneigung gegenüber Trancezuständen ganz klar letztere Option wählen würde. »Ich brauche dringend Geld«, raunte sie. »Lass uns ins Krankenhaus fahren.«

»Du kannst nicht mit dem Kontrabass in den Kreißsaal marschieren.«

»Ich will nur mit dem Typen sprechen. Ganz kurz. Klippschliefer, ohne Scheiß, das ist ein Notfall!«

Während Jojo weiter auf ihn einredete, polierte Paul seinen linken Manschettenknopf. Oder vielmehr wollte er ihn polieren, wenn er ihn denn zu fassen bekäme, denn an der Stelle, wo die Silberscheibe stecken sollte, war … nichts. »Mein Manschettenknopf!«, rief er und unterbrach damit Jojos zermürbende Litanei.

»Was ist damit?«

»Er ist weg!«

»Dann kauf dir einen neuen.«

»Das ist – ach, du verstehst das nicht.« Paul blickte sich hastig um. Wo könnte er ihn verloren haben? Auf der Fahrt? Im Treppenhaus? Plötzlich kam ihm das Klackern vor der Tür der Campions in den Sinn. Er lehnte den Kontrabass gegen die Wand und eilte in den vierten Stock hinauf. Jeden Zentimeter des Treppenhauses suchte er ab. Vergeblich. Ob der Knopf in den Flur gerollt war?

Paul kroch auf allen vieren in die Wohnung, zog sogar seinen Schlüsselbund aus der Hosentasche, damit er sich auf den Bauch legen und unter die Schränke schauen konnte – nichts. Kein Manschettenknopf weit und breit. Missgestimmt begab er sich zurück in die Senkrechte. Die Erinnerung an seine erste Rom-Reise mit Annika, an ihr erstes Geschenk, war nun mit einem Verlust behaftet, den er erst mal verkraften musste. Er schloss die Tür und begab sich zurück in den zweiten Stock.

»Hast du ihn?«, fragte Jojo.

»Leider nein.«

»Dann lass uns ins Krankenhaus fahren.«

»Auf keinen Fall«, stöhnte Paul. »Wir fahren nach Hause.«

»Es geht hier um den Deal meines Lebens.«

»Wenn Monsieur Campion Interesse hat, kauft er das Instrument auch nächste Woche.« Paul warf einen bösen Blick auf das hölzerne Ungetüm. Nie hätte er gedacht, dass ihm ein Streichinstrument so viel Ärger machen würde – und das an einem einzigen Tag! »Aber wie soll ich denn nächste Woche nach Paris kommen?«, jammerte Jojo.

»Ich fahre dich. Versprochen!« Paul packte den Kontrabass und setzte sich in Bewegung. Zu seiner Erleichterung bemerkte er, dass Jojo ihm folgte.

Um 16:43 Uhr erreichten sie Pauls Wagen, der erfreulicherweise noch immer auf dem Privatparkplatz stand. Vorsichtig setzte er den Kontrabass ab, fasste in seine rechte Hosentasche, stutzte, fasste in seine linke Hosentasche. »Wo sind meine Schlüssel?«, rief er alarmiert. »Hast du etwa meine Schlüssel?«

»Was soll ich denn mit deinen Schlüsseln?«

»Aber wo ... Nein!« Paul hätte sich am liebsten an den Kopf geschlagen. Als er auf der Suche nach seinem Manschettenknopf durch den Flur der Campions gekrochen war, hatte er seinen Schlüsselbund aus der Hosentasche genommen. Er war noch in der Wohnung!

»Wir müssen zurück«, rief er.

»Das ist jetzt nicht dein Ernst.«

»Ohne Schlüssel keine Autofahrt.«

»Klippschliefer, du bist ein Held.«

Trotz Jojos aufmunternder Worte fühlte sich Paul alles andere als heldenhaft, als er den Kontrabass zum zweiten Mal in die Rue Gabrielle hinaufschleppte. Stufe um Stufe, Treppe um Treppe, bis er das schmale Mietshaus mit der lila Tür erreichte.

Die Verwunderung stand der Seidenhaarigen ins Gesicht geschrieben, als sie zum zweiten Mal mit dem Kontrabass vor ihrer Wohnungstür erschienen. Das Mitgefühl ebenfalls, nachdem Paul von seiner Misere erzählt hatte. Leider konnte die Seidenhaarige nicht mit einem Ersatzschlüssel aufwarten, aber sie kannte – immerhin etwas – die Nummer der Haushaltshilfe von Familie Campion. Und die hatte auf jeden Fall einen!

Madame Fourmilier hob nach dem zweiten Klingeln ab und zeigte sich hilfsbereit. Ein Problem gab es allerdings: Sie hielt sich aktuell nicht in der Stadt auf und würde erst abends gegen 22 Uhr zurückkehren. Und das war eindeutig zu spät.

»Was machen wir denn jetzt?«, stöhnte Paul.

»Na, ganz einfach.« Jojo nahm die Hände aus den Taschen ihrer Trainingsjacke. »Wir fahren mit der Métro zum Krankenhaus und holen den Schlüssel!«

»Als ob Monsieur Campion ihn uns einfach mitgeben würde!«

»Und wenn sie ihm erklärt, was passiert ist?« Jojo deutete auf die Seidenhaarige, die immer noch im Türrahmen stand. Paul übersetzte den Vorschlag, der ihm unerwartet zielführend erschien. »Aucun problème.« Die Seidenhaarige griff gleich zum Telefon, erreichte jedoch niemanden.

»Dann regeln wir das eben vor Ort«, sagte Jojo. Die Nachbarin versprach, Herrn Campion noch einmal zu kontaktieren, und bot sogar an, den Kontrabass in ihrer Wohnung zu beherbergen. Paul nickte begeistert, während er ihr für alle Fälle seine Visitenkarte reichte, doch Jojo wehrte ab. »Vielleicht hat der Typ Zeit, einen Blick drauf zu werfen. Dann kann ich den Deal direkt eintüten!«

»Er wird Vater, Jojo.«

»Und Besitzer eines Kontrabasses.«

»Der hat heute anderes im Kopf.«

»Das werden wir ja sehen. Klippschliefer, ohne Scheiß, das ist jetzt echt ein ...«

»Ach hör doch auf mit diesem ...« Paul stockte, biss sich auf die Lippen. Was war nur los mit ihm? Ein Brachialbegriff war ihm durch den Kopf geschossen – und um ein Haar hätte er ihn sogar ausgesprochen! Er sah zu Boden. »Also gut«, sagte er ergeben. »Wir nehmen ihn mit.«

Buße musste sein.

8.

Das Liniengewirr auf dem Métro-Plan wirkte auf den ersten Blick vollkommen konfus und auf den zweiten Blick ziemlich unübersichtlich. Sechs Haltestellen lagen auf ihrem Weg. Der überdachte Eingang zur Station »Abbesses« wurde von einem gusseisernen Geländer und dem Schriftzug »Métropolitain« geziert.

Paul wollte gerade die Treppe zur Métro hinabsteigen, als sein Handy klingelte. Die Seidenhaarige. Sie habe Monsieur Campion erreicht, erzählte sie, und er würde ihnen tatsächlich den Wohnungsschlüssel mitgeben! Da seine Frau aktuell keine Wehen habe, hielten sich die beiden in einem normalen Patientenzimmer auf und könnten problemlos besucht werden. Im Anschluss sollten Paul und Jojo bitte umgehend in die Rue Gabrielle zurückkehren, dann könnten sie gemeinsam nach dem Schlüsselbund suchen.

»Was ist mit dem Kontrabass?«, fragte Jojo. Paul übersetzte ihr Anliegen, doch ob Monsieur Campion unter den gegebenen Umständen Interesse an einem Instrumentenkauf hatte, wusste die Seidenhaarige nicht. Für Paul war das zweitrangig.

»Bald können wir wieder nach Hause.« Er hätte kaum noch an das Wunder geglaubt.

»Endlich.«

»Man könnte meinen, du hättest Monate auf einer einsamen Insel verbracht«, sagte Jojo.

»So fühle ich mich auch.«

Die Treppe führte sie bis in die Tiefen der Métro-Station hinab. Dass einige Passanten das rot befleckte Laken des Kontrabasses mit Argwohn betrachteten, nahm Paul am Rande wahr, ansonsten bewegte er sich mit einem für ihn völlig untypischen Tunnelblick abwärts.

Am Bahnsteig herrschte ebenso dichtes Gedränge wie in der Métro selbst. Einen Sitzplatz gab es nicht, und so quetschte sich Paul mit dem Kontrabass notgedrungen an eine Wand am Ende des Wagens, der vor allem durch seine unzureichende Belüftung bestach.

Die meisten Passagiere um ihn herum starrten mehr oder weniger trübe vor sich hin. Manche hielten ihre Habseligkeiten so fest umklammert, als wähnten sie hinter jedem ausdruckslosen Gesicht einen potenziellen Taschendieb. Zu Recht vermutlich, denn dass Kriminelle in diesem Gedränge leichtes Spiel hatten, verstand sich von selbst. Direkt vor Pauls Nase stand ein blasser Brillenträger und las, ohne sich anzulehnen oder festzuhalten. Während Paul noch überlegte, ob jahrzehntelange Métro-Erfahrung die Balance schulte, verspürte er ein Kribbeln in der Nase.

»Würdest du bitte kurz halten?«, fragte er. Jojo legte ihren Arm um den Korpus des Kontrabasses, während er nach einem Taschentuch suchte. Jojos Gleichgewichtssinn war wohl weniger ausgeprägt als das des Brillenträgers, denn als die Métro die nächste Station anfuhr, wäre sie fast umgefallen. Dank Paul konnte sie sich im letzten Moment an der Wand abfedern, den Arm fest um den Kontrabass geschlungen. Schnell übernahm er wieder das inzwischen nur noch halb verhüllte Instrument.

An der Station »Pigalle« stiegen extrem viele Leute aus und mindestens genauso viele ein. Einer davon fiel Paul gleich ins Auge. Sonnenbrille, Oberlippenbart und Stirnband – drei Attribute, die in der Kombination vor allem eines wirkten: verdächtig. Eine halbe Minute verging, erst dann nahm der Verdächtige die Sonnenbrille ab. Dass er den Kontrabass fixierte, gefiel Paul überhaupt nicht. Dass er das Wort an ihn richtete, noch viel weniger.

»Can you play?«, wollte er wissen.

»No«, sagte Paul wahrheitsgemäß, wobei er auf den Hinweis, dass er nicht Kontrabass, sondern Cello spielte, verzichtete. Der Verdächtige machte mit der rechten Hand eine Zupfbewegung in der Luft, die wohl zum Ausdruck bringen sollte, wie gut er die gezupfte Pizzicato-Spielweise beherrschte. »I can play«, sagte er.

Paul nickte, auch wenn er dem Verdächtigen nicht glaubte, dass er wirklich Kontrabass spielte. Ganz im Gegensatz zu Jojo. Mit einem Griff riss sie das Laken von dem Korpus des Instruments. »Try it!«, rief sie.

Paul unterdrückte ein Stöhnen. Wie konnte man nur so gutgläubig sein? Bei der nächsten Haltestelle würde der Verdächtige das Instrument packen und davonstürmen! Er schüttelte den Kopf, wollte den Kontrabass nicht freigeben, doch Jojo gab keine Ruhe.

»Jetzt lass ihn doch«, sagte sie.

»Das ist nicht erlaubt«, raunte Paul.

»Er verdient doch kein Geld damit.«

»Aber er könnte ihn stehlen.«

»Glaubst du, er steckt sich das Teil klammheimlich in die Hosentasche?«

»Jetzt sei doch nicht so naiv.«

»Und du sei mal nicht so langweilig!« Jojo schüttelte ihr lagerfeuerrotes Haar. »What do you want to play, Amigo?«

Der Verdächtige schien zu überlegen, wobei fraglich war, ob er wirklich über ein passendes Stück nachdachte. Zu Pauls Erstaunen drehte er kurz an den Wirbeln, stimmte das Instrument und zupfte im Anschluss tatsächlich eine Melodie. Sechs Einzeltöne. Drängend wirkten sie, fast düster, und er war sich ziemlich sicher, dass er diese Tonfolge kannte. Vielleicht von Apocalyptica? Die finnische Band hatte diverse Songs mit ihren Celli gecovert. Auch Sachen, die nicht unbedingt Pauls Geschmack entsprachen, ihm aber so arrangiert gut gefielen. Na ja, aber selbst wenn er Pink Floyd spielen würde – Paul wollte mit dem Verdächtigen und seinem musikalischen Treiben nichts zu tun haben.

Jojo sah die Sache anders. Sie nickte begeistert, klatschte im Takt … und begann zu singen. Einfach so! Ohne Text, ohne Üben, ohne sich mit dem Fremden auch nur eine Sekunde lang abzustimmen. »Exit: light!« Sie strahlte. »Enter: night! Take my hand …« An dieser Stelle griff sie nach Pauls Hand. »We're off to never never land.«

Paul wollte sich durch einen beherzten Rückwärtsschritt von beiden distanzieren, doch zwischen ihm und der Wand war kein Millimeter Platz. Nahezu jeder Fahrgast in dem Abteil blickte Jojo und den Verdächtigen an. Als die zweite Strophe begann, packte der Brillenträger mit dem hervorragenden Gleichgewichtssinn sein Buch weg und klatschte mit. Zwei kleine Mädchen stimmten ebenfalls mit ein, eine Seniorin schloss sich an. Die Métro erreichte die Station »Notre-Dame-de-Lorette«.

»Exit: light!«, rief Jojo zum zweiten Mal, als Paul die beiden Kontrolleure in ihren dunkelblauen Uniformen am Bahnsteig sah. »Johanna!« Er winkte ihr zu. Sie winkte zurück. »Aufhören!« Er schüttelte den Kopf und mimte mit der rechten Hand einen sich schließenden Mund. Sie verstand wieder nicht, schüttelte wie wild ihr Haar und imitierte seine Geste, wobei sie ihren kleinen Finger und den Zeigefinger wie zwei Teufelshörner abspreizte.

Zu spät. Die beiden Kontrolleure betraten das Abteil, als die letzten Töne des Stücks gerade verklungen waren. Ein Großteil der Fahrgäste klatschte frenetisch, ein langhaariger Jüngling pfiff sogar durch seine Finger.

»Ciao ciao!« Der Verdächtige lächelte Jojo an, winkte den Kontrolleuren mit großer Geste zu – und sprang aus dem Wagen. »Hey!«, rief Paul, doch da war er auch schon im Gedränge verschwunden. Ein Signalton, und die Türen der Métro schlossen sich.

»Bonjour, contrôle des billets.« Die beiden Kontrolleure schoben sich durch die Menge, prüften Tickets, ließen sich Ausweise zeigen. Paul entging nicht, dass sie dabei immer wieder in Richtung des Kontrabasses blickten.

»Was machen wir denn jetzt?« Er fasste an seine linke Manschette, an der sich jedoch kein Knopf mehr befand.

»Wir haben doch Tickets«, sagte Jojo, arglos wie immer.

»Man braucht eine Lizenz, um Musik zu machen.«

»Ich habe doch nur ein bisschen gesungen.«

»So sind die Gesetze.« Paul wischte sich über seine verschwitzte Stirn. »Und alles nur, weil ...« Er stockte. Anschuldigungen würden ihn nicht weiterbringen. Er musste das Geld vorstrecken und hoffen, dass er es irgendwann zurückbekäme.

»Contrôle des billets«, brummte der Kontrolleur, während er den Kontrabass in den Blick nahm. »Elle a seulement chanté un peu«, sagte Paul hastig, doch diese Information schien den Mitarbeiter nicht zu berühren. Ihn interessierten bloß die Fahrscheine. Glück gehabt! Erleichtert fasste Paul in seine rechte Hosentasche, um sein Ticket hervorzuziehen. Leider war dort kein Ticket. Auch in der linken Hosentasche nicht. Und die Brusttaschen waren ebenfalls leer!

»Mein Ticket ist weg.«

»Kann doch nicht sein«, sagte Jojo.

»Eben war es noch da.«

»Jetzt schau halt noch mal.«

Paul prüfte vergeblich seine Taschen. »J'ai acheté un billet«, sagte er zu dem Kontrolleur, was den Tatsachen entsprach, denn er hatte definitiv einen Fahrschein gekauft. »Alors, il est où, votre billet?«, wollte der Kontrolleur wissen. Wo das Ticket war? Eine berechtigte Frage. Paul fasste sich an den linken Ärmel seines Hemdes. Erst war ihm der Manschettenknopf abhandengekommen, dann das Métro-Ticket. Der Tag meinte es nicht gut mit ihm.

»Du bist echt einer.« Jojo grinste.

»Das ist mir noch nie passiert!«

»Jaja, das sagen sie alle.«

Paul atmete hektisch ein und aus, während der Kontrolleur seinen Ausweis studierte. Die Luft, die Enge, das verlorene Ticket … Es war zu viel. Wie war er nur in diese verfahrene Situation geraten? Er hatte doch nur helfen wollen! Eigentlich sollte er gar nicht in Paris sein. Er sollte zu Hause sein, mit Annika – aber die war über 1000 Kilometer weit weg. Paul spürte, wie seine Nase kribbelte, wie seine Augen feuchter wurden, als es der Umgebungsluft entsprach. Er fingerte hastig nach einem Taschentuch – und da fiel ihm plötzlich etwas entgegen. »Regardez, monsieur!« Erleichtert hob Paul das Ticket auf und reichte es dem Kontrolleur. Ein kurzer Check, und schon wurden seine Daten wieder gelöscht. Als sie die Métro an der Station »Madeleine« verließen, hielt Paul sich nicht mehr ganz so aufrecht wie gewohnt. Allerdings nur für einen Moment.

9.

So gewandt wie möglich schleppte Paul den hölzernen Ballast durch den winzigen Park vor dem Krankenhaus Claude-Cloporte. Vorbei an einem Ententeich mit Seerosen, einer Vogelvoliere und an diversen Spaziergängern, die ohne Eile und definierbares Ziel umherschlenderten. An der Eingangspforte hielt ihn ein hagerer Mitarbeiter auf.

»Stop!«, rief er. »C'est quoi, ça?«

»Stell dich dumm«, raunte Jojo. Paul lüftete das Tuch.

»Aaah!« Der Hagere strich mit seinen Fingerkuppen über das Holz, sanft, als würde er ein Katzenbaby streicheln.

»Chef, wir müssen.« Jojo bedeckte den Kontrabass demonstrativ mit dem Laken und deutete Richtung Aufzug.

Der Hagere ließ sich nicht abwimmeln. Er berichtete auf Französisch von seinem Kindheitstraum, das Bratschenspiel zu erlernen, und bekannte sich als Anhänger von Beethoven. Paul nickte höflich. Sämtliche Fragen, die der Hagere auf dem Herzen hatte, beantwortete er in Sätzen von maximal fünf Worten. Nein, der Kontrabass war kein Geschenk. Ein Verkaufsgegenstand. Eine einmalige Angelegenheit. Ja, ganz sicher. Nein, er plante nicht, im Krankenhaus damit Musik zu machen. Drogen schmuggelte er auch nicht. Während er ins Kreuzverhör genommen wurde, bediente sich Jojo völlig ungezwungen an einem Ständer mit – hoffentlich – kostenlosen Postkarten. Es dauerte eine geraume Zeit, bis ihnen der Hagere Einlass gewährte.

In dem einzigen belegten Bett auf Zimmer Nummer 407 lag eine Frau mit Augenbrauen, die – was Paul natürlich niemals aussprechen würde – an zwei dunkelbraune haarige Raupen erinnerten. »L'homme ...?« Jojo hob fragend die Hände, und erst jetzt wurde Paul bewusst, dass die Frau mit den Augenbrauen nicht besonders schwanger aussah. Ihrer Antwort war zu entnehmen, dass sich Madame Campion inzwischen zum Gebären in den Kreißsaal begeben hatte. Jojo äußerte wieder einmal den Klassiker unter den Brachialbegriffen. Paul konnte es ihr kaum verübeln. Was, wenn man sie nicht hereinließ? So eine Geburt konnte Stunden dauern!

Der Kreißsaal befand sich im zweiten Stock des Krankenhauses. Der Kontrabass war inzwischen so schwer, als wäre er mit Beton ausgegossen.

Eine Hebamme öffnete. Als sie den Kontrabass sah, erlosch ihr Lächeln. »Hey«, begann Jojo, doch Paul unterbrach sie sofort und erklärte der Hebamme nach einer knappen, aber höflichen Grußformel den Grund ihres Erscheinens. Leider war Madame Campion unabkömmlich, und so schnappte die Tür des Kreißsaals Sekunden später auch schon wieder ins Schloss. Paul lehnte sich neben dem Kontrabass gegen die Wand. Seine letzte Hoffnung lag bei der Haushaltskraft, die er nun ein zweites Mal anrief, um ihr die Dringlichkeit seines Anliegens nahezubringen. Tatsächlich zeigte Madame Fourmilier viel Verständnis und versprach, ihren Verwandtenbesuch abzukürzen.

»Sie kommt«, übersetzte Paul erleichtert.

»Wann?«, fragte Jojo.

Paul lauschte den Worten der Französin, und seine Erleichterung verschwand so schnell, wie sie gekommen war.

»Um Viertel nach neun!«

Er umklammerte das Griffbrett des Kontrabasses, das ihm jedoch nicht den erhofften Halt bot. Er hatte nun ein echtes Problem. Ein Problem, das sich in dieser Nacht nicht lösen ließ. Und wer war an der ganzen Misere schuld? Wieder lag Paul eine verbale Entgleisung auf den Lippen, doch er schluckte sie hinunter.

Mit letzten Kräften schleppte er den hölzernen Klotz die Treppe hinab. Der Hagere am Empfang nickte ihnen zu. Die Erleichterung darüber, dass der Gegenstand des Anstoßes das Krankenhaus wieder verließ, stand ihm ins Gesicht geschrieben. Paul konnte diese Emotion nicht teilen.

»Du bist was?«, fragte Jojo.

»Nachtblind«, wiederholte Paul.

»Und du siehst dann echt gar nichts?«

»Nicht genug, um Auto zu fahren.«

»Dann fahre ich eben.« Jojo nahm die Hände aus der Bauchtasche ihres Kapuzenpullis.

»Das geht nicht.«

»Wieso nicht?«

»Mein Auto hat viele Eigenheiten.« Dass er Jojo weder sein Auto noch sein Leben anvertrauen wollte und als Beifahrer an ihrer Seite sämtliche Nerven verlieren würde, behielt er lieber für sich.

»Das schaffe ich schon«, sagte Jojo.

»Nein. Wir bleiben über Nacht in Paris.«

»Vertraust du mir etwa nicht?«

»Das hat doch nichts mit Vertrauen zu tun«, wehrte Paul ab, während ihm ein Schweißtropfen den Rücken hinabrann.

»Und was machen wir jetzt?«

»Wir suchen uns ein Hotel.«

»Das geht nicht.«

»Warum nicht?«

»Ich habe nur noch 80 Euro.« Jojo wandte sich ab. »Für den kompletten Monat.«

Paul zupfte seinen Hemdkragen zurecht. Schwierig. Er konnte nicht fahren, Jojo nicht bleiben. Also musste er ihr Zimmer zahlen. Aber vorher musste er zurück zu seinem Wagen, denn das Ladekabel seines Handys steckte noch in seinem Handschuhfach, und das würde er in dieser Nacht brauchen. Auf zur Métro.

10.

Als Erstes versuchten sie ihr Glück im »Hôtel de la Chance«. Drei Sterne und ein Foyer, in dem kein einziges Möbelstück zum anderen passte. Was ein interessanter Stilmix hätte sein können, wirkte hier nur lieb- und planlos. An der Rezeption wartete eine Mutter mit zwei kleinen Jungen, die zwar beide über ein Holzschwert verfügten, aber nicht über die Fähigkeit der Affektkontrolle. Paul hielt eine Armlänge Abstand, was jedoch zu wenig war, da ihn der hektischere der beiden Kämpfer um ein Haar mit seiner Waffe gestreift hätte. Die Mutter schickte die beiden in einen Spielbereich unweit des Eingangs. Mitsamt den Schwertern. Keine Minute später ertönte ein Aufschrei.

»Genau wie in diesem Cartoon«, sagte Jojo, während Paul sich noch fragte, welcher Passage aus William Goldings ›Herr der Fliegen‹ die Situation wohl am ehesten ähnelte. »Kennst du den?« Begleitet von einem deplatzierten Lachanfall gab sie einen Bildwitz wieder, in dem eine Katze, ein kleiner Junge, ein leeres Zimmer und ein Beil eine tragende Rolle spielten. »Witzig, oder? Ich liebe Cartoons!« Paul nickte bloß, während er im Kopf Jojos Glücks-Cookie skizzierte, das sich so überdeutlich von seinem eigenen unterschied, dass ihm die Vorstellung fast peinlich war. Hackfleisch, Punkrock und Cartoons. Eine teuflische Mischung.

Das »Hôtel de la Chance« brachte ihnen kein Glück. Sämtliche Zimmer waren belegt, verfügbar war bloß eine Suite mit Doppelbett, die natürlich nicht nur aus Kostengründen keine Option darstellte.

Auch im »Chez Ben« konnten sie nicht bleiben. Laut eines Pappaufstellers gab es zwar freie und sogar bezahlbare Zimmer, doch das Hotel war gut besucht. Viel zu gut! Scharen von Fruchtfliegen bevölkerten den Empfangsraum, hinzu kamen acht Ameisen unter einem Heizkörper. Auf einem Beistelltisch lag eine Brötchentüte, rechts daneben stand ein deckelloser Becher, der noch zu einem Drittel mit Bubble-Tea gefüllt war. Angewidert wandte Paul seinen Blick von den zwei toten Wespen ab, die zwischen den orangen Kügelchen aus Speisestärke trieben. Er verließ das Gebäude gemessenen Schrittes, auch wenn er am liebsten davongestürmt wäre.

Ihre nächste Adresse: das »Hôtel Grenouille«. Paul hatte bereits beim Betreten der Lobby ein schlechtes Gefühl. Mintgrün und lila waren die vorherrschenden Farben, Kunststoff das dominierende Material, und alles in allem fühlte er sich in der Empfangskammer wie in einer raumgewordenen Tupperdose. Dass er in dieser Herberge weder auf Parkettböden noch auf ein schönes Bad hoffen durfte, war klar, spielte aber schon gar keine Rolle mehr. Eine Rolle, eine große sogar, spielte dagegen die Frage der Schlafgelegenheiten.

»So what?« Jojo zuckte mit den Schultern, während sie in einer mit Flyern und Aufklebern gefüllten Box wühlte. »Eine Nacht in einem Doppelbett werden wir überleben.«

»Wir suchen weiter«, entschied Paul. »In Paris gibt es unzählige Hotels.«

»Ich kann nicht mehr.« Jojo steckte gleich ein Dutzend Werbeaufkleber in ihre Tasche. »Wir sind heute schon um die halbe Welt gelaufen. Ich habe Hunger und meine Füße tun weh.«

»Dann lass uns etwas essen, bevor wir weitersuchen.«

»Hier gibt es ein Buffet.« Jojo deutete auf eine Tafel neben der Rezeption. »Ich will hierbleiben, Klippschliefer. Ich schlaf auch auf der Couch. Komm schon.«

Paul schüttelte entschieden den Kopf. Nichts und niemand auf der Welt würde ihn dazu bringen, mit Jojo in einem Zimmer zu übernachten.

Bloß die Umstände. Genauer gesagt eine Automesse, die unzählige Übernachtungsgäste nach Paris gelockt hatte, was dazu führte, dass die beiden nach einem zweistündigen Fußmarsch völlig verzweifelt erneut das »Hôtel Grenouille« aufsuchten. Selbst das Hotel mit den Fruchtfliegen hätte er dieser Herberge vorgezogen, doch auch das war inzwischen ausgebucht – genau wie alle anderen Unterkünfte auf dem Montmartre. Äußerlich gefasst erklärte Paul an der Rezeption, sie hätten es sich anders überlegt, dann kam der Schock: Das gewünschte Zimmer war inzwischen ausgebucht.

»Was machen wir denn jetzt?«, rief er.

»Essen. Und dann weitersehen.«

»Wir brauchen ein Zimmer.«

»Oder wir machen durch.«

»Ohne mich.«

»Klippschliefer, jetzt mach dich mal locker. Wir finden schon was.«

»Aber wo? Wir waren überall!«

Paul wollte voller Verzweiflung den Rückzug antreten, als die Rezeptionistin vom Bildschirm ihres Computers aufsah. »Monsieur?«

Paul schöpfte Hoffnung – und zwar zu Recht. Die Rezeptionistin hatte das Leid in seiner Stimme gehört und eine Notlösung klargemacht: ein winziges Zimmer, das offiziell nicht mehr angeboten wurde. Keine zwei Minuten später hatten sie eingecheckt.

»Ich schlaf auf dem Sofa«, sagte Jojo, während sie die Treppe in den ersten Stock hinaufstiegen.

»Das übernehme ich.« Paul zückte die mintgrüne Schlüsselkarte und öffnete Zimmer Nummer 101, das – genau wie die Empfangskammer – in Ausmaßen und Ambiente einer Tupperdose ähnelte. Einer Tupperdose mit einem Bett, einem Schrank, einem Tisch und einem Stuhl.

»Wo ist das Sofa?« Paul wandte seinen Kopf nach allen Seiten. Jojo zuckte mit den Schultern und warf sich der Länge nach auf das ächzende Doppelbett. Und jetzt?

Gegen die Tupperdose sprach: Es gab kein Sofa. Jojo würde ihn vermutlich in den Wahnsinn treiben. Dafür sprach: Er war erschöpft. Jojo ebenfalls. Es war spät. Außerdem fehlten die Alternativen. Paul ließ sich auf den Stuhl am Fenster fallen. Sie mussten erst mal etwas essen. Um 21:15 Uhr würden sie Madame Fourmilier vor dem Haus der Campions treffen, damit er seine Schlüssel aus der Wohnung holte. Und dann? Er könnte auf dem Fußboden schlafen. Wie ein Clochard an der Seine. Am Vorabend seines dreißigsten Geburtstags. Völlig ermattet folgte Paul mit dem Blick einem Tropfen

Kondenswasser, der von der oberen Leiste der Fensterscheibe hinabrann. Kurz vor dem Ziel – wenn man die untere Leiste als solches definieren wollte – stoppte ihn ein krustiger Schmutzfleck. Nichts ging mehr. Er hing fest.

11.

Das Tupperdosen-Ambiente herrschte auch im Speisesaal des »Hôtel Grenouille« vor. Wenig begeistert nahm Paul an einem mintgrünen Tisch Platz. Jojo hängte ihre Tasche über die Stuhllehne und stürmte zum Buffet. Keine zwei Minuten später ließ sie sich neben ihm auf einen lila Kunststoffstuhl fallen. Ein Berg aus Pommes frites, Ketchup, Rouladen, merkwürdig gelben, klumpigen Kugeln und Fisch türmte sich auf ihrem Teller. Ellbogen auf den Tisch, und schon schaufelte sie sich die erste Portion in den Mund.

Paul trug diese Entgleisungen mit Fassung. Er setzte sich trotz seiner Müdigkeit ganz besonders aufrecht hin und wartete schweigend auf den Kellner, der ihre Getränkebestellung aufnahm: einen Rotwein für den Herrn und ein Bier für die Dame. Im Anschluss nahm er sich drei Häppchen und ein Stück Baguette vom Vorspeisenbuffet. Als er zurückkam, war Jojos Teller fast leer. Sie hatte ihre Füße auf der metallenen Querverstrebung des Tisches platziert und tippte auf ihrem Handy herum. »Kennst du das?« Sie deutete auf die drei gelben Kugeln.

»Nein, das sagt mir nichts.« Paul beäugte das Gericht mit Argwohn. Die lieblos zusammengezimmerten Matschkugeln gefielen ihm nicht.

»Schmeckt gar nicht schlecht. Willst du mal probieren? Das ist Couscous. Mit Banane, Cashewkernen und Ei.«

»Nein, danke.« Paul liebte exquisite, komplexe und innovative Gerichte und hatte mehrere Bücher über Flavour Pairing gelesen. Das Prinzip, möglichst gegensätzliche Zutaten miteinander zu kombinieren, sprach ihn an – wenn denn die richtigen Produkte vergesellschaftet wurden, denn genau darin bestand die Kunst. Banane und Cashew mochten zusammenpassen, aber in Kombination mit Eiern? Wenn es wenigstens Huhn wäre! Paul konnte sich beim besten Willen nicht vorstellen, dass die Biochemie dieses Gerichts stimmig war.

Kopfschüttelnd sah er Jojo dabei zu, wie sie eine Matschkugel nach der anderen in ihren Mund stopfte. Ihr Teller war leer, bevor er mit der Vorspeise begonnen hatte. »Zum Thema Restaurant haben meine Schüler immer besonders viele Fragen«, sagte Paul, während er seine Serviette einmal in der Mitte faltete.

»Glaube ich dir.« Jojo nickte, ohne aufzusehen.

»Da lauern einige Fettnäpfchen.«

»Aber hallo.« Jojo kaute mit halb offenem Mund.

»Die Serviette legt man sich beispielsweise auf den Schoß.« Paul überlegte, ob er weitere Beispiele anbringen sollte, entschied sich jedoch dagegen. Bei Menschen der Stilkategorie D bestand wenig Hoffnung, dass Ratschläge zur Einsicht führen würden.

Seit seiner Ausbildung zum Knigge-Trainer klassifizierte Paul seine Umwelt mit scharfem Blick, und er hatte vier Kategorien ausgemacht, die er in seinem Ratgeber mithilfe eines speziellen Modells veranschaulichen würde: der Donut-Formel.

Am liebsten umgab er sich mit Vertretern der Stilkategorie A, die – um bei seinem Modell zu bleiben – dem perfekten Donut entsprach: Die Glasur stimmte, der Teig war gelungen und die Füllung ein Traum, so wie bei einem luftigen Schokodonut mit Krokantstreuseln und Vanillecremefüllung. Zu Typ A zählten gepflegte Menschen, die sich gut kleideten (perfekte Glasur), in Sachen Kunst und Kultur Geschmack bewiesen (perfekter Teig) und die gebrechlichen Senioren ungefragt über die Straße halfen (perfekte Füllung). Menschen wie Annika.

Zu der Stilkategorie B dagegen gehörten Menschen, die Trainingsanzüge trugen (ranzige Glasur) und mitunter das Anklopfen vergaßen (trockener Teig), die aber niemals schlecht über ihre Mitmenschen sprachen (tolle Füllung). Sein Bruder Kai zählte zu dieser Kategorie, und genau deshalb glaubte Paul trotz aller Rückschläge an sein Projekt.

Vertreter der Stilkategorie C mied er im Gegensatz dazu, wo er nur konnte. Bei diesen Zeitgenossen entsprachen die äußere Hülle einer wunderbaren Schokoglasur und das Verständnis für Kunst und Kultur einem gelungenen Teig, aber die Füllung war verdorben. C-Menschen würden einen Kellner zusammenstauchen, wenn ihnen die Farbe des servierten Hummers missfiel. Oder sie würden ihre Umwelt durch gänzlich ungedämpfte Gespräche stören – so wie die drei Herren am Nachbartisch.

Schlimmer waren nur Vertreter der Stilkategorie D, denen er das Bild eines trockenen Teigklumpens ohne Füllung und Glasur zuordnete. Menschen ohne Stil und erkennbar guten Kern. Menschen wie Jojo, die mit ihrem bereits benutzten Teller gerade erneut zum Buffet stürmte.

»Willst du das alles essen?«, fragte Paul entgeistert, als sie wieder zurückkam. Jojo schwieg und schien zu überlegen.

»Nee, hast recht«, sagte sie. »Ich ess nix mehr. Dann knallt das Bier besser.«

»Jojo, bitte!«

»Das war ein Scherz.« Sie zog den Teller heran, schaufelte einen Berg Pommes frites in sich hinein und grinste. »Lachst du eigentlich nie?«

»Ich habe sehr viel Humor.«

»Ein Glück.« Jojo lehnte sich quer über den Tisch und langte nach dem Salzstreuer. »Sonst würde mir Annika echt leidtun.«

»Keine Sorge. Wir lachen viel.«

»Worüber denn?«

»Alles Mögliche.«

»Zum Beispiel?«

Paul lehnte sich zurück. Von den Kaffeefleck-Männchen wollte er Jojo nicht erzählen. Dieser Insider war zu persönlich. »Auf dem Flohmarkt haben wir neulich einen Stand mit Krawatten gesehen«, sagte er.

»Echt jetzt? Ich lach mich tot.«

»Nein, hör zu: Dort gab es Comic-Krawatten. Garfield, Snoopy, Homer Simpson …«

»Ja und? Hast du sie anprobiert?«

»Natürlich nicht.« Paul winkte ab. »Aber die Vorstellung, dass es Menschen gibt, die so etwas anziehen … Wir haben Tränen gelacht!«

Jojo runzelte die Stirn, während sie eine Fritte in den Ketchup-Sumpf tunkte. »Du musst lockerer werden.«

»Ich bin locker.« Paul wollte wie zum Beweis den obersten Knopf seines Hemdes öffnen, doch dann hielt er in der Bewegung inne. Wie kam Jojo eigentlich dazu, ihm eine Verhaltensänderung anzuraten? Ausgerechnet sie!

»Nicht so locker wie die da.« Jojo zeigte auf die Herrenrunde der Stilkategorie C. Alle drei trugen Krawatten, alle drei tranken Wein – und sie führten sich auf, als säßen sie in der hinterletzten Dorfkneipe.

»Oh là là là là!« Der Lauteste der Runde schlug mit der flachen Hand so fest auf den Tisch, dass sich sogar das Pärchen am Fenster nach ihm umdrehte. Sein Gegenüber lachte donnernd, während er sich mit seiner Serviette die Stirn abwischte.

»Diese Menschen sind nicht locker, sie sind respektlos.« Paul seufzte. Wie hatte Thomas Jefferson, der ehemalige Präsident der Vereinigten Staaten, einst gesagt? *»Jeder Mensch von Kultur hat zwei Vaterländer: das seine – und Frankreich.«* Ein Aphorismus, der ganz sicher nicht auf diese Herrenriege zutraf. »Wo steckt denn bloß die Bedienung?« Paul sah sich suchend um. Auch, beziehungsweise gerade in einer Tupperdose musste man doch auf seine Mitmenschen Rücksicht nehmen.

»Ich kann denen gerne ein paar Takte erzählen!«, rief Jojo.

»Nein, nein«, sagte Paul schnell. »Mit solchen Leuten diskutiert man nicht. Man ignoriert sie.«

Er erhob sich, um zum Hauptgang zu schreiten. Als er an den Tisch zurückkehrte, hatte ein Mitglied der Herrenrunde ein Handy am Ohr und telefonierte lautstark. Auch in der folgenden Viertelstunde senkte sich der Lärmpegel nicht. Während Jojo zwei komplette Nachspeisenteller in sich hineinschaufelte, beschäftigte sich Paul mit seinem Kartoffelgratin. Dass sich Annika noch immer nicht gemeldet hatte, drückte auf seine Stimmung. Das donnernde Gelächter am Nebentisch hielt an.

»Boah, die nerven ja mal so richtig.« Jojo kippelte mit dem Stuhl, während sie ihr Bier austrank. Auch das Pärchen schaute immer wieder zu den Herren hinüber.

»Ich geh da jetzt hin«, entschied sie.

»Wir sind doch gleich fertig.«

Jojo schien ihn nicht zu hören oder vielleicht wollte sie ihn auch nicht hören. Sie steuerte geradewegs den Herrentisch an, ihren zackigen Bewegungen nach war sie nicht zu Scherzen aufgelegt. Paul wollte ihr nach, sie von ihrem Vorhaben abbringen – doch im selben Moment begann sein Handy in der Hosentasche zu vibrieren. Annika! Endlich!

Im Stechschritt verließ er den Speisesaal. Er erreichte das Foyer – dann die Enttäuschung. Nicht Annika hatte seine Nummer gewählt, sondern Madame Fourmilier, die eine Verspätung um fünfzehn Minuten ankündigte. Paul bedankte sich für diese Information und machte auf dem Absatz kehrt. Dass aus dem Speisesaal kein wüstes Gezeter zu ihm drang, beruhigte ihn nur wenig. Er wusste von Annika, wie rabiat Thekenkraft Jojo mit schwierigen Gästen umging. Seit sie im »Peanuts« arbeitete, hatte der Besitzer bereits drei Billardqueues ersetzen müssen – und Paul war froh darüber, dass in der Lokalität kein Dart gespielt wurde.

Zu seinem Erstaunen herrschte Ruhe am Herrentisch. Die drei Gäste beugten sich über ein kleines Blatt, der ehemals Lauteste hatte einen Kugelschreiber in der Hand, keiner sprach auch nur eine Silbe.

»Was hast du gemacht?«, fragte Paul.

»Ihnen eine Aufgabe gegeben.«

»Was denn für eine Aufgabe?«

»Ein Gewinnspiel.« Jojo öffnete ihre Umhängetasche und wedelte mit dem Stapel Postkarten, den sie im Krankenhaus mitgenommen hatte. »Das sind Bilderrätsel mit Fotos von berühmten Kunstwerken. Original und Fälschung.« Sie lächelte. »Ich hab ihnen den ›Schrei‹ geschenkt. Zehn Fehler. Man kann eine Saftpresse gewinnen.«

Paul begab sich kopfschüttelnd zum Buffet. Auf dem Weg vibrierte sein Handy zum zweiten Mal. Wieder hastete er ins Foyer. Als er Annikas Stimme hörte, schwappte eine Welle der Wehmut in ihm hoch. Frustriert erzählte er ihr vom »Hôtel Grenouille« und resümierte die Geschehnisse des Tages.

»Morgen holen wir alles nach«, versprach sie.

»Ich will nach Hause.« Paul klang nicht sehr kosmopolitisch, das merkte er selbst, und auch Annika entging es nicht. »Du bist in einer der schönsten Städte der Welt«, sagte sie. »Für eine Nacht.«

»Ich wäre lieber bei dir.«

»Vielleicht kann ich deiner Laune ein bisschen auf die Sprünge helfen.«

»Wie das?«

»Ich hab etwas für dich.«

»Was denn?«

»Sieh um Mitternacht mal in das Handschuhfach deines Wagens.«

»Wieso?«

»Geburtstagsüberraschung.«

»Tatsächlich?«

»Als ich heute Nacht so plötzlich wegmusste, habe ich sie da versteckt.«

»Du bist ja genial!«

»Guck erst mal, ob es dir gefällt.«

»Es wird mir gefallen.«

Paul zweifelte keine Sekunde an Annikas Geschmack. Solange sie ihm kein glitzerndes Hirschgeweih schenkte – und das würde sie nicht –, war er glücklich.

Jojo hatte sich schon längst zum Duschen ins Hotelzimmer verzogen, als er beim Espresso angelangte. Gut, dass sein Notizblock noch viele freie Seiten hatte! Routiniert schwappte Paul einen Löffel Espresso auf ein freies Blatt. Ein paar Minuten warten, und schon konnte es losgehen.

Ein Gesicht mit Augenringen, daneben zwei Schweißtropfen, die er mit einem Pfeil versah und beschriftete, damit Annika sie nicht mit Tränen verwechselte. Der Fleck bekam natürlich auch zwei Arme, wobei der linke fast komplett von einem Kontrabass verdeckt wurde. Sicherheitshalber beschriftete er auch diesen, denn Paul konnte nicht sonderlich gut zeichnen, was zur Folge hatte, dass das Instrument an eine Birne erinnerte. Jetzt fehlte nur noch ein kleines Haus und der Schriftzug »Hôtel Grenouille«.

Ein Klick, ein Foto, »Senden«.

12.

Pauls Schlüsselbund lag nur eine Armlänge von der Eingangstür entfernt neben der Kommode. Ein klassischer Silberring mit den Türöffnern fürs Haus, den Briefkasten, das Auto, den Arbeitsplatz und Annikas Wohnung. Ausufernd bedankte er sich bei Madame Fourmilier und der Seidenhaarigen, die seiner Suche beigewohnt hatte. Ein Problem gelöst. Die Zeit bis Mitternacht überbrückte er mit einem Spaziergang durch das nächtliche Paris. Jojo hatte das Hotel entgegen seiner Empfehlung verlassen, um sich an einer Tankstelle mit Schokoriegeln einzudecken.

Auf seinem Weg quer über den Montmartre entdeckte Paul viele malerische Flecken, aber nur einen Ort, der ihm würdig erschien, um Annikas Geschenk zu öffnen: die »Mur des je t'aime«. Die Ich-liebe-dich-Mauer befand sich in einer kleinen Parkanlage unweit der Métro-Station »Abbesses«. Wie eine Infotafel enthüllte, waren in die 40 Quadratmeter lange Mauer genau 612 dunkelblaue Kacheln gefasst, auf denen in weißer Schrift 311 Mal die Worte »Ich liebe dich« verewigt waren, und das in 250 Sprachen. Zwischen den Schriftzeichen tummelten sich rote Farbflecken, die symbolisch für die Teile eines Herzens standen. Ein Monument mit sehr viel Stil. Annika würde es bestimmt auch gefallen. Er konnte sich genau vorstellen, wie sie mit glänzenden Augen die Kacheln bewunderte, seine Hand fasste und sie drückte, als wolle sie ihm ein geheimes Versprechen geben.

Noch zwölf Minuten.

Vor dem Werk befanden sich sechs grün lackierte Sitzbänke. Zwei waren parallel zu der Mauer, jeweils zwei weitere rechtwinklig zu ihren Seiten ausgerichtet. Paul setzte sich auf die Bank rechts außen. Während er Annikas Päckchen von einer Hand in die andere wandern ließ, beobachtete er die Umgebung. Ein Pärchen betrat eng umschlungen die Grünanlage. Taktvoll wandte Paul den Blick ab. Erst jetzt fiel ihm auf, dass die Bank zu seiner Linken nicht von einem gewöhnlichen Touristen belegt war. Weit nach vorne gebeugt saß der verlotterte Mann auf seinem Platz. Mitte zwanzig, schwarzes schulterlanges Haar, zerrissene Jeans und ein schwarzes T-Shirt. Eine zwielichtige Gestalt. Paul überlegte, ob er den Platz wechseln oder ganz verschwinden sollte, was sicher sinnvoll war, rührte sich jedoch nicht vom Fleck.

Plötzlich erhob sich der Verlotterte und pirschte sich an das Pärchen heran. »Vous voulez un portrait?«, fragte er, und Paul bemerkte, wie der junge Mann zusammenfuhr. »Pardon?« Der Angesprochene hatte einen englischen Akzent. »I make a drawing. Very nice drawing!« Der Verlotterte deutete zu der Bank, auf der er gesessen hatte. Eine Zeichnung wollte er anfertigen? Erst jetzt bemerkte Paul die Zeichenutensilien.

»Just for fun?«, fragte die Frau.

»Not just for fun.« Der Verlotterte grinste. »But for 20 Euros.« Zwanzig Euro für eine im schummrigen Laternenlicht hingeworfene Zeichnung – und das komplett ohne Arbeitsproben? Entrüstet schüttelte Paul den

Kopf, und zu seiner Erleichterung schlugen die beiden das Angebot aus.

Noch vier Minuten.

Paul hielt sein Ohr an das Päckchen und bewegte es vorsichtig nach links und rechts. Manschettenknöpfe? Ein antikes Whiskyglas? Ein kompakter Weinratgeber? Er lehnte sich zurück. Ob Annika schon schlief? Unwahrscheinlich, dann hätte sie ihm bestimmt vorher eine Nachricht geschickt. Er nahm sein Handy und wählte ihre Nummer. Nach dem achten Läuten legte er auf.

Noch eine Minute bis Mitternacht. Er hätte sie so gerne gesprochen. Noch lieber wäre er natürlich bei ihr, so, wie es von Anfang an geplant war.

Paul hielt das kleine Päckchen fest in den Händen. Sie hatte an ihn gedacht. Das allein zählte. Alles andere ließ sich nachholen. Bis zur letzten Sekunde hoffte er, dass Annika ihn anrief, doch sein Handy blieb stumm.

Mitternacht.

Endlich dreißig.

Endlich? Nein, das Alter spielte für Paul schon lange keine Rolle mehr. Für ihn gab es wichtigere Dinge im Leben. Bedächtig öffnete er das edle Geschenkpapier. Eine Schachtel kam zum Vorschein. Wie schade, dass er kein Taschenmesser zur Hand hatte. Millimeter für Millimeter ritzte er das Klebeband mit seinem Autoschlüssel auf. Behutsam, als wäre er ein Florist, der den Stiel einer Baccara-Rose schräg anschnitt. Er wollte den Moment zelebrieren. Das Elend des Tages sollte in Wohlgefallen münden.

Was war das? Paul hob den Inhalt des Päckchens in die Höhe, schüttelte den Kopf, konnte kaum glauben, was er da sah. Sollte das ein Scherz sein? Versteckte Ironie? Eine Anspielung, die er nicht verstand?

Annika hatte ihm eine Ente geschenkt. Für die Badewanne. Aus Plastik. Der Inbegriff des Kitsches. Gut acht Zentimeter groß war das Stück, der Körper dunkelgelb, der Schnabel orangerot. Und das Allerschlimmste: Auf beiden Flügeln prangte eine Dreißig. Bestehend aus Glitzersteinen. Aus 22 Glitzersteinen, die die komplette Farbpalette des Regenbogens abdeckten.

Paul griff nach seinem Handy. Sicher gab es eine ganz einfache Erklärung für dieses Geschenk. Quälende Sekunden dauerte es, bis Annika endlich abhob. »Alles Gute zum Geburtstag, Panther!« Sie klang abgekämpft.

»Geht's dir gut?«, fragte Paul.

»Ich bin so fertig, hier hat einer auf der Messe eine Sitzgruppe beschmiert, mit Kugelschreiber, und ich muss das irgendwie retten.« Sie stöhnte. »Tut mir leid, dass ich mich noch nicht gemeldet habe. Wie geht es dir? Hast du das Geschenk –«

Paul hörte, wie eine männliche Stimme im Hintergrund den Namen seiner Freundin rief. »Ich muss. Es nimmt kein Ende.«

»Ja, ich habe dein Geschenk gefunden.« Paul hörte selbst, wie gepresst seine Stimme klang.

»Und, was sagst du?«

»Ich bin etwas perplex, ehrlich gesagt.«

»Aber die Idee ist genial, oder?«

»Sie ist … originell. Ja. Das ist sie.«

»Ich denke, ich kann deinen Geschmack ziemlich gut einschätzen«, sagte Annika, als im Hintergrund zum zweiten Mal nach ihr verlangt wurde. »Ich komme,

Marv!«, rief sie, dann senkte sie die Stimme wieder. »Lass uns morgen in Ruhe reden, okay? Schlaf schön.«

»Mach's gut«, murmelte Paul. Er konnte es einfach nicht fassen. Wie ferngesteuert stand er auf, mitsamt seiner Ente, und begann zu wandern. Ziellos streifte er durch die Straßen, am Ende landete er wieder auf der Bank vor der »Mur des je t'aime«, wo er eine Ewigkeit vor sich hin starrte, nachdachte, vereinzelte Pärchen herbeischlendern und wieder in der Dunkelheit verschwinden sah. Eine einzige Frage beherrschte ihn. Eine Frage, auf die er leider nur bedrückende Antworten fand. Wieso hatte ihm Annika diese Ente geschenkt?

Hatte sie einfach das erstbeste Geschenk gekauft? Achtlos, ohne groß darüber nachzudenken? Was das über den Zustand ihrer Beziehung aussagte, wollte er sich lieber nicht ausmalen. Hatte ihr die Ente wirklich gefallen? Immerhin mochte Annika glitzernde Hirschgeweihe, auch wenn sie diese als ironischen Stilbruch definierte. Sie glaubte seinen Geschmack zu kennen, hatte sie gesagt – ihn aber völlig falsch eingeschätzt, von Grund auf verkannt, als wäre er ein Fremder. Und das hieß im Klartext: Sie hatten ein Problem.

Als Paul gegen drei in dem Tupperdosen-Hotel einkehrte, traf er auf eine im Mondlicht schlafende Jojo, die zwei Drittel des Doppelbetts in Beschlag genommen hatte. Leise öffnete er den Wandschrank, entnahm ihm zwei Decken und breitete diese auf dem Fußboden aus. Seine Kleidung behielt er an, lediglich seinen verbliebenen Manschettenknopf legte er auf dem Nachttisch ab. Er deckte sich zu und schloss die Augen. Nun war er also dreißig. Und Besitzer einer Plastikente.

13.

Als Paul am Samstagmorgen erwachte, war es bereits hell. Eine Stimme hatte ihn geweckt. Sie kam aus dem Bad. Den Sprechpausen nach telefonierte Jojo gerade. Sie flüsterte, oder vielmehr versuchte sie wohl zu flüstern, denn je länger das Telefonat andauerte, desto lauter wurde ihre Stimme. »Mit einem, der die Seitenspiegel einklappt … Jetzt halt aber mal den Ball flach! … Aber sonst geht's noch?! Jetzt schwing gefälligst deinen Hintern zu Schlappi und Gonzo, anstatt mich hier so blöd von der Seite anzumachen!«

Paul wälzte seine schmerzenden Knochen auf die andere Seite und blinzelte zum Fenster hinauf. Duschen, frühstücken und dann ab nach Hause. Mehr wollte er nicht. Höchstens noch vergessen. Vergessen oder verdrängen.

Zum Glück hatte er heute ein volles Programm: Er musste das Haus auf Vordermann bringen und sein Menü vorbereiten.

»Ach, leck mich doch!« Mit diesen blumigen Worten endete das Gespräch im Bad, was Paul abrupt aus seinen Gedanken riss. Die Türklinke wurde heruntergedrückt. Er stellte sich schlafend, um nicht irrtümlich als Lauscher verdächtigt zu werden.

»Ich weiß, dass du wach bist«, sagte Jojo.

Ertappt schlug Paul die Augen auf.

»Alles okay bei dir?«, fragte er.

»Mein Superfreund hat Gonzo und Schlappi vergessen.« Jojo schnaufte vor Empörung. Wie schon bei der Hinfahrt gab sie nun die Streiterei mit ihrem Freund wieder, was besonders schwer zu ertragen war, da Paul ihren Redepart ja bereits kannte. Haarklein wurde er über das unmögliche Verhalten des »Lappens« informiert. Nicht nur, dass er auf Paul eifersüchtig war – bei diesen Worten schlug sich Jojo dreimal an die Stirn –, nein, er bekam es noch nicht mal auf die Reihe, ihre Kaninchen zu füttern! Paul hörte schweigend zu, was nicht einfach war, da seine Gedanken immer wieder zu einer kunterbunt verzierten Badeente wanderten. »Sag mal, wie geht's dir eigentlich?«, fragte Jojo, nachdem sie sich fast zehn Minuten lang über den »Lappen« ausgelassen hatte.

»Medium«, murmelte er wahrheitsgemäß.

»Na ja, besser medium als durch.«

Paul stimmte nicht in ihr Lachen mit ein. Mühsam erhob er sich von seinem Nachtlager und faltete die braunen Decken zusammen. Der Staub, den er dabei aufwirbelte, kitzelte in seiner Nase. Er fühlte sich zerknittert, nahezu verkatert und irgendwie schmutzig. Ein unwürdiger Zustand, den auch eine Morgendusche nicht verbesserte. Während er sich das Wasser auf den Kopf prasseln ließ, klingelte sein Handy im Nebenzimmer.

»Hey, Sister! Wie isses?«, rief Jojo, für die Besitzverhältnisse wohl keine große Rolle spielten. Paul stellte schleunigst das Wasser aus und trocknete sich in Windeseile ab. Jetzt kam sie: die Aussprache.

»Ja, klar. Ich reich dich weiter.« Jojo hämmerte an die

Badezimmertür, als wähnte sie Paul im Tiefschlaf. Hastig schlüpfte er in seine muffigen Klamotten und nahm das Handy in Empfang.

»Hallo, Panther!« Im Gegensatz zum Vortag schien Annika strahlender Laune zu sein. »Alles Gute noch mal!«

»Danke.« Paul klang, als hätte er zwei Tage lang durchgehustet. Er stellte sich ans Fenster, während Jojo im Bad verschwand. »Wie geht's dir?«

»Super. Ich habe mit einem Kollegen die Sitzgruppe abgeschliffen, die Messe läuft und mein Chef ist happy.«

»Sehr gut.«

»Und du?« Annika schien sich an seiner Einsilbigkeit nicht zu stören. »Jetzt hast du's also gepackt.«

»Was denn?«, fragte er.

»Na, die Dreißig.« Sie lachte. »Gib's zu: Im ersten Moment hättest du die Ente am liebsten eingeschmolzen, oder?«

»Kunststoff darf man nicht einschmelzen.«

»Weiß ich doch.« Sie lachte wieder. »Die Liebe kam dann wohl eher auf den zweiten Blick.«

»Na ja, also …« Er stockte. Annika schien sämtliche empathischen Fähigkeiten verloren zu haben, denn sie plauderte weiter, als ob nichts wäre.

»Oder auf den dritten Blick, denn die Hauptsache kennst du ja noch gar nicht.«

»Wie, die Hauptsache?«

»Das, was dazu passt natürlich.«

Paul hatte keine Ahnung, worauf seine Freundin hinauswollte, würde jedoch eine Denkaufforderung niemals ignorieren. »Hast du eine Badewanne gekauft?«

»Scherzkeks.« Annika lachte.
»Ein Planschbecken?«
»Ich meine es ernst.«
»Wovon sprichst du?«, fragte Paul.
»Von deinem Geschenk.«
»Also etwas mit Wasser …?«
»Du sollst an das Geschenk denken!«
»Mach ich doch!«
»An das richtige!«
»Wie, an das richtige?«
»Na, an das in der Ente!«
»In der Ente ist ein Geschenk?«
»Sag bloß, du hast den Verschluss nicht gesehen.« Annika prustete los, als hätte er versehentlich zwei verschiedenfarbige Socken angezogen.
»Den Verschluss?« Paul ließ seinen Blick durch die Tupperdose wandern. Eine unangenehme Vorahnung begann in seinem Magen zu köcheln wie ein heißer Tee, in dem lauter bunte Bubble-Tea-Perlen umherzischten.
»An der Unterseite der Ente, der kleine runde Deckel. Wenn du den aufdrehst, findest du dein Geschenk.« Annika bekam sich gar nicht mehr ein vor Lachen. »Du hast doch nicht ernsthaft geglaubt, dass ich dir zum Dreißigsten bloß diese Ente schenke, Panther!«
»Ich …« Pauls Blick wanderte fahrig durch den Raum, während die Tee-Perlen in seinem Magen immer schneller durcheinanderwirbelten.
Die Ente. Wo war sie? Warum stand sie nicht auf dem Nachttisch? Er war sich so sicher, dass er sie dorthin gestellt hatte! Oder hatte er sie etwa …?
»Hast du sie aufgemacht?«, fragte Annika.

»Nein«, hauchte Paul und hätte sich im selben Moment am liebsten geohrfeigt. *»Es gibt keine Notlügen«*, hatte Freiherr von Knigge gesagt, *»noch nie ist eine Unwahrheit gesprochen worden, die nicht früh oder spät nachteilige Folgen für jedermann gehabt hätte.«* Knigge hatte recht. Er musste die Wahrheit sagen. Jetzt!

»Versuch es mit dem Daumennagel.« Annikas Stimmfarbe nach lächelte sie gerade. »Ich bin so gespannt, wie du es findest.«

»Es ist so ... Also, ich ...« Paul wusste, was er sagen sollte, sagen musste, aber er brachte die Worte einfach nicht heraus. Sein Gaumen war vertrocknet, die Zunge nur noch ein spröder Lappen. Er konnte ihr doch nicht ernsthaft mitteilen, dass er ihr Geschenk nicht fand!

»Bist du noch dran, Panther?«

Auf einmal war da dieses Bild. Die Ente. Auf der Parkbank. Vor der »Mur des je t'aime«. Paul konnte sich nicht daran erinnern, sie wieder mitgenommen zu haben. Dafür konnte es nur einen Grund geben.

Er hatte das Geschenk stehen lassen!

»Annika?« Seine Stimme krächzte.

»Gefällt es dir?«

»Ich ... bin ... unheimlich überrascht.« Das war nicht gelogen. »Und ich melde mich später noch mal. In Ordnung?«

»Es gefällt dir nicht.«

»Doch, natürlich! Annika, ich bin ... ich weiß gar nicht, was ich sagen soll. Ich ruf dich zurück. Bis nachher!« Mit zitternden Fingern ließ er die Hülle seines Handys zuschnappen.

»Was geht denn bei euch ab?«, fragte Jojo. Paul fuhr

herum, fühlte sich zum zweiten Mal ertappt. Erklären konnte er sein merkwürdiges Gestammel nicht, und zum Glück war Jojos Interesse an den Begleitumständen nicht ausgeprägt.

»Hab ich das gerade richtig verstanden? Du hast heute Geburtstag?«

»Ja. Dreißig.«

»Hey, ein runder!« Sie breitete die Arme aus, und Paul musste sich wohl oder übel von ihr drücken lassen. »Alles Gute!« Sie klopfte ihm wie einem Arbeitspferd auf die Schulter. »Dann lass uns mal so richtig einen draufmachen und mit einem ordentlichen Pott Kaffee anstoßen.«

»Geht nicht, ich habe was verloren«, murmelte er, während er seine Schuhe anzog. »Geh du ruhig schon mal frühstücken.«

»Schon wieder einen Knopf?«

»Ich muss zur ›Mur des je t'aime‹.«

»Na, da komme ich doch mit!«

»Nein, nein. Bin sofort wieder da.«

Jojo zuckte mit den Schultern und ließ ihn ziehen. Von der Rue Lepic war es zum Glück nicht weit bis zu seinem Ziel. Paul trabte die Rue Ravignan hinab und hielt sich links, bis er gegenüber einer Kirche mit orangeroter Ziegelfassade auch schon die kleine Grünanlage erblickte. Zu dieser frühen Stunde hatten sich dort weder Touristen noch Verliebte und auch keine verliebten Touristen eingefunden. Paul scannte die Bänke, die Sträucher, den winzigen Kinderspielplatz.

Nichts.

Annikas Ente war weg.

Eine Katastrophe!

Was sollte er jetzt machen? Seiner Freundin beichten, dass er ihr Geschenk verloren hatte? Ausgeschlossen! Was, wenn sie ihm einen Ring geschenkt hatte? Oder die Manschettenknöpfe ihres verstorbenen Großvaters? Sie wäre außer sich, und zwar zu Recht! Paul hetzte ein zweites Mal durch die schmalen Wege der Grünanlage, blickte hinter jeden Strauch, in jede Mülltonne, unter jeden Kieselstein. Die Ente war verschwunden!

Nur die Ruhe. Paul ließ sich auf eine Bank fallen. Durchatmen. Für jedes Problem gab es eine Lösung. In seinem Fall hieß das: Er würde die Ente finden. Und wenn er ganz Paris auf den Kopf stellte! Die Frage war nur: Wie? Und wo sollte er anfangen?

»Vous voulez un portrait?«

Die kratzige Stimme kam Paul bekannt vor, doch leider gehörte sie – anders, als im ersten Moment vermutet – nicht zu dem Verlotterten. Schade! Der hätte ihm sicher helfen können. Obwohl ... Paul gab sich einen Ruck und fragte auf Französisch nach einem Künstlerkollegen mit langem schwarzem Haar. Leider kenne er diesen Menschen nicht, lautete die prompte Antwort. So jemanden habe er hier noch nie gesehen.

Paul bedankte sich und verließ die Grünanlage. Wer könnte ihm weiterhelfen? Vielleicht ein Verkäufer der »Boutique des je t'aime«? Der kleine Laden, in dem man Postkarten, Poster und Stifte im Mauerdesign erstehen konnte, hatte noch geschlossen. Paul studierte die Öffnungszeiten, als ihn zum zweiten Mal eine kratzige Stimme hochschrecken ließ: »Vous voulez un portrait?«

Der schon wieder! Paul wollte gerade seine Haltung

zum Thema Straßenportraits kommunizieren, als er bemerkte, dass sein Ansprechpartner inzwischen gewechselt hatte.

»Bonjour, monsieur!«, rief er höchst erfreut.

»Vous voulez un portrait?«, wiederholte der Verlotterte.

»Nein. Kein Portrait.« Vor lauter Aufregung fiel Paul erst gar nicht auf, dass er die Landessprache verlassen hatte. Dem Verlotterten dagegen schon. »Ein Angebot, nur für Sie«, sagte er in akzentfreiem Deutsch. »Dreißig Euro. Besser und günstiger bekommen Sie das nirgendwo.«

»Haben Sie eine Ente gesehen?«, fragte Paul, ohne auf die Offerte einzugehen. Er deutete mit seinen Händen die Größe des Objektes an. Aus den Augenwinkeln bemerkte er, wie der Zeichner mit der kratzigen Stimme einen abfälligen Blick in seine Richtung warf. Der Verlotterte schwang einen Kohlestift durch die Luft, als müsse er sich warmmachen. »Sie möchten ein Bild von einer Ente? Gar kein Problem! Dreißig Euro, und ich male Ihnen jede Ente von Paris. Was haben Sie sich denn vorgestellt: eine Stockente?«

»Ich möchte kein Bild«, stöhnte Paul. »Ich habe eine Ente verloren. Eine Quietscheente. Und ich muss sie dringend wiederfinden! Können Sie mir helfen?«

»Eine Quietscheente?« Den Zeichner schien die Anfrage nicht zu verwundern. »Das sagt mir was. So eine hat hier heute Morgen gelegen, ganz sicher sogar.« Er drehte sich zu den Sitzbänken um. »Ärgerlich. Allerdings ...«

»Was meinen Sie?«, fragte Paul.

»Ich hätte da eine Idee.«

»Was denn?«

»Das sage ich Ihnen, wenn ...« Der Verlotterte lächelte. »... Sie sich von mir zeichnen lassen.«

Paul rang mit sich, allerdings nur für einen Moment.

»Wie viel wollen Sie? Zwanzig Euro?«

»Dreißig.« Der verlotterte Künstler griff nach einem Kohlestift. »Nein, kein Bild«, wehrte Paul ab. »Ich gebe Ihnen das Geld so.« Er zückte sein Portemonnaie, doch der Zeichner ließ sich nicht beirren.

»Nicht bewegen«, sagte er.

»Ich möchte kein Portrait. Nehmen Sie das Geld und sagen Sie mir, wo die Ente ist.«

»Geben Sie mir fünf Minuten.«

»Ich habe keine fünf Minuten!«, rief Paul.

»Freundlicher gucken«, befahl der Zeichner ungerührt. Vier Minuten später nahm Paul eine Papierrolle in Empfang.

14.

Der Kindergarten »Les Poussins« befand sich in einem mausgrauen Gebäude ganz am Ende der Rue La Vieuville. Drei gelbe Küken zierten das Schild an der Pforte. Paul zwang sich, nur einmal kurz, aber dafür bestimmt zu klingeln. Nach einer Ewigkeit öffnete ihm eine Dame in Bleu, die rein optisch gesehen gerade auf dem Weg in die Oper sein könnte. Ein Junge mit kurz geschorenem Haar stand wie ein Minitürsteher neben ihr.

Höflich erkundigte sich Paul nach einem kleinen blonden Mädchen. Höflich erläuterte ihm die Dame in Bleu, dass der Kindergarten samstags geschlossen habe. Ob sie ihm trotzdem weiterhelfen könne, fragte Paul. Leider nein. Die Dame in Bleu wollte einem Fremden keine Informationen über kleine blonde Mädchen zukommen lassen. Bevor sie die Tür schließen konnte, klärte Paul sie in aller Eile über den Hintergrund seiner Erkundigungen auf. Er erzählte von seinem Geburtstag, der Ente und von dem verlotterten, Deutsch sprechenden Künstler, der heute Morgen ein Mädchen auf dem Spielplatz neben der Mauer gesehen haben wollte. Ein Mädchen, das diesen Kindergarten besuche, etwa einen Meter groß sei und die blonden Zöpfe zu zwei Schnecken geringelt trüge.

»C'est Claire!«, rief der Minitürsteher. »Elle a les cheveux comme ça!« Er deutete mit seinen Fäusten zwei Kringel am Hinterkopf an. Die Dame in Bleu runzelte die Stirn und packte den Türgriff. »Claire ... cheveux ...«, waren die letzten Worte des kleinen Jungen, bevor die Tür ins Schloss fiel.

Der Verlotterte war gerade in ein Portrait vertieft, als Paul zu ihm zurückkehrte. Ein Japaner hatte sich vor der Mauer platziert und schaute so betont versonnen Richtung Straße, als stünde er auf einer Klippe am Meer.

»Und? Haben Sie Ihre Ente?«, fragte der Künstler, ohne von seiner Zeichnung aufzusehen. »Nein«, sagte Paul. »Aber ich weiß jetzt, wie das Mädchen heißt.«

»Wie denn?«

»Claire.«

»Claires gibt es hier wie Sand am Meer.«

»Sehr hilfreich, vielen Dank.«

Der Verlotterte legte den Kopf schief, bevor er die Nase des Japaners zeichnete.

»Einen Tipp hätte ich noch«, sagte er.

»Ach ja? Welchen denn?«

»Fünf Euro.«

»Das kann ja wohl nicht ...«, begann Paul, doch dann verstummte er. »*Sei vorsichtig in Tadel und Widerspruche!*«, hatte Knigge geschrieben und damit sicher recht. Was wusste Paul schon über den Straßenkünstler? Seiner Kleidung nach hatte er üble Geldprobleme, und vielleicht musste er jeden Cent für seine Kinder oder die kranke Mutter sparen! Paul reichte ihm fünf Euro. »Ihre Mutter ist Kellnerin«, berichtete der Verlotterte. »In einem Café.«

»Und wo?«

»Irgendwo hier in der Nähe.«

»Aber wie soll ich die finden?«

»Wer suchet ...« Mit dieser wenig hilfreichen Bemerkung war das Gespräch für den Künstler beendet.

Seufzend zog Paul sein Handy hervor. Er musste sämtliche Cafés abklappern, eine andere Chance sah er nicht. Ein Schwung schriftlicher Geburtstagsgrüße und sieben Anrufe in Abwesenheit. Vermutlich ebenfalls Gratulanten. Auch Annika hatte versucht ihn zu erreichen. Zweimal sogar. Er stellte den Ton seines Handys wieder an und wählte Jojos Nummer, die seine Freundin irgendwann mal für Notfälle in seinem Handy gespeichert hatte.

»Bist du noch bei der Mauer?«, fragte Jojo.

»Ich brauche deine Hilfe.«

»Wobei?«

»Ich muss ein Mädchen finden.«

»Was denn für ein Mädchen?«

»Sie heißt Claire.«

»Aha? Und wer ist diese Claire?«

»Erzähle ich dir später. Hilfst du mir?«

»Klar. Zur Mauer?«

»Wir müssen ein paar Cafés abklappern.«

»Wegen dieser Claire?« Jojo klang misstrauisch, und das konnte er ihr auch nicht verübeln.

»Claire ist ...«, begann er – und verstummte. Er hatte das erste Café erreicht. »La Baguette Magique« hieß es, und es würde um neun Uhr öffnen. Ein kahlköpfiger Mitarbeiter stellte soeben die Stühle von den Tischen. Paul platzierte sich direkt vor dem Seitenfenster.

»Das gibt's doch nicht!«, rief er.

»Was denn?«

»Mein Problem hat sich soeben erledigt.«

»Hast du Claire gefunden?«

»Etwas Besseres!« Nein, er täuschte sich nicht. Farbe, Größe und Proportionen stimmten. Paul blickte auf seine Uhr. »Ich komme in zwanzig Minuten.«

»Umso besser.«

Der kahle Mitarbeiter des »Baguette Magique« wunderte sich vermutlich, warum Paul wie ein hungriger Löwe vor dem Café auf und ab lief, aber das kümmerte ihn kaum. Erst als sich eine weitere Kundin vor der Glastür einfand, baute er sich vor dem Eingang auf.

Wieder wanderten Pauls Gedanken zu der Ente. Was in aller Welt mochte Annika bloß darin verborgen haben? Eine Krawattennadel? Einen USB-Stick? Einen Schlüsselanhänger? Klein und leicht musste das Präsent sein. Vielleicht ein Gutschein? Oder ein Puzzle? Er erinnerte sich daran, wie er ihr vor gut einem Jahr einen Kinogutschein kopiert und in Form von sieben Puzzlestücken überreicht hatte. Vielleicht hatte sie dieses Geschenk ja inspiriert?

Das Klingeln seines Handys riss Paul aus den Gedanken. Seine Mutter. Alles Liebe und Gute und viel Glück und Gesundheit ... Unglaublich, wie schnell die Zeit vergangen war ... Wo war sie bloß hin? Sie wusste es selbst nicht ... Sie wusste nur, dass ihr Pauli kein Pauli mehr war, sondern ein ausgewachsener Paul, der hoffentlich einen ganz tollen Tag mit seiner lieben Freundin verbringen würde. Wie es mit Herrn Winkler gelaufen war, wollte sie wissen, und ob er ihm hatte weiterhelfen können. Schön, schön ... Auf ihren sogenannten Heimaturlaub in zwei Wochen freute sie sich im Übrigen schon sehr. Einen wunderbaren Tag noch und alles Gute auch von Papa … Paul hörte – was normalerweise überhaupt nicht seine Art war – nur mit halbem Ohr zu und antwortete sehr einsilbig, aber das schien seine plauderfreudige Mutter nicht zu bemerken.

Kaum hatte er aufgelegt, kam der Kahle zur Tür. Ganz kahl war er gar nicht, wie erst jetzt deutlich wurde. Zwei, drei Dutzend Haare hielten auf seinem Kopf die Stellung. Quälend langsam steckte er den Schlüssel ins Schloss. Endlich! Paul wäre am liebsten zur Theke geschossen, bewegte sich aber gemessenen Schrittes dem Entengelb entgegen. Die Kundin vor ihm brauchte nicht nur eine gefühlte Ewigkeit, um ihre Wünsche kundzutun. Ein Baguette. Oder lieber zwei. Zwei Baguette und zwei Pains au chocolat. Nein drei. Nein zwei. Und ein Croissant. Paul wartete gelassen. Wie sagte schon Knigge? *»Du hast bei der besten Sache schon halb verloren, wenn du nicht kaltblütig bleibst.«* Als die wankelmütige Kundin ihr Portemonnaie zückte, lächelte er.

»Ah! Un moment.« Die Wankelmütige hob den Finger, noch bevor Paul das Wort ergreifen konnte. »Je prends encore ce canard-là.« Sie deutete auf die Quietscheente. Wollte sie etwa die Ente kaufen? »C'est *mon* canard«, erklärte Paul mit Nachdruck. Der Grenz-Kahle hob die Augenbrauen, reagierte jedoch nicht auf seine Verlautbarung, sondern griff ins Regal – und reichte die Ente der Wankelmütigen!

»Monsieur«, rief Paul alarmiert, während in seinem Magen wieder die gefühlten Bubble-Tea-Perlen umherzischten. »C'est mon canard!« Er wollte nach der Ente greifen, doch der Grenz-Kahle nahm ungerührt einen Schein entgegen und verabschiedete sich von seiner Kundin.

»Mon canard!« Pauls Stimme kiekste. Der Grenz-Kahle hob seine Hände, als würde er sich ergeben. Es gäbe keinen Grund zur Aufregung, sagte er. Es sei nun mal die letzte Ente gewesen, da könne man nichts machen. Die letzte Ente? Paul begriff nicht. Wieso wurden in einer Bäckerei überhaupt Enten verkauft?

Der Verkäufer deutete auf ein Plakat links neben der Theke. Im Mittelpunkt desselben: eine Armada von Quietscheenten. »Course de canards«, lautete der Titel, dem eine Terminankündigung folgte: 23.07. à 11 h. Paul schüttelte den Kopf. Ein Entenrennen? Morgen um elf Uhr? Hier in Paris? Er überflog den Informationstext am unteren Rand des Plakats. Nein, er hatte sich nicht verlesen: Am morgigen Tag würden sich Tausende von Quietscheenten auf der Seine ein Kopf-an-Kopf-Schwimmen liefern. Und das Schlimmste: Jede einzelne Ente sah haargenau so aus wie die von Annika! Die Form, die Farbe, die Größe, selbst die Augenpartie mit ihren jeweils drei Wimpern. Sie musste das Plastiktier bei ihrem letzten Arbeitseinsatz in Paris erstanden haben!

Der Grenz-Kahle schien Pauls Verzweiflung zu spüren. Die Nachfrage sei enorm gewesen, beteuerte er gleich zweimal, und es würde ihm sehr leidtun, dass er die letzte Ente unmittelbar vor seinen Augen verkauft hätte. Er nannte ihm zwei weitere Verkaufsstellen, die eventuell noch ein Restkontingent an Enten auf Lager hätten. Paul murmelte ein Dankeschön und verließ das »Baguette Magique« mit leeren Händen.

Ein paar vereinzelte Strahlen der Julisonne bahnten sich ihren Weg durch den Morgennebel. Ein Strahl fiel genau auf die Tür des Tabakgeschäfts gegenüber. Auch dort klebte ein Plakat. Im Mittelpunkt: eine Quietscheente. Während Paul seine Scheuklappen verwünschte, hörte er, wie hinter ihm ein Pärchen kichernd darüber diskutierte, ob man einer Plastikente auch einen Motor einbauen könnte. Pauls Ohren klingelten. Wie in Zeitlupe drehte er sich einmal um die eigene Achse. Im ersten Stock eines Mehrfamilienhauses entdeckte er ebenfalls eine. Er stöhnte. Sie waren überall …

15.

Die Terrasse des »Hôtel Grenouille« zeichnete sich durch überschaubare Ausmaße und den reizarmen Blick auf eine Betonwand aus, die – immerhin – zu einem Drittel mit Efeu bewachsen war. Jojo hockte auf einem schmiedeeisernen Stuhl, ein Bein auf dem Nachbarmöbel platziert. Als Paul an ihren Tisch trat, sah sie von ihrem Handy hoch.

»Können wir?«, fragte sie.

»Noch nicht.«

»Wieso?« Jojo legte ihre Hände in den Nacken. »Ich dachte, dein Problem hätte sich erledigt.«

Paul versuchte vergeblich, eine Falte in seinem linken Ärmel glatt zu streichen, während er überlegte, wie er seine Misere möglichst elegant umschreiben könnte.

»Was ist überhaupt los?«, fragte Jojo.

»Das ist ein bisschen kompliziert.«

»Ich habe Zeit.« Jojo machte keine Anstalten, sich zu erheben. Sein Zögern schien ihr zu missfallen. »Pass auf«, sagte sie auf einmal unerwartet scharf. »Ich weiß nicht, was du vorhast, aber eins kann ich dir sagen.« Sie richtete sich auf. »Wenn du meine Schwester verarschst, bekommst du es mit mir zu tun.«

»Johanna, ich bitte dich.« Paul drehte seinen verbliebenen Manschettenknopf wie den Lautstärkeregler einer

Fernbedienung. Jojos Stimme ließ sich nicht herunterregeln.

»Wer ist Claire?«, fragte sie.

»Ein Kind.«

»Dein Kind?«

»Nein, natürlich nicht!« Paul gab sich einen Ruck und fasste die Ereignisse des Morgens in einem hastigen Resümee zusammen. Während er redete, ließ Jojo ihn nicht aus den Augen. Ihr Blick: streng wie der Blick seiner Ausbildungsleiterin in der Knigge-Akademie.

»Ja, ich weiß«, sagte er zum Abschluss. »Ich hätte die Ente nicht aus den Augen lassen dürfen. Das war ein Fehler.«

»Und du hättest meiner Schwester die Wahrheit sagen müssen. Das war auch ein Fehler, Herr Knigge.«

»Annika soll sich nicht unnötig aufregen. Ich werde ihr alles erzählen, sobald ich die Ente gefunden habe.«

»Ach ja?« Jojo stand auf und bewegte sich in einem Bogen um ihn herum, fast wie ein Hai auf Robbenjagd. Würde sie ihn auffliegen lassen? Paul zuckte bei dem Gedanken innerlich zusammen. Er hätte Jojo nicht einweihen dürfen. Ein Fehler. Sein zweiter. Nein, sein dritter.

»Und jetzt?«, fragte er beklommen.

»Jetzt?« Sie fixierte ihn, bereit zur Attacke. »Jetzt schlage ich dir einen Deal vor.«

»Welchen denn?«

»Ich helfe dir, diese Ente zu finden.« Sie streckte ihm ihre rechte Hand entgegen. »Und danach verkaufen wir meinen Kontrabass.«

»Und Annika …?«

»… erfährt nichts.« Jojo packte seine Hand und schüttelte sie kräftig. »Meine Güte, ich hab schon gedacht, du hättest hier eine zweite Familie am Start.«

Paul atmete auf. »Du hältst mich jetzt sicher für völlig …«, begann er, doch Jojo schnitt ihm das Wort ab. »Ich halte dich für einen Dreißigjährigen, der verzweifelt nach einer Quietscheente sucht.« Sie lachte. »Auf geht's. Wir müssen noch mal zu dieser Mauer.«

Ein Blick aufs Handgelenk. 9:19 Uhr. Paul begann zu rechnen. Um 20 Uhr würden seine Gäste eintrudeln. Wenn er sich beeilte, brauchte er zwei Stunden Vorlauf zum Vorbereiten des Menüs, eine halbe Stunde für das Herrichten der Wohnung und eine halbe für sich selbst. Wenn er um 17 Uhr zu Hause sein wollte, musste er Paris spätestens um 13 Uhr verlassen. Das war machbar – aber nicht einfach. Sie trabten los.

»Was denkst du, was in der Ente ist?«, fragte Jojo.

»Ich weiß nicht. Vielleicht Manschettenknöpfe. Wir hatten auf dem Flohmarkt letztens welche gesehen.«

»Wie schön.« Jojos Stimme klang nach ›Wie grässlich‹.

»Zu besonderen Anlässen trage ich so was sehr gerne. Außerdem sammele ich Manschettenknöpfe.«

»Ein faszinierendes Hobby.« Sie grinste. »Vielleicht ist ja auch ein Liebesbrief für dich drin.«

»Den würde sie wohl kaum auf ein winziges Papier kritzeln und in eine Ente stopfen.«

»Eine Kette? Oder ein Armband?«

»So etwas trage ich nicht.«

»Dann ist es ein Verlobungsring!«

»Ganz sicher nicht.« Paul schüttelte entschieden den Kopf. Über das Thema Hochzeit hatten sie schon gesprochen, ganz allgemein natürlich, und Annika wusste genau, wie er zu diesem Thema stand. Er würde ihr auf Knien einen Antrag machen, und zwar am Strand oder auf ihrer zukünftigen Veranda, die – realistisch gesehen – wohl eher ein Stadtbalkon sein würde. Aber so weit war es noch nicht. Noch lange nicht.

Ohne sich länger mit Spekulationen aufzuhalten, hasteten Paul und Jojo zu der »Mur des je t'aime«. Der Verlotterte war noch an Ort und Stelle.

»Wieder da?«, fragte er scharfsinnig.

»Ich brauche mehr Informationen«, sagte Paul.

»Sie wissen alles, was ich weiß.«

»Sie haben 35 Euro von mir bekommen.«

»Von dem Geld hätten Sie sich eine neue Ente kaufen können.« Der Straßenkünstler steuerte ein Pärchen an, das sich soeben vor der Mauer eingefunden hatte.

»Verbale Spitzen helfen mir nicht weiter!«, rief Paul, doch der Angesprochene ignorierte ihn.

»Moment mal.« Jojo marschierte dem Verlotterten hinterher. Auch das noch. Über den Ablauf eines konstruktiven Kritikgesprächs war sie bestimmt nicht im Bilde, und nach wüsten Anfeindungen stand Paul gerade gar nicht der Sinn. Zu spät. »Was war denn das für 'ne Nummer?«, zischte Jojo, ohne sich darum zu kümmern, dass der Zeichner bereits seinen Kohlestift schwang. Paul konnte nicht sämtliche Details des nun folgenden Disputs heraushören, was sicher besser war, da Worte wie »asi« und »Verarsche« darin eine dominante Rolle spielten. Nach einer Flut von Brachialbegriffen schienen sich die Wogen zu glätten, und die beiden sprachen eine ganze Weile in einer gemäßigten Lautstärke miteinander.

Wie Jojo ihr Ziel erreichte, blieb im Dunkeln – aber immerhin: Sie kam mit einem Lächeln im Gesicht und einer Notiz in der Hand zurück.

Fünf Minuten brauchten sie bis zum »Chez Mamie«. Schon beim Betreten des Cafés fühlte sich Paul wie früher bei seinen Großeltern. Die Margeriten neben der Kasse sahen aus wie selbst gepflückt, es roch nach frischem Brot, und im Hintergrund lief ›Claire de lune‹ von Claude Debussy.

»Bonjour«, grüßte Paul, doch die Dame hinter der Theke präsentierte ihm nichts außer ihren grauen Dutt, denn sie war gerade schwer damit beschäftigt, eine Schiefertafel zu beschriften. Ohne Zweifel war sie eine Anhängerin der Kalligrafie, denn sie malte die Worte in makelloser Schönschrift. Buchstabe für Buchstabe. Es dauerte eine Ewigkeit, bis die Headline – es ging um den Saft des Tages – vollendet war. Noch bedeutend länger brauchte sie für die erste Zutat. Paul grüßte ein zweites Mal, doch die Kalligrafin war ganz in ihre Arbeit versunken. Gewissenhaft malte sie ein »o«. Und ein »r«.

»Bonjour!«, rief Jojo bei dem nun folgenden »a« so laut, dass die Kalligrafin zusammenzuckte. Der Kreidestrich wich von seiner Spur ab und durchquerte den Vokal. Ein strafender Blick, dann griff sie nach einem Schwämmchen. Sie benetzte es mit Wasser und wischte alle drei Buchstaben weg, bevor sie die nasse Stelle mit einem Lappen trocknete und erneut zur Kreide griff. Paul polierte seinen rechten Manschettenknopf, bis die »orange« endlich auf der Schiefertafel prangte.

»Madame!«, rief Jojo, als die Kalligrafin zu der zweiten Zutat ansetzte. Sie reagierte nicht, doch die ruppige Anrede schien sie aus der Ruhe zu bringen. Die »framboise« fiel nicht nur schräg aus, sondern wurde darüber hinaus auch noch von einem Abwärtstrend erfasst: Das Wort endete gut fünf Zentimeter unter der gedachten Linie, auf der es begonnen hatte. Das konnte so natürlich nicht stehen bleiben. Wischen, trocknen, und wieder begann die Kalligrafin mit der Verschriftlichung der Himbeere.

»Ich werde gleich wahnsinnig«, zischte Jojo.

»Sei leise, sonst schreibt sie wieder schief«, flüsterte Paul zurück. Zu spät. Die Himbeere missglückte auch beim dritten Anlauf. Die Kalligrafin drehte sich um. Ihre Augen waren von tiefen Ringen gezeichnet. Immerhin grüßte sie – doch ihrer Stimme wohnte ein Seufzen inne.

Paul grüßte ebenfalls und erklärte auf Französisch, dass er auf der Suche nach einer Mitarbeiterin in den Dreißigern war. Da gäbe es mehrere, lautete die Antwort. Sie sei blond, ergänzte Jojo. Die Kalligrafin griff nach dem Schwamm. Ihre vier Mitarbeiterinnen seien alle blond, seufzte sie, und das Gespräch schien damit erledigt. Sie wischte die Himbeere weg. Buchstabe für Buchstabe. Ein kleines Mädchen habe sie, sagte Paul. Schweigen.

Jojo stemmte beide Arme auf die Theke. »Madame!« Sie funkelte den Dutt der Kalligrafin an, doch diese war ganz in das »r« der neuen »framboise« versunken. Beim »a« platzte Jojo der Kragen. »Hey!« Ihrer Stimme nach war sie kurz vor einem Wutausbruch. »Lass sie«, raunte Paul. »Wir fragen nochmal, wenn sie fertig ist.«

Jojo schüttelte ihre lodernden Haare. »Claire heißt die Tochter, compris? Claire!«, schnaubte sie. Paul wollte sich gerade im Namen seiner Begleiterin entschuldigen, als nebenan ein Telefon klingelte. Die Kalligrafin verschwand durch eine knarzende Holztür. Sie hatte keine Eile.

»Ich dreh gleich durch!« Jojo griff nach einem Nudelholz, das wohl zu Dekorationszwecken an der Wand hing.

»Was hast du vor?« Hastig wollte ihr Paul das Backwerkzeug entreißen, doch Jojo marschierte geradewegs auf die Tür zu, hinter der die Kalligrafin verschwunden war. »Bist du verrückt geworden?«, rief er. »Leg das sofort zurück!« Jojo reagierte nicht. Sie lauschte einen Moment an der Tür, dann kam sie mit dem Nudelholz in der Hand wieder zur Theke zurück, griff nach dem Schwämmchen – und wischte die Tafel! Einmal nass, einmal trocken. Dann begann sie zu schreiben. Sie kündigte den Tagessaft an und ergänzte die Zutaten. Fein säuberlich auf einer dünnen Linie, die sie mithilfe des Nudelholzes zog und nach vollendeter Arbeit wieder entfernte. Ihre Schrift war tadellos.

Wieder knarzte die Tür. »Mais …«, begann die Kalligrafin, als Jojo gerade die Kreide aus der Hand legte. Sie kam näher, runzelte die Stirn, doch dann hielt sie auf einmal inne, und beim Anblick der Schiefertafel huschte tatsächlich der Hauch eines Lächelns über ihr Gesicht. »Merci.« Sie nickte Jojo zu, öffnete eine Schublade der Theke und zog einen großen Umschlag hervor.

16.

10:02 Uhr. Paul ließ seinen Blick über den Innenhof des Louvre schweifen: über die Glaspyramide, den Springbrunnen und die Menschenmassen, die vor dem Eingang in der Sonne brutzelten. Jojo sprach aus, was er – natürlich ohne Verwendung eines Brachialbegriffs – dachte: »Ach Scheiße, die finden wir hier doch nie.«

Immerhin wussten sie, nach wem sie suchten. Die Kalligrafin hatte Paul das Bewerbungsfoto ihrer Mitarbeiterin Marianne gezeigt und ihn darüber in Kenntnis gesetzt, dass Marianne und ihre Tochter Claire den kindergartenfreien Tag im Louvre verbringen wollten. Genau wie geschätzte 15 000 weitere Besucher.

Dreimal eilten Paul und Jojo über den Innenhof, vorbei an der bestimmt zwanzig Meter hohen Glaspyramide, in der sich der Haupteingang des Museums befand. Vorbei an Dutzenden von Menschen, die sich mit hoch erhobenem Arm und ausgestrecktem Zeigefinger fotografieren ließen, was vermutlich auf den Bildern wirken sollte, als würden sie die Spitze der Glaspyramide berühren.

Immer wieder zog Paul sein Handy hervor, um einzelne Museumsbesucher mit dem abfotografierten Bewerbungsbild aus der Mappe der Kalligrafin zu vergleichen. Die Mittdreißigerin trug darauf eine Mütze, mit der sie entfernt an Rotkäppchen erinnerte. Ein Rotkäppchen war auf dem Innenhof jedoch weit und breit nicht in Sicht. Auch keins ohne Kopfbedeckung. Und eine Quietscheente erst recht nicht.

»Ganz ruhig. Bin gleich zurück«, sagte Jojo, während Paul verzweifelt nach der Lösung des unlösbaren Problems suchte.

»Wie? Weg? Ich dachte, du hilfst mir!«

»Ich muss noch was erledigen.«

»Was denn?«

»Eine Kleinigkeit. Dauert nicht lange.« Jojo verschwand wie selbstverständlich in der Menge. So hatte sich Paul die Sache mit der Kooperation nicht vorgestellt.

»Hey!« Er warf dem Halbwüchsigen, der ihn unsanft angerempelt hatte, einen bösen Blick nach. Eine Entschuldigung blieb aus, dafür haftete nun ein Fleck an seinem Hemdsärmel. Ein Fleck, der an eine explodierte Banane erinnerte und von dem Vanilleeis des Halbwüchsigen stammte.

Paul zwang sich zur Ruhe. Zwei Ordner befanden sich in unmittelbarer Nähe. Ein großer schmaler beaufsichtigte die stetig wachsende Schlange vor dem Haupteingang, ein kleiner stabiler patrouillierte rund um die Springbrunnen. Beide trugen schwarze Sakkos mit einem Polyester-Anteil von mindestens 40 Prozent und merkwürdigem Faltenwurf.

Paul steuerte den kleinen Stabilen an und fragte nach einer Quietscheente. Der Endvierziger überlegte kurz, dann schüttelte er den Kopf. Er hätte an diesem Tag schon diversen Unrat gefunden – Mülltüten, Sandwiches,

Tennisbälle und jede Menge Kaugummis –, aber eine Quietscheente sei ihm nicht untergekommen.

»Mais qu'est-ce que tu racontes?!« Der große Schmale schüttelte den Kopf und fragte seinen Kollegen, ob er in der Sommerhitze sein Gedächtnis verloren habe. Natürlich hätte im Wasser eine Ente getrieben. Vor etwa einer halben Stunde. Dort drüben, ganz rechts am Beckenrand, wo sie nicht das Geringste verloren hatte. Die minderjährige Entenbesitzerin hätte sich geweigert, das Treibgut zu entfernen, und nach einer Protestphase gemeinsam mit ihrer Mutter das Gelände verlassen. Ganz sicher sei er sich da. Und die Ente? Die hätten sie bei dem ganzen Tumult im Becken vergessen. Das müsse man sich mal vorstellen! Wenn jeder seinen Müll einfach ins Wasser werfen würde!

Paul erkundigte sich nach dem Ausgang des Vorfalls. Hatte der Ordner die Ente konfisziert? Sie womöglich in einem Stahlspind mit dickem Vorhängeschloss deponiert? Seine Hoffnung wurde enttäuscht. Ein gewisser Ozzy habe die Ente aus dem Wasser gefischt und sei Mutter und Tochter hinterhergelaufen, erklärte der Schmale, während sein Kontrollblick über das Gelände streifte.

Ozzy? Paul bat um eine Präzisierung, doch bevor sein Gesprächspartner antworten konnte, wurde er vom Anblick eines Halbstarken abgelenkt, den zwei Kumpanen mit lautstarkem Gelächter Richtung Brunnen beförderten. Beide Ordner entschuldigten sich und hasteten von dannen.

»Ozzy … Ozzy …«, murmelte Paul halblaut vor sich hin. Ob das ein Arbeitskollege war? Oder ein Stammgast?

»Vous cherchez Ozzy?«, fragte auf einmal jemand hinter ihm, während er noch grübelte. Paul drehte sich um, entdeckte einen Straßenhändler, der gerade eine rote Ballonwurst zu einem Dackelkörper formte. Ja, er suche Ozzy, antwortete Paul. Allerdings habe er nicht die geringste Ahnung, wer dieser Mensch sei. Der Händler wusste Rat.

Ein Clochard sei er, aber ein sehr spezieller. Ein Clochard der neuen Generation, wenn man so wolle. Ein Weltenbummler und Freigeist, höchstens Anfang dreißig, und erkennen könne man ihn an seinem schwarzen Kopftuch, das er wie ein Pirat im Nacken zusammengeknotet habe.

Das Interessanteste an Ozzy war die Strategie, mit der er seinen Lebenswandel finanzierte. Eine Strategie, die selbst einen arbeitssuchenden Wirtschaftsingenieur wie ihn ins Grübeln brachte. Kein Hut, keine Schale, sondern vier Plastikbecher stünden vor Ozzys Decke. Jeder Becher sei beschriftet und gebe den Verwendungszweck der jeweiligen Geldspende an: PAIN, BIÈRE, CIGARETTES, CROQUETTES POUR CHIEN. Brot, Bier, Zigaretten oder Hundefutter. Ja, Ozzy halte sich strikt an diese Vorgaben, sagte der Wirtschaftsingenieur, noch bevor Paul nachhaken konnte, und er würde mit seiner Marktidee erstaunlich hohe Einnahmen generieren. Das Futter für seinen Hund konnte er auf diese Weise komplett finanzieren, und auch beim Brot verzeichnete er einen stabilen Cashflow. Bier und Zigaretten liefen nicht ganz so gut, was aber zumindest seiner Gesundheit zugutekam. Ob Ozzy die Entenbesitzerin noch erwischt hatte, wusste er leider nicht, aber dafür nannte er ihm die drei Stammplätze des Clochards. Paul bedankte sich ausufernd und verließ den Innenhof des Louvre mit einer Resthoffnung von soliden 75 Prozent.

Ozzys Stammplatz Nummer eins befand sich auf der gegenüberliegenden Straßenseite, rechts neben der Métro-Station, war jedoch aktuell verwaist. »Hast du das Museum schon komplett durch?«, fragte Jojo, die ihm mit einer Tragetasche in der Hand entgegenkam, beschwingt, als befände sie sich auf einem Wochenendausflug.

»Nein, aber ich habe eine heiße Spur.«

»Du meinst wohl eine lauwarme Spur«, sagte Jojo, nachdem Paul sie auf den neuesten Stand gesetzt hatte. »Was, wenn dieser Ozzy die Frau gar nicht erwischt hat?«

»Umso besser. Dann hat er die Ente noch bei sich.«

»Oder er hat sie weggeworfen.«

»Er ist den beiden extra nachgelaufen.«

»Aber selbst wenn er sie gefunden hat, wissen wir nicht, wo sie stecken.« Jojo deutete auf ein Eiscafé am Rande des Platzes. »Sollen wir uns nicht lieber einen schönen Tag machen und morgen früh noch mal in dieser Bäckerei vorbeischauen?«

»Ich erwarte heute Gäste. Schon vergessen?«

»Aber wo sollen wir Ozzy finden?«

»Am Strand. Dort ist sein zweiter Stammplatz.«

»Interessant. Laufen wir die 900 Kilometer zu Fuß?«

Paul lächelte. »Es ist nicht weit von hier. Auf geht's.«

Jojo schüttelte den Kopf. »Du bist ein hoffnungsloser Optimist.« Und mit diesen aufmunternden Worten setzte sie sich in Bewegung.

17.

10:23 Uhr. Paris-Plages war die Sommerattraktion von Paris und zog schon zu früher Stunde Scharen von Sonnenhungrigen an. Die Sandaufschüttung am Ufer der Seine war bestimmt drei Kilometer lang und verbreitete mehr als nur einen Hauch von Mittelmeer-Flair. Azurblaue Sonnenschirme, Palmen, Liegen, Hängematten, Trampoline, Picknickplätze, Eisstände und der Geruch von Sonnencreme ... Paul blieb stehen und schloss die Augen. Einen Moment lang fühlte er sich wie im Urlaub, dann holte ihn die Realität wieder ein.

Die Parkbank vor der Pont Neuf war belegt. Allerdings nicht von Ozzy, sondern von zwei jungen Frauen. Paul schlenderte zweimal wie zufällig an der Bank vorbei, musterte die beiden so unauffällig, wie er nur konnte, spähte umher ...

Kein Ozzy in Sicht.

»So viel zum Thema: heiße Spur«, brummte Jojo.

»Uns bleibt noch das Rathaus.«

»Wenn wir bis dahin nicht geschmolzen sind ...« Sie band sich ihre Trainingsjacke um die Hüften und enthüllte somit nicht nur ein schwarzes Tanktop, das auf der Vorderseite mit einem am Strick hängenden Herzen bedruckt war, sondern auch ein Tattoo auf ihrem Oberarm. »We are all mad here«, stand dort in einem Bogen geschrieben, und über dem Schriftzug prangten – parallel zu den Buchstaben ausgerichtet – zwei teuflisch grinsende Zahnreihen.

»Wo warst du eben eigentlich?«, fragte Paul, während sie den Fußgängerweg rechts der mäandernden Strandlandschaft entlanggingen.

»Was besorgen«, sagte Jojo.

»Was denn?«

»Nicht so wichtig.«

Paul schwieg, wollte nicht weiter nachhaken. Direkt hinter der Pont-Neuf, auf Höhe der Nebelduschen, klingelte auf einmal sein Handy. Er ließ es klingeln.

»Meine Schwester?«, fragte Jojo. Paul nickte bloß. Er wusste selbst, dass er sich ehrlos verhielt. Unmittelbar vor einem Kiosk klingelte wieder ein Handy. Diesmal war es Jojos. »Hey, Annika!«, rief sie, woraufhin Paul vor lauter Schreck fast eine Spaziergängerin gerammt hätte. »Ja, sind wir«, hörte er sie antworten. Pause. »Paul? Der ist unterwegs. Der … sucht irgendwas.« Sie sah ihn von der Seite an. »Nein, nicht so spät. Irgendwann heute Nachmittag.« Schweigen. »Klar, das schaffen wir.«

Paul verlangsamte seinen Schritt, da der Flanierweg auf Höhe des Kiosks verstopft war.

»Ihr Flieger startet heute Abend um acht«, sagte Jojo, nachdem sie aufgelegt hatte. »Um elf ist sie in Luxemburg.«

»Bis dahin sind wir längst zu Hause.« Paul war zuversichtlich.

18.

Sie brauchten fast eine halbe Stunde, bis sie zum Rathaus von Paris vorgedrungen waren. Auf dem Vorplatz des prunkvollen Bauwerks befand sich Ozzys dritter Stammplatz. Aber wo genau? Hinter dem Springbrunnen? Im Schatten einer Palme? Auf einer Bank unter einem der roten Sonnenschirme? Bei den vier Beachvolleyballfeldern, die extra für Paris-Plages angelegt worden waren? Paul und Jojo krempelten jede Ecke des Platzes um, doch Ozzy war nirgendwo zu finden. Sie fragten alle möglichen Zaungäste, aber niemand hatte einen Clochard mit einem Piratentuch gesehen. Pauls Resthoffnung sank innerhalb von zehn Minuten auf 38 Prozent. Ihre einzige Option: warten.

Sie suchten sich einen Schattenplatz auf der steinernen Umrandung des Springbrunnens. Paul hasste warten, gerade in seiner jetzigen Situation. Es war fast 11 Uhr. Er musste sich dringend ablenken. Die Zeit sinnvoll nutzen. Fahrig zog er sein Notizbuch hervor. Das Einstiegszitat seines Ratgebers überzeugte ihn noch immer nicht, viel wichtiger war jedoch die Frage: Wie könnte es weitergehen? Mit einer Anekdote?

Gute Idee. Neben Zitaten waren Anekdoten doch immer gefragt. Sollte er erzählen, welches Ereignis ihn dazu gebracht hatte, sich mit Stil und Etikette zu beschäftigen? Paul fasste mit der rechten Hand an seinen linken Ellbogen, fühlte die Narbe, die kleine Zacke, die so winzig war, dass man sie eigentlich gar nicht fühlen konnte. Nein. Er ließ seinen Ellbogen wieder los. Diese Anekdote würde er ganz sicher nicht erzählen. Nicht einmal Annika wusste von dem Abend. Es musste irgendetwas anderes sein. Etwas Witziges oder Spannendes, etwas Interessantes.

Paul tippte mit dem Kugelschreiber gegen seine Unterlippe, strengte seinen Kopf an, kam aber nicht weiter, so sehr er auch grübelte. Immer wieder drängte sich eine kleine gelbe Plastikente in seine Gedanken, und sie ließ sich einfach nicht abwehren. Seufzend packte er sein Notizbuch wieder weg. So kam er nicht weiter.

»Wo bleibt der denn?«, murmelte er.

»Wenn er kommt, müssen wir ihm Geld geben«, sagte Jojo.

»Stellt sich nur die Frage: für was?«

»Ist doch egal, Hauptsache Geld.«

»Zu schade, dass er die Idee mit den Bechern nicht hat ausreifen lassen«, überlegte Paul.

»Wieso? Die ist doch super!«

»Bier und Zigaretten? Ich bitte dich.«

»Na ja, besser als Puff und Heroin.«

»Das ist doch alles keine Perspektive.«

»Was hättest du denn geschrieben?«

»Bücher«, sagte Paul, ohne zu zögern.

»Was soll er mit Büchern? Der Mann muss überleben!«

»Lesen bildet. Und im besten Fall wird er irgendwann verstehen, dass er dringend einen Job braucht.«

»Denkst du, das weiß er nicht?«

»Die Beschriftung seiner Becher deutet darauf hin«, sagte Paul, der kein Interesse daran hatte, mit Jojo über Arbeitslosigkeit zu diskutieren. Missbilligend sah er einem Rucksacktouristen dabei zu, wie er seine Hände in dem trüben Brunnenwasser wusch und dann – als wäre das nicht schon unhygienisch genug – auch noch seinen Zottelhund in das kniehohe Wasser springen ließ.

Auf den Beachvolleyballfeldern ging es derweil hoch her. Ein schweißglänzender Spieler hechtete gerade einem Ball entgegen, erwischte ihn im letzten Moment, landete mitten im Sand und sah daraufhin aus wie ein paniertes Schnitzel. Kein Windhauch bewegte sich auf dem Platz. Das einzig Angenehme war der Geruch nach Kokosmilch, der in der Luft lag. Paul streckte seine müden Gliedmaßen.

»Wollen wir Beachvolleyball spielen?«, fragte Jojo.

»Bei dieser Hitze? Ganz sicher nicht.«

»Spielst du denn sonst gerne?«

»Nein. Ich hüpfe nicht sonderlich gerne halb nackt im Sand herum«, erklärte Paul mit Blick auf den Panierten. »Außerdem verletzt man sich dabei leicht.«

»Macht aber riesigen Spaß. Spiel das doch mal mit Annika!«

»Das ist nicht so meine Welt. Wenn ich Zeit habe, mache ich lieber eine Mountainbiketour, was im Übrigen ganz entscheidende … Hey!«

Empört funkelte Paul den Zottelhund an, der direkt vor seiner Nase aus dem Springbrunnen gesprungen war und sich nun schüttelte wie die Reinigungsbürste einer Autowaschanlage. »Guck mal, wie ich jetzt aussehe!«

Seine Hose hatte eine Hundertschaft von Tropfen abbekommen, was keine Katastrophe wäre – wenn sie nicht aus cremefarbener Baumwolle bestünde und das Wasser klar gewesen wäre. Selbst die Paspeltaschen mit ihren Ziernähten in Handstich-Optik waren braun gesprenkelt. Den Besitzer des Hundes schien das nicht zu kümmern. In aller Seelenruhe fasste er seine Haare zu einem Pferdeschwanz zusammen und schulterte seinen Rucksack.

»Monsieur?«, sagte Paul.

Der Angesprochene drehte sich um.

»Regardez.« Paul deutete auf seine gesprenkelte Hose. Der Rucksacktourist betrachtete die Flecken, dann zuckte er mit den Schultern. »C'était votre chien«, schob Paul nach, auch wenn es über den Verursacher der Flecken eigentlich keine Zweifel geben dürfte.

»Stell dich nicht so an«, sagte Jojo.

»Ich stell mich nicht an. Hier geht es ums Prinzip«, schnaubte Paul. Hatte dieser Mann keine Kinderstube? So konnte man doch mit seinen Mitmenschen nicht umgehen! Der Langhaarige zog mit dem Zottelhund los, ohne ihn eines Blickes zu würdigen. Grimmig schaute Paul an sich hinab.

»Guck dir das mal an«, brummte er.

»Stimmt. Drei Wassertropfen, eine echte Tragödie. Komm, wir suchen weiter«, sagte Jojo unbekümmert.

Paul riss sich von dem Anblick los und nickte. Was blieb ihm schon anderes übrig? Ein zweites Mal klapperten sie nun sämtliche Sitzbänke ab. Nichts. Selbst eine Runde um das Rathaus, die sich aufwändiger gestaltete als geplant und sie durch die Rue de Rivoli, die Rue de

Lobau und den Quai de l'Hôtel de Ville führte, blieb ohne Ergebnis. »Wollen wir noch mal an der Seine vorbei und dann zurück zum Louvre?«, fragte Paul, als sie wieder vor den Beachvolleyballfeldern ankamen.

»Klar, können wir.«

»Na, dann los.« Ein letzter schweifender Blick. Kein Piratentuch in Sicht. Beziehungsweise ...

»Da!« Hektisch deutete Paul auf die rot karierte Decke, die im Schatten eines Palmenkastens ausgebreitet war. Vier Trinkbecher standen davor. Sie waren klein, weiß und beschriftet: PAIN, BIÈRE, CIGARETTES, CROQUETTES POUR CHIEN. Brot, Bier, Zigaretten und Hundefutter. Alles war genauso, wie der Ordner vor dem Louvre es beschrieben hatte. Nur einer fehlte: Ozzy!

Paul sah sich hektisch um. Wo steckte er? Wenn seine Becher da standen, konnte er nicht weit sein. Am Rande des Beachvolleyballfeldes standen drei Teenies herum, eine Familie mit Kind – und der Rucksacktourist mit dem Zottelhund, der sich gerade umdrehte.

»Bitte nicht«, murmelte Paul.

»Was denn?«, fragte Jojo.

Der Mann steuerte auf die rot karierte Decke zu, ließ sich neben seinem Zottelhund auf der Decke nieder und zog ein schwarzes Tuch aus seinem Rucksack. Mit drei Handgriffen hatte er sein Markenzeichen um den Kopf gebunden und im Nacken verknotet. Er war kein Tourist.

Sie hatten Ozzy gefunden!

Dass Paul ihn nicht direkt erkannt hatte, war kein Wunder, denn wie ein Clochard sah der Typ nun wirklich nicht aus. Eher wie ein abgerockter Surfer. Er schluckte. Und nun? Nach dem miserablen Start musste er dringend eine positive Gesprächsbasis schaffen.

»Bonjour.« Paul versuchte ein verbindliches Lächeln mit einem Blick zu koppeln, der Offenheit und Interesse ausstrahlte. Der Clochard schien nicht an einer Kontaktaufnahme interessiert. Statt seinen Gruß zu erwidern, nickte er lieber drei jungen Männern zu, die sich ebenfalls vor seinem Lager eingefunden hatten. Alle drei trugen kurze Hosen und T-Shirts, der drahtigste von ihnen hatte einen Volleyball in der Hand.

»Bonjour, Ozzy«, wiederholte Paul. Der Clochard ignorierte ihn.

»Je m'appelle Paul. Paul Klippschliefer.«

Keine Antwort, nicht mal ein Blick.

»Bin mal kurz weg«, sagte Jojo auf einmal.

»Was? Schon wieder?«

»Ich muss was organisieren.«

Pauls Resthoffnung bewegte sich nun auf einem Level von 46 Prozent, Tendenz fallend. Ozzy schenkte seine Aufmerksamkeit nach wie vor den drei jungen Männern, die darüber diskutierten, wer für welchen Zweck ein paar Euro springen lassen sollte. Der Drahtige entschied sich für das Bier, die beiden anderen für Hundefutter. Ozzy bedankte sich mit einem Lächeln. Seine Zähne waren weiß wie die Schwanzspitze des Zottelhundes.

»Bonjour«, sagte Paul wieder, nachdem die Männer zu dem Beachvolleyballfeld weitergezogen waren. »Je cherche un canard en plastique.«

Das Lächeln verschwand so schnell, wie es gekommen

war. Ozzy verschränkte die Arme vor der Brust. »Ich kann nicht helfen. So sorry.« Er hatte einen britischen Akzent.

»Das – oh – ich …« Paul spürte, wie ihm die Röte ins Gesicht stieg. Ozzy sprach Deutsch. Und er, Paul, hatte nicht nur diesen Zottelhund kritisiert, sondern auch die Beschriftung der Trinkbecher! Bestimmt hielt ihn der Clochard nun für einen neunmalklugen Oberlehrer und einen Unsympathen obendrein. Kein Wunder!

Jojos Rat kam ihm in den Sinn. Er zückte sein Portemonnaie und kratzte sein Kleingeld zusammen. Zwei Euro für Brot, einen Euro und siebzehn Cent für Hundefutter.

»Well, Bücher nicht dabei«, sagte Ozzy, ohne ihn anzusehen. Pauls Hand schnellte instinktiv zum Ärmel seines Hemdes, an dem jedoch kein Manschettenknopf mehr befestigt war. »Aber Sie haben die Ente genommen, nicht wahr?«, fragte er.

»Schon möglich.«

»Und was ist dann passiert?«

»Ich kann nicht helfen.«

»Haben Sie die Frau gefunden? Die mit dem Kind?«

Ozzy antwortete nicht. Sein Blick ruhte auf dem Drahtigen, der sich auf die Suche nach einem vierten Mann gemacht hatte und jeden Zaungast am Rande der Sandfelder zum Mitspielen aufforderte.

Paul packte die Verzweiflung.

»Wie viel möchten Sie?«, fragte er.

»Kannst du nicht kaufen.«

»Aber es ist wichtig! Ich muss diese Ente finden!«

»Ich kann nicht helfen.«

Paul krallte sich mit beiden Händen an der Umrandung des Volleyballfeldes fest. Hätte er doch bloß den Mund gehalten! Alles hatte er mit seinem unüberlegten Gerede vermasselt. Wie schwer wog schon ein bisschen Zurückhaltung im Vergleich zu den Informationen, über die Ozzy verfügte?

»Hören Sie, es tut mir leid, was ich eben gesagt habe. Ich hätte mir kein vorschnelles Urteil erlauben dürfen. Ich kenne Sie ja nicht einmal.«

Keine Reaktion.

»Und das mit Ihrem Hund tut mir auch leid. Die Flecken sieht man ja … kaum.« Das war gelogen. Eine Verzweiflungslüge. Ozzy schwieg beharrlich.

»Vous voulez jouer avec nous?«, fragte der Drahtige. Paul schüttelte den Kopf. Nein, Beachvolleyball wollte er jetzt ganz sicher nicht spielen. Er wartete schließlich – so seine Begründung – auf eine Bekannte, die dann auch prompt mit einer Cola in der Hand herbeigetrabt kam.

»Hast du sie?«, wollte sie wissen.

»Er will mir nicht helfen«, flüsterte Paul. »Und er spricht übrigens Deutsch.«

»Hab ich mir schon fast gedacht.« Jojo ließ sich einen halben Meter neben Ozzys Decke im Schatten der Palme nieder. »Kann ich ihm einen Kauknochen geben?« Die Frage war an den Clochard gerichtet. Auf sein Nicken hin packte sie einen eingeschweißten Büffelhautknochen aus, den sie vermutlich gerade erstanden hatte. Gute Idee eigentlich.

»Mein Kollege gibt öfter mal dummes Zeug von sich«, sagte sie, woraufhin Paul zusammenzuckte. »Das darfst du nicht so ernst nehmen.«

Ozzy tätschelte wortlos den Kopf seines Hundes, schien trotz des büffelhäutigen Versöhnungsangebots nicht mit Jojo sprechen zu wollen. Eine halbe Minute saßen sie schweigend da, dann kam der junge Mann mit dem Volleyball zum zweiten Mal auf ihr Lager zu. Diesmal richtete er seine Spielanfrage an Jojo.

»Yes! Good idea!« Sie begann sofort, ihre Jeans hochzukrempeln.

»Du kannst doch jetzt nicht Ball spielen!« Paul konnte es kaum fassen.

»Wieso nicht? Wir haben doch sonst nichts zu tun.«

Jojo zog ihre Turnschuhe und Socken aus.

»Aber ich muss ... was soll ich denn ... Es gibt doch ...« Paul deutete voller Verzweiflung auf Ozzy. Wie ignorant konnte man eigentlich sein?

Auf einmal nahm der Clochard der neuen Generation seine Sonnenbrille ab. »Du spielst, ich helfe«, sagte er langsam.

»Wie bitte?«, fragte Paul entgeistert.

»Wenn du spielst, ich sage dir die Ente.« Ozzy winkte dem Drahtigen zu. »Il joue avec vous!«

»Das ist doch albern!«, rief Paul. »Jetzt sagen Sie schon: Was möchten Sie haben: Zwei Euro? Fünf?«

»Ich habe alles gesagt.« Ozzy zog seine Fliegerbrille wieder auf. »Meine Freunde warten.« Er deutete auf das Beachvolleyballfeld.

»Ich kann das überhaupt nicht«, sagte Paul.

Ozzy zuckte mit den Schultern.

»Na los, jetzt spiel halt mit«, zischte ihm Jojo ins Ohr. »Der Typ hat dich gefressen, merkst du das nicht?«

»Ja, aber was soll das denn? Ich verstehe das nicht!«

»Meine Güte, ist das so schwierig?« Jojo verdrehte die Augen. »Der hat sich über dein Geschwätz geärgert und will dir jetzt eins auswischen. Also los, sonst wird das nie was mit deiner Ente.«

»Aber guck mal, wie ich aussehe!«

»Hemd aus, Hose hochkrempeln.«

»Das ist doch …«

»Jetzt stell dich nicht so an!«

Paul sah an sich hinab. Seine gesprenkelte Hose wollte er nicht auch noch völlig zerknittern, weswegen er sie nur bis zu den Knöcheln hochkrempelte. Seine drei Mitspieler begrüßten ihn mit großem Hallo. Dass Paul aussah, als wäre er gerade einem Büro entlaufen, amüsierte sie sichtlich. Der Sand brannte unter Pauls Fußsohlen. Der Drahtige erklärte ihm geduldig, wie er die Arme beim Baggern zusammenführen sollte. Nach einem halben Dutzend Probebällen brannten nicht nur Pauls Fußsohlen, sondern auch seine Unterarme. Ein Blick zu Ozzy. Kein Lächeln, kein erhobener Daumen, kein Hinweis darauf, dass er sich nun genug zum Affen gemacht hatte.

Die Gruppe beschloss, das Match zu starten. Paul spielte zusammen mit dem Drahtigen in einer Mannschaft. Nach fünf Minuten keuchte er, als wäre er einen Halbmarathon gelaufen. Sein Kopf glühte, sein Körper triefte, seine Hosenbeine hatten sich bis zu den Knien sandgelb verfärbt.

»Na los!«, rief Jojo, nachdem er zwei Bälle hintereinander nicht erwischt hatte. »Den kriegst du!« Paul versuchte schräg zu baggern, stolperte dabei jedoch über eine der hellblauen Begrenzungsleinen am Boden und wäre um ein Haar im Sand gelandet. Der Schlag ging ins

Leere. Wäre er zwanzig Jahre jünger, würde er mit seinen schmutzigen Füßen aufstampfen. Was für eine entwürdigende Situation!

Ozzy verfolgte das Spiel mit einer Wasserflasche in der Hand, während Paul von Minute zu Minute durstiger wurde. Immerhin: Ein winziges Lächeln umspielte die Mundwinkel des Clochards. Ein gutes Zeichen. Paul mobilisierte seine letzten Reserven, doch die Bälle flogen nur selten an den von ihm vorgesehenen Zielort.

Zehn Minuten später war das Match auch schon beendet. Wie nicht anders zu erwarten war, hatte Pauls Team haushoch verloren. Der Drahtige bedankte sich trotzdem für seinen Einsatz, bevor er sich verabschiedete.

Schnaufend klopfte sich Paul den Sand von den Füßen und zog seine Schuhe wieder an. Sein Hemd war komplett durchgeschwitzt, seine Kehle ein vertrocknetes Flussbett. »Hast du noch Cola?«, fragte er Jojo.

»Sorry, alle.«

Paul wischte sich einen halben Liter Schweiß von der Stirn. Ächzend ließ er sich neben Jojo und Ozzy in den Schatten fallen. Normalerweise würde er sich nie in der Öffentlichkeit auf den Boden setzen, schon gar nicht in die Nähe eines Wohnsitzlosen, doch sein Körper ließ ihm keine Wahl. »Können wir jetzt über die Ente sprechen?«, fragte er, nachdem er wieder halbwegs zu Atem gekommen war.

»Aber natürlich«, sagte Ozzy.

»Haben Sie die Besitzerin gefunden?«

»Nein.« Der Clochard lächelte.

»Das heißt: Sie haben sie noch?«

»Nein.«

»Wo ist sie?«

»Ich habe verschenkt.«

»An wen?«

»Eine Frau.«

»Welche Frau?«

»Eine hübsche.«

Ozzy trank einen großen Schluck Wasser, was Paul als pure Provokation empfand.

»Kennen Sie diese Frau?«, fragte er.

»Ja. Nein. Etwas.«

»Wo finde ich sie?«

»Ich weiß nicht. Leider. So sorry.«

»Das heißt, ich habe umsonst gespielt?« Paul zeigte mit großen Gesten auf das Volleyballfeld, auf seine knallroten Unterarme, die verfärbte Hose.

»Nicht umsonst.« Ozzy zeigte mit einer ebenso großen Geste auf die drei jungen Männer, die quer über den Vorplatz Richtung Seine spazierten.

»Hören Sie, ich brauche diese Ente wirklich dringend«, sagte Paul. »Haben Sie nicht doch noch einen Tipp? Irgendeine klitzekleine Idee?«

»Ich habe viele Ideen.« Ozzy winkte einer Radfahrerin zu, die gerade den Platz überquerte. »Aber Paris hat viele Frauen auch.«

»Aber Sie haben gesagt, dass Sie mir helfen.« Paul bemühte sich, seinen Ton zu zügeln, auch wenn ihm das nicht ganz gelang. »Wir hatten eine Abmachung!«

»Ich habe geholfen. Eine Frau hat sie. Fingernägel rosa. Fußnägel lila. Lange schwarze Haare. Riecht nach Pfirsich.«

Jetzt reichte es aber! Paul schoss in die Senkrechte,

kämpfte eine Sekunde mit seinem Kreislauf. »Wie soll ich die denn finden, Sie ... Sie ...« Er stemmte die Hände in die Seiten. »Soll ich hier in Paris herumlaufen und an allen Frauen schnüffeln?!«

»Wirst du dir Gedanken machen.« Ozzy nahm ungerührt seine Wasserflasche, zog einen fünften Becher aus seinem Rucksack und füllte diesen für seinen Zottelhund, der dann auch prompt losschlabberte.

»Das reicht.« Jojo stellte sich neben Paul. »Du hattest deinen Spaß, wir haben alle gelacht, aber jetzt ist auch mal gut mit dieser Nummer!« Ihre rot gefärbten Haare loderten wie ein Waldbrand in der Sonne, und selbst der Zottelhund legte die Ohren flach an den Kopf. »Ich weiß ja nicht, wo dein Problem liegt, Amigo«, fuhr sie fort, »aber lass deinen Frust gefälligst nicht an meinem Kumpel aus. Der hat genug geblutet.« Sie machte eine Pause, die Paul als äußerst bedrohlich empfand. »Also? Wo ist sie?«

Keine Antwort. Ozzy starrte in den Himmel.

»Du sagst uns hier und jetzt ...«, begann Jojo, und ihre Stimme klang noch schneidender.

»Lass gut sein.« Paul hob beschwichtigend die Hand. »Das bringt nichts. Wir gehen.« Schweigend setzte er sich in Bewegung, schlich wie ein geprügelter Hund über den Platz. Völlig fertig von der Hitze, dem Spiel und der Verzweiflung. Annika ... Sie würde ihm das alles niemals verzeihen, und zwar zu Recht. Wenn er nur daran dachte, wie enttäuscht sie sein würde, zog sich in ihm alles zusammen. Er hatte auf ganzer Linie versagt. Auch Jojo schien ihre Zuversicht verloren zu haben.

»Hey!«, tönte Ozzy, als sie gerade den Springbrunnen

erreicht hatten. Paul wandte sich um. Der Clochard hielt eine Zeitschrift in die Höhe. »Hier, ein Geschenk!« Er schleuderte sie ihm wie eine Frisbeescheibe entgegen. Sie fiel klatschend auf den Boden und blieb einen Meter vor der rot karierten Decke auf dem Asphalt liegen. »Kein Buch. Trotzdem spannend!« Ozzy winkte. »Und lest Seite elf!«

19.

11:48 Uhr. Das Seineufer – ein Ort, der zu einem gemütlichen Spaziergang einlud, zum Schiffebeobachten oder zum Stöbern in den antiquarischen Büchern und Postkarten der Bouquinisten. Nicht für Paul, der neben Jojo auf einer Bank saß und vor lauter Enttäuschung keinen klaren Gedanken mehr fassen konnte.

»Was machen wir nur?«, stöhnte er.

»Ja, was wohl? Seite elf lesen.«

»Aber doch nicht jetzt!«

»Wann denn sonst?«

»Wenn Zeit dazu ist!«

»Jetzt ist Zeit dazu.«

Jojo zog die Zeitschrift des Clochards aus ihrer Tasche. Es war die »Marie Claire«. Entnervt sah Paul ihr dabei zu, wie sie diverse Modefotos überblätterte. Typisch. Anstatt zu planen, beschäftigte sie sich mit irgendeinem Blödsinn, der sie keinen Schritt weiterbrachte! Was würde sie schon auf Seite elf erwarten? Eine Waschmittelwerbung? Ein »spannender« Artikel über Beachvolleyball? Nichts Sinnvolles jedenfalls, da war sich Paul sicher – doch er sollte sich täuschen.

»Ha!«, rief Jojo.

»Was denn?«

»Hier ist Ozzy!«

»Zeig mal her.«

Paul warf einen Blick auf das spielkartengroße Foto. Im Vordergrund: die vier beschrifteten Becher. Im Hintergrund: Ozzy. Neben ihm: der Zottelhund. Hastig überflog er die dazugehörige Reportage, in der die verschiedenen Facetten von Paris beleuchtet wurden. Eine Modedesignerin kam darin zu Wort, eine Seniorin mit Katze, eine Galeristin, eine Psychologin, ein Priester und Ozzy.

»Worum geht es?«, fragte Jojo.

Paul schwieg einen Moment betreten, dann fasste er zusammen, was die Reportage über den Clochard der neuen Generation verriet. Einen Job als Maurer hatte er gehabt – bis seine Firma Insolvenz anmelden musste. Volleyball hatte er gespielt – bis eine Knieverletzung ihn aus der aufstrebenden Amateurliga herauskickte. Eine Freundin hatte er gehabt – bis sie ihn vor die Tür setzte. Bei seinen Eltern war er untergekommen – bis er ihre alkoholgetränkten Streitereien nicht mehr ertragen konnte. Einen Job hatte er gesucht – aber ohne Wohnung nicht gefunden. Eine Wohnung hatte er gesucht – aber ohne Job nicht gefunden. Und zwar weder in England noch in Spanien und auch nicht in Deutschland.

Je länger er las, desto stärker nagte das schlechte Gewissen an Paul. Vermutlich hatte der Clochard genau das erreichen wollen. Er blätterte um.

»Da steht was.« Paul wies auf das Gekritzel am rechten Rand der Zeitschrift.

»Was denn?«, fragte Jojo.

Paul drehte die »Marie Claire« um neunzig Grad. »Lilou steht da. Happy … Happy …«

Jojo nahm ihm die Zeitschrift ab. »Happy Day.« Sie zog die Beine ganz nah an ihren Körper und stützte ihr Kinn auf den Knien ab. »Wer ist Lilou? Und warum wünscht er ihr einen schönen Tag?«

Paul fuhr mit der Lektüre fort. Seit drei Jahren versuchte Ozzy nun schon sein Glück in Paris, verriet ihm Seite zwölf. Eine Wohnung hatte er noch immer nicht gefunden, aber eine neue Freundin. Eine Freundin?

»Das könnte sie sein!«, rief er. »Die Frau, der er die Ente geschenkt hat!«

»Aber wo sollen wir die finden?«

»Das haben wir gleich.« Paul nahm sein Handy zur Hand. Seine Resthoffnung schoss auf 39 Prozent hinauf.

20.

Der Souvenirshop »Happy Day« befand sich in der Rue Saint-Martin und somit in unmittelbarer Nähe des Centre Pompidou, einem Kulturzentrum, das mit seiner Fassade aus bunten Röhren und Leitungen aussah wie eine futuristische Fabrik.

»Mann, hatten wir ein Glück heute«, sagte Jojo, während sie an einem Straßenkünstler vorbeihasteten, der riesige Seifenblasen über den Platz schweben ließ.

»Glück?« Paul hob die Augenbrauen. »Hast du nicht gesehen, wie ich durch die Hitze getrieben wurde?«

»Stimmt ja, ich vergaß. Du hast Beachvolleyball gespielt, du Ärmster.«

»Unglaublich, dass ich das wirklich gemacht habe!«

»Klippschliefer?« Jojo verdrehte die Augen. »Millionen Menschen spielen täglich Beachvolleyball, das ist nichts völlig Abgefahrenes.« Sie grinste. »Du solltest mal etwas wirklich Verrücktes tun, damit du den Unterschied kennenlernst.«

»Ich habe einen Kontrabass durch halb Paris geschleppt. Reicht das etwa nicht?«

Jojo baute sich vor einem Mann auf, der unbeweglich auf einem kleinen Podest stand. Seine Kleidung, seine Haare und seine Haut waren mit einer Bronzefarbe bestrichen, sodass er wie eine Statue aussah. »Der Typ hier sieht so ernst aus«, befand sie. »Komm, wir bringen den mal zum Lachen.«

»Für diesen Kinderkram haben wir keine Zeit.«

»Langweilig.« Jojo dehnte das »a« von »langweilig« dreimal so lang wie nötig. Kopfschüttelnd beschleunigte Paul seinen Schritt.

Als sie das »Happy Day« betraten, hatte er ein mulmiges Gefühl im Bauch. Billiger Kitsch, soweit das Auge reichte. Nur gut, dass ihn in Paris niemand kannte. In dieser Örtlichkeit gesehen zu werden – womöglich von einem Schüler! – würde seinen Ruf für immer ruinieren.

Genau eine Mitarbeiterin war in dem Souvenirshop zugegen. Sie war winzig, hatte blau lackierte Fingernägel und passte somit leider nur bedingt zu der Beschreibung des Clochards. Paul fragte nach Lilou. Die Mitarbeiterin schüttelte den Kopf. Nein, Lilou war leider nicht da. Ob sie noch Dienst hatte, wusste sie nicht, vertröstete ihn aber auf die Chefin, die sie um 12:30 Uhr ablösen würde. Paul, der bereits auf dem völlig vertrockneten Zahnfleisch ging, schlug vor, die Wartezeit mit einem Getränk zu überbrücken.

Das »Café 1899« erinnerte vom Design her an den Konferenzsaal der Stuttgarter Knigge-Akademie. Neben einer ausladenden Kuchenvitrine stand eine Bedienung in klassisch schwarzer Servicekleidung.

»Boah, was ist das denn für ein Laden?«, stöhnte Jojo.

»Ein Laden mit eigenem Stil.«

»Für Leute Jahrgang 1899.«

Paul wandte sich ungerührt an die Bedienung.

»Pour deux personnes.« Er hob zwei Finger, um die

Personenzahl, die einen Tisch benötigte, zu visualisieren. Die Angesprochene verzog keine Miene – aber er sah genau, wie sie ihn musterte. Eine Millisekunde blieb ihr Blick an dem Eisfleck auf seinem Hemd hängen, eine Nanosekunde an seiner braun gesprenkelten Hose, dann schüttelte sie den Kopf. Alle Tische seien belegt oder reserviert, leider. Paul wäre am liebsten im Boden versunken. Das war ihm noch nie passiert! Sah man ihm seinen inneren Stil womöglich nicht an?

Beschämt trat er den Rückzug an, wobei er zu allem Überfluss auch noch mit der Hüfte gegen einen der Tische stieß. Reflexartig murmelte er der Tischkante eine Entschuldigung zu und stolperte hinaus.

Jojo schien die Abfuhr nicht weiter zu kümmern. Sie erstand in dem Eiscafé nebenan eine Crêpe und ließ sich auf dem schräg abfallenden Pflaster vor dem Centre Pompidou nieder. Der Platz war mit Grüppchen von zwei bis vier Menschen übersät. Zwischen ihnen geierten bestimmt zwei Dutzend Tauben nach Nahrungspartikeln.

Paul entschied sich für einen Stehplatz neben einem der gigantischen Abluftrohre am Rande des Platzes. Von hier aus hatte er einen guten Blick auf die gläserne Rolltreppe des Centre Pompidou, die wie eine überdimensionale Raupe an der Außenwand des Gebäudes emporkroch. Kaum hatte er seinen Platz bezogen, klingelte auch schon sein Handy. Diesmal war es Kai. »Wo bist du?«, sagte er anstelle einer Begrüßungsformel oder gar eines Glückwunschs.

»In Paris«, antwortete Paul.

»Ach nee, so ein Scheiß.«

»Wieso, was ist denn?«

»Ich brauch dein Auto. Ich muss nach Wittlich zu einem Flipperturnier.«

»Heute Abend bin ich wieder da.«

»Sicher?«

»Ja, ich erwarte Gäste.«

»Echt? Ist ja super! Dann kann ...« Kai verstummte. »Du hast heute Geburtstag, oder? Viel Glück, alles Gute und das ganze Gedöns. Sorry, hab ich gerade komplett verpeilt.«

»Ist nicht schlimm.«

»Du weißt, dass ich das Datum kenne.«

»Kein Problem, wirklich.« Paul ging zu Jojo hinüber und tippte ihr auf die Schulter. Sie erhob sich.

»Am Mittwoch hab ich es noch gewusst.«

»Ja, weiß ich doch.«

»Okay. Also dann ...«

»Wir sehen uns später.«

Paul setzte sich in Bewegung.

»War das Annika?«, fragte Jojo.

»Nein, mein Bruder.«

»Lass mich raten: Er hat deinen Geburtstag vergessen.«

»Nur temporär.«

»Ich vergesse Annikas auch immer.«

»Das ist nicht sehr aufmerksam.«

»Sind doch nur Zahlen.« Jojo zuckte mit den Schultern. »Versteht ihr euch sonst gut?«

»Soweit ...« Paul blickte nach links. »Ach, sieh mal, da hinten ist der Strawinski-Brunnen.« Er deutete auf die bunten Plastiken in dem Wasserbecken. »Niki de Saint Phalle hat den mitgestaltet. Schön, oder?«

»Ihr versteht euch also nicht.«

»Mal so, mal so. Wie das bei Brüdern halt so ist.« Mehr wollte Paul zu dem Thema nicht sagen, Jojo würde ihn ohnehin nicht verstehen.

Als sie um 12:31 Uhr das »Happy Day« betraten, war die Chefin, Madame Legrand, noch nicht da, wurde aber jeden Moment erwartet. Die Minuten trieften dahin. Minuten, in denen sich Paul unentwegt fragte, welche der angebotenen Waren ihn am meisten verstörten: die Triumphbögen aus rosa Plüsch, die Glitzerschneekugeln mit Notre-Dame oder die Neonlampe, die wie die Silhouette des Eiffelturms geformt war? Am meisten erschütterte Paul die Erkenntnis, wie gut der Laden besucht war. Immer wieder stürmten Kunden in den Shop, und kaum einer verließ ihn mit leeren Händen. Kugelschreiber gingen weg wie frische Brötchen, und der internationale Bedarf an Schlüsselanhängern schien enorm.

Erst nach einer quälenden Ewigkeit kam die Chefin. Sie war um die vierzig, trug einen dunkelgrauen Jeansrock zu einer lässigen weißen Bluse und passte in das Ambiente wie ein Trüffel in ein Graupensüppchen. Leider konnte sie nicht mit guten Nachrichten aufwarten: Lilou hatte frei, und zwar das ganze Wochenende. Wo sie wohnte, wollte die Chefin nicht verraten, aber sie rückte zumindest mit der Information heraus, dass Lilou samstags und sonntags ihrem Zweitjob bei einem Catering-Unternehmen nachging. Die Ladenglocke bimmelte, noch bevor Paul nachhaken konnte, um welches Unternehmen es sich handelte.

»Come in!« Die Lady mit dem amerikanischen Akzent, deren Rüschenkleid an die Stehlampe von Pauls Großmutter erinnerte, winkte ihre zwei Begleiterinnen herein – und ein Sturm der Begeisterung brach aus. Die Porzellanteller mit der roten Windmühle? Awesome! Die Küchenschürzen mit dem Métro-Plan? Fantastic! Die Kettenanhänger in Eiffelturm-Form? So cute! Paul konnte die Superlative kaum ertragen und musste doch ausharren.

Dreimal sprach er die Chefin auf Lilous Zweitjob an, dreimal wurde er unterbrochen, da die zwar sichtlich begeisterten, aber ebenso unentschlossenen Amerikanerinnen sie mit Fragen bedrängten. Steckte in den Eiffelturm-Gummibärchen Gelatine? Waren die Porzellanteller spülmaschinenfest? Gab es die Küchenschürzen auch eine Nummer kleiner? Enthielten die Kettenanhänger Spuren von Nickel? Die Chefin beantwortete jede Frage geduldig.

»Buy this«, sagte Jojo entnervt, als eine der drei Ladys mit einer Spieluhr ankam und nach ›Angels‹ von Robbie Williams fragte. Sie hielt zwei Monumente des Grauens in die Höhe: High Heels. Sie waren golden, bestanden aus Kunststoff – und ihre Absätze waren in Form des Eiffelturms gestaltet. Paul konnte sich nicht daran erinnern, jemals etwas Entsetzlicheres gesehen zu haben. Die drei Ladys kreischten vor Entzücken – und schlugen zu!

Die Chefin gratulierte Jojo zu ihrem Verkaufserfolg und wollte wissen, ob sie nicht zufällig auf der Suche nach einem Job sei. Jojo verneinte die Frage, nutzte aber die Gunst der Minute, um sich nach Lilou zu erkundigen. Die Chefin kramte eine ganze Weile in ihrem Gedächtnis und dann auch noch in einer Schublade, bis sie einen Veranstaltungskalender gefunden hatte, in dem sie erfreulich schnell Lilous Einsatzort entdeckte. Paul beugte sich über das Blatt.

»Son & Image«, murmelte er.

»Was ist das?«, fragte Jojo.

»Ein Open-Air-Kino. Beim Eiffelturm. Sie verkauft dort Popcorn«

»Und wann?«

»Heute Abend um acht.« Pauls Stimme erstarb. Um acht Uhr begann seine Geburtstagsfeier. »Das geht nicht!«, krächzte er. »Wir müssen sie vorher finden!«

»Wir wissen nicht, wo sie wohnt«, erinnerte Jojo. »Komm, wir fahren jetzt noch mal ins Krankenhaus, verkaufen meinen Kontrabass, dann legen wir uns 'ne Stunde aufs Ohr und heute Abend machen wir die Ente klar.«

»Und meine Feier?«

»Die verschiebst du auf nächstes Wochenende.«

Paul schüttelte heftig den Kopf. Das kam überhaupt nicht infrage! Um siebzehn Uhr dreißig würde er einen Nudelmantel für die Riesenkrevetten zubereiten. Um achtzehn Uhr seine Gläser aus dem Schrank räumen. Um neunzehn Uhr den Tisch decken und um neunzehn Uhr dreißig aus der Dusche springen. Und: Nein, er würde seinen Gästen nicht absagen! Nicht, nachdem er ihnen drei Monate zuvor die Einladungen gemailt hatte! Alle hatten sich den Abend frei gehalten, Babysitter organisiert, Geschenke besorgt ... Das durfte nicht umsonst geschehen sein! Und überhaupt: Wenn schon Annika, sein größter Schatz und wichtigster Gast, nicht da sein konnte, wollte er wenigstens mit seinen Freunden feiern.

Paul wandte sich wieder der Chefin des »Happy Day« zu. Im gleichen Moment klingelte sein Handy. Nein. Nicht jetzt.

»Annika?«, fragte Jojo, die ihm den Anflug von Panik wohl ansah. Paul nickte. »Was mach ich nur? Was sag ich ihr?«

Jojo sah nicht sonderlich begeistert aus, als sie ihm das Handy aus der Hand nahm. »Hi, Schwesterlein«, sagte sie. »Jaja, der ist immer noch unterwegs. Keinen Plan. Für seine Feier, glaube ich.« Sie lehnte sich gegen den Türrahmen des »Happy Day«. »Nee, das hat er hiergelassen. Ja. Richte ich aus. Kein Thema. Bis später!« Sie gab ihm das Handy zurück. »Annika versucht, einen früheren Flug zu erwischen. Sie will pünktlich zu deiner Party erscheinen.«

Paul spürte, wie sich sein Puls beschleunigte. Die heiße Phase seiner Suche begann. Was er jetzt brauchte, war eine Erfolgsmeldung. Er eilte zurück zu der Chefin des Shops, die ihm jedoch die Telefonnummer von Madame Krecké-Gazelle leider ebenso wenig geben durfte wie ihre Adresse. Aus Datenschutzgründen. Ihrem Tonfall nach bedauerte sie die verweigerte Auskunft unheimlich, aber so bedauerlich fand Paul ihre Diskretion dann doch nicht – denn eines hatte Madame ihnen nicht vorenthalten: Lilous Nachnamen! Und diesen gab es in Paris, wie sich herausstellte, nur ein einziges Mal.

21.

13:16 Uhr. Paul und Jojo verließen die Métro an der Station »Belleville«. Eine Kreuzung, sechs Möglichkeiten. Jojo beugte sich über ihr Handy und deutete nach rechts. Die Rue du Faubourg du Temple war kein malerisches Gässchen nach Pauls Geschmack. Die Mauern waren schmuddelig, die Markisen grau vom Abgasdunst, die Geschäfte heruntergekommen und die Häuserwände beschmiert.

»Hold on, hold on«, tönte es hinter den Wacholdersträuchern einer Grünanlage hervor. »Come on, baby, hold on.« Jojo spähte durch eine Lücke im Gebüsch auf das Gelände, das neben verwilderten Pflanzenrabatten auch einen Kinderspielplatz beherbergte.

In gut sieben Metern Entfernung lag jemand auf einer Parkbank. Ein Mann? Ein Tier wohl eher! Massig wie der K2, ganz in Schwarz gekleidet und bis zum Haaransatz tätowiert. Er hatte die Augen geschlossen, seine Zehen bewegten sich im Takt der Musik, die aus einem kleinen Bluetooth-Lautsprecher ertönte.

»Süß, oder?«, fragte Jojo.

»Du hast einen Freund, schon vergessen?« Paul wunderte sich kaum noch über die immer schwärzeren Abgründe, die sich ihm eröffneten.

»Ich meinte den Hund.« Jojo lachte, und erst jetzt entdeckte Paul den Chihuahua-Welpen, der sich in der Armbeuge des Mannes zusammengerollt hatte.

»Den muss ich mir ansehen«, sagte sie.

»Ganz sicher nicht.«

»Bin sofort wieder da.«

Jojo spurtete den Zaun entlang, um in die Grünanlage zu gelangen. »Wir müssen weiter!«, rief Paul noch, als ihn das Klingeln seines Handys unterbrach. Annika!

Er schluckte. Ewig würde er ihre Anrufe nicht ignorieren können, aber das musste er auch gar nicht. In einer halben Stunde wusste er, was Sache war: Entweder war er im Besitz der Ente oder er musste eine weitere Nacht in Paris verbringen – und dann kam er um die Wahrheit nicht mehr herum. Allein schon bei dem Gedanken zog sich sein Magen zusammen. Was würde Annika sagen? Besser nicht daran denken. Es dauerte eine Ewigkeit, bis das Handy verstummte. Jojos rote Haare blitzten zwischen den Wacholderbüschen hervor.

»Kommst du?«, fragte Paul. Keine Antwort. Er trat einen Schritt näher an den Zaun. Jojo hockte im Schneidersitz auf einer Bank und kritzelte in ein kleines grünes Buch.

»Kommst du?«, fragte er wieder.

»Bin schon da!« Jojo warf das Buch in ihre Tragetasche und winkte durch das Wacholdergrün zu ihm herüber. Doch anstatt aufzustehen, verschwand sie plötzlich in, beziehungsweise unter den Büschen.

»Was ist denn jetzt schon wieder?«, stöhnte Paul.

»Da liegt was.« Sie kämpfte mit den Zweigen, zog schließlich einen Gegenstand hervor. »Ein Bobbycar!«

»Jetzt lass doch den Müll da liegen.«

»Bist du verrückt?« Jojo klopfte den Dreck von dem Kindergefährt. »Das nehme ich mit!«

»Was willst du denn mit einem Bobbycar?« Paul schüttelte den Kopf. So langsam machte ihn diese Frau wirklich wahnsinnig.

»Verkaufen. Was sonst?«

»Da haben bestimmt schon Hunde draufgemacht!«

»Das wasche ich zu Hause.« Jojo packte das verdreckte Kunststoffauto am Lenker. Fünfzehn Euro würde sie auf eBay mindestens dafür bekommen, und fünfzehn Euro würde sie nicht einfach so in einem Pariser Gebüsch verkommen lassen. Paul konnte es wieder einmal nicht fassen. Erst der Kontrabass, dann das Bobbycar. Welchen sperrigen Gegenstand würden sie als Nächstes durch die Pariser Straßen schleppen?

Mithilfe ihres Handys lotste Jojo sie durch den Stadtteil Belleville. Vorbei an chinesischen und maghrebinischen Restaurants, die nach Koriander und Knoblauch rochen, vorbei an Thai-Massage-Läden und afrikanischen Friseuren, bis sie schließlich an einer Straße herauskamen, die Paul viel zu bekannt vorkam.

»Kann es sein, dass wir dort hinten losgegangen sind?«, fragte er. »Da, an der Métro-Station?«

»Jetzt, wo du es sagst …« Jojo sah wieder auf ihr Handy. »Da hab ich mich wohl verfranst.«

»Das darf doch nicht wahr sein!«

»Sorry.« Sie zuckte mit den Schultern. »Diese App ist nichts für Leute mit Orientierungsproblemen.«

»Und wo ist jetzt diese Rue Dénoyez?« Paul schluckte sämtliche Brachialbegriffe, die ihm durch den Kopf schossen, tapfer herunter.

»Da drüben.« Jojo deutete vage Richtung Osten, doch diese Ungenauigkeiten konnte er nicht länger hinnehmen. Er zog sein eigenes Handy aus der Tasche und öffnete eine Navi-App. Geradeaus und dann links. Sie waren nur 50 Meter von der Zielstraße entfernt.

»Ich wasch noch kurz das Bobbycar«, erklärte Jojo, als sie eine Waschstraße passierten, deren Fassade mit drei mannsgroßen blauen Fischen verziert war.

»Ganz sicher nicht.« Paul bekam beim Anblick der Waschstraße ganz kribbelige Füße.

»Aber es ist schmutzig!«

»Wir müssen weiter! Los, los! Das hier ist kein Sonntagsausflug!«

»Ist ja schon gut.« Jojo klemmte sich das Bobbycar unter den Arm und zog weiter.

22.

Die Rue Dénoyez könnte mit ihrem Flair genauso gut in der New Yorker Bronx verortet sein. Sämtliche Mauern, jedes Garagentor, ja, selbst die Straßenlaternen und Poller waren mit Graffiti überzogen. In das lautstark ausgetragene Streitgespräch, das aus einer Eckkneipe heraustönte, mischte sich Babygeschrei, und um das Bild eines sozialen Brennpunkts perfekt zu machen, fehlten eigentlich nur noch die brennenden Mülltonnen.

Jojo schien Pauls Eindruck nicht zu teilen. Sie stürmte die Straße entlang, schoss ein Handyfoto nach dem anderen und wähnte sich offenbar im Herzen der Pariser Kunstszene. Die Euphorie stand ihr ins Gesicht geschrieben, und Paul fühlte sich dazu genötigt, die Bestandteile ihres Glücks-Cookies um ein weiteres Schokostück zu ergänzen. Hack, Punk, Cartoons und Graffiti. Ein Ensemble des Grauens.

»Guck mal das da!« Jojo schoss ein Dutzend Fotos von einem Graffiti, das noch nicht mal beendet worden war: Zwei grüne Augen waren dort zu sehen, dazu die Kontur eines Katzenkopfes. »Sieht ein bisschen aus wie die Grinsekatze aus ›Alice im Wunderland‹«, erklärte sie.

»Das ist Sachbeschädigung.«

»Hier nicht.«

»Doch, natürlich.«

»Nein. Das ist Kunst!« Jojo eiste sich von dem Graffiti los und lief zwei Schritte weiter. »Komm, lass uns Farbe kaufen und auch was sprayen.« Sie deutete auf eine hellgelbe Fläche. »Hier ist noch Platz.«

»Ganz sicher nicht. Los, wir müssen uns beeilen.«

»Aber du solltest dringend mal etwas Verrücktes tun, Klippschliefer. Dein Leben ist so was von langweilig.« Wieder zog sie das »a« von »langweilig« dreimal so lang wie nötig.

»Ich bin nicht der Typ für verrückte Sachen. Und trotzdem nicht langweilig.«

»Das denkst du.«

»Wie meinst du das?«

»Ja, wie wohl?«

Paul schwieg. Hatte Annika etwa mit Jojo über ihn gesprochen? Ihn womöglich kritisiert? Nein, so etwas würde seine Freundin nie tun. Oder etwa doch? Die Bandprobe mit Jojos Freunden kam ihm in den Sinn. »Sei doch endlich mal spontan«, hatte Annika gesagt – aber was hieß das schon! Paul war kein Freund von unbedachten Handlungen, und Wände zu beschmieren würde er in seinem Gedächtnis ganz sicher nicht als positive Erinnerung verorten.

Die Rue Dénoyez Nummer elf war mit einer wilden Mischung aus Rot, Gelb, Grün, Blau und Orange besprüht. Neongrüne Schriften verunstalteten die Mauern und über die Haustür zog sich ein pechschwarzes Spinnennetz, in dem sich drei Rosenblüten verfangen hatten. Im Erdgeschoss befand sich ein leer stehender Friseursalon, in den drei übrigen Geschossen Wohnungen. Als Paul bei »Krecké-Gazelle« klingelte, klopfte sein

Herz wie bei seiner Examensprüfung. Nach einer Minute machte seine Anspannung einer tiefen Enttäuschung Platz. Niemand öffnete.

»Das war es dann wohl«, murmelte er.

»Nicht gleich aufgeben. Uns bleibt immer noch der Eiffelturm.«

»Aber meine Party!«

»Ist ja nicht aufgehoben.«

»Ich muss die Leute ausladen! Annika nimmt extra einen früheren Flug! Und die Ente …«

»Die Ente finden wir heute Abend. Lilou ist fest eingeteilt. Kopf hoch, alles wird gut.«

»Nichts wird gut«, murmelte er, während er ohne Haltung, Ziel und Hoffnung die Straße entlangstolperte. Vorbei an einem Mädchen, das gerade eine knallgelbe Sonne an eine Mauer sprühte. Paul ging schweigend weiter. Nicht nur die Hitze lähmte ihn.

Sie passierten ein tunesisches Restaurant, einen koscheren Feinkosthändler und ein chinesisches Lebensmittelgeschäft, in dessen Fenster sechs gebratene Enten baumelten. »Was dagegen, wenn ich jetzt das Bobbycar wasche?«, fragte Jojo, als sie zum zweiten Mal an der Waschstraße mit den drei blauen Fischen vorbeikamen. Paul zuckte mit den Schultern. Eine lapidare Geste, die er normalerweise vermied. In diesem Moment passte sie. Abgesehen von diversen unangenehmen Gesprächen hatte er nichts vor.

Die Waschstraße »Le poisson bleu« lag direkt neben einer Tankstelle mit vier Zapfsäulen. Paul stellte sich so, dass er den angrenzenden Tankstellenshop im Auge hatte und nicht die grau geriffelte Metalltür, die ihn an die Kammer des Grauens erinnerte. Ein Ort, in dem das Übel seinen Ursprung hatte. Na ja, ein Übel zumindest. Kais Videos, um genau zu sein. In der Kammer des Grauens, einem Abstellraum seiner Trierer Arbeitsstätte, hortete er sämtliches Zubehör, das er für seine Videos brauchte. Ein Skateboard stand dort, ein Einkaufswagen, ein Schaukelpferd sowie sämtliche Gefährte, die ihm Freunde und Bekannte ausliehen oder schenkten. Wenn Paul – was selten vorkam – seinen Bruder im Wash Up besuchte, wandte er seinen Blick grundsätzlich von der Kammer des Grauens ab, und auch hier in Paris wollte er nicht an diesen Ort erinnert werden.

Ein Mitarbeiter der Waschstraße trabte gerade mit einem Plastikkanister aus dem angrenzenden Tankstellenshop herüber, hob ein verschmiertes Öltuch auf, eilte weiter, geschäftig wie ein Wiesel.

»Hello!«, rief Jojo, doch der Wieselnde hörte sie nicht, da er im selben Moment von einer Frau begrüßt wurde, die mit einem Jungen an der Hand den Hof betrat. Die Mittzwanzigerin trug eine abgewetzte Jeans, der nicht eindeutig anzusehen war, ob die Löcher in dem Stoff gewollt waren. Gefällig geleitete der Wieselnde sie zu einem wackeligen Holztisch. Seiner Begrüßung nach handelte es sich bei den beiden um Frau und Kind. Der Junge – ein Blondschopf mit Latzhose – holte ein Spielzeugauto aus einem Eimer, den seine Mutter für ihn getragen hatte. Es war klein wie ein Tischtennisball, rot und hatte nur drei Räder.

»Hello!«, rief Jojo, als der Wieselnde wieder nach seinem Kanister griff. Er drehte sich um und grüßte.

»I want to wash my car«, sagte Jojo.

»Which …« Der Mitarbeiter stockte, bemerkte erst jetzt das Bobbycar, begann zu lachen. Dann händigte er Jojo einen Eimer Wasser aus und eilte weiter. Gewissenhaft reinigte sie das Gefährt, das daraufhin – so viel musste man ihr lassen – fast wieder wie neu aussah. Lediglich ein Kratzer über dem linken Hinterrad deutete darauf hin, dass es nicht unfallfrei gehalten worden war. Der kleine Junge beobachtete jeden ihrer Handgriffe.

»Tu veux?« Paul deutete auf das Bobbycar und machte eine Handbewegung, als würde er lenken. Der Junge bekam glutrote Ohren, schien sich bei seinen verwegenen Gedanken ertappt zu fühlen, dann nickte er. Sofort trocknete sein Vater den Sitz ab, und wenige Sekunden später rollte der Kleine auch schon über den Hof.

»Non!«, rief seine Mutter, als er um ein Haar in die Waschstraße hineingefahren wäre.

»Ein Bobbycar in der Waschstraße. Das wär's noch!« Jojo prustete vor Lachen, Paul stimmte nicht mit ein.

»Was guckst du denn so?«, fragte sie.

»Ich? Ganz normal.« Er hatte keine Lust, Jojo zu erzählen, dass ihn das Bobbycar an seinen Bruder erinnerte.

»So guckst du sonst nie«, stellte Jojo fest.

»Komm, lass uns weitergehen.«

Paul drehte sich um und wollte verschwinden, als ihn ein Geräusch aufhorchen ließ. Es kam von dem Kleinen! Er sagte nichts. Er stampfte nicht auf und schrie, dass er unbedingt ein Bobbycar haben wollte. Er weinte auch nicht. Nur sein Kinn zitterte minimal. Und seine Beine, die auf Jojo zusteuerten. Auf einmal hielt er ihr sein kleines rotes Auto vor die Nase. »Das ist ja schön!« Sie tätschelte seinen Kopf. Der Kleine zeigte auf das Bobbycar. »Tut mir leid, dafür ist keine Zeit mehr«, sagte sie.

»Ich glaube, er will dir ein Angebot machen«, raunte Paul, dem die Geste des Jungen einen Stich versetzte. Er würde nie vergessen, wie sehr er sich als Kind eine Geige gewünscht hatte.

»Non, mon petit.« Die Mutter wollte ihren Sohn zurück zum Tisch befördern, doch er sträubte sich.

»So, wir müssen.« Jojo nickte in die Runde und betrat den Bürgersteig. Und schon wieder war da dieses Geräusch. Ein Wimmern. Winzig, aber nicht winzig genug, um es zu ignorieren. Paul wandte sich um, betrachtete die Frau in ihren löchrigen Jeans, die irgendetwas von Weihnachten murmelte, den Wieselnden im Hintergrund, dann den Kleinen, der immer noch sein kleines rotes Auto in der Faust hielt.

»Schenk ihm das Bobbycar«, sagte Paul plötzlich.

»Bist du verrückt? Ich bin pleite!«

»Ich geb dir das Geld.«

»Warum? Was soll das?«

»Mach es. Bitte.«

Jojo schüttelte erst den Kopf, doch dann zuckte sie mit den Schultern, hockte sich zu dem Kleinen auf den Boden und deutete auf das Bobbycar. »Für dich!« Sie rollte es ein paar Zentimeter auf ihn zu. »Ein Geschenk.«

»Un cadeau«, übersetzte Paul.

Die Frau und der Mann schauten sie ungläubig an, bevor sie synchron den Kopf schüttelten. Das könnten sie nicht annehmen, erklärte der Wieselnde, doch Paul bestand darauf, und nach einer harten Verhandlung durfte der Junge das Bobbycar tatsächlich behalten.

»Der hat sich voll gefreut«, sagte Jojo, nachdem sie wieder auf der Straße standen.

»Dann haben wir alles richtig gemacht.« Paul zog fünfzehn Euro aus der Hosentasche und reichte sie Jojo. Sie zögerte einen Moment, dann griff sie zu.

23.

Gemächlich trotteten sie durch die Straßen. Noch über sechs Stunden blieben ihnen, bis das Kinoevent startete. Zeit genug, um einen Abstecher zum Parc de Belleville zu machen. Der Park lag an einem Hang und führte zu einer Terrasse, welche eine großartige Aussicht über Paris bot, die Paul jedoch aktuell nicht würdigen konnte.

Angespannt ließ er sich auf einer Bank nieder. Stilvoll abzusagen war in seinem Fall höchst problematisch. »Ich bin verhindert«, war zwar richtig, aber zu vage formuliert. Doch was sollte er sonst sagen? Bis auf eine Ausnahme waren alle Gäste erreichbar. So knapp wie möglich erläuterte Paul, dass ihn eine unerwartete Aufgabe in Paris ereilt habe – was keine Lüge war. Seine Gäste würden die Erklärung vermutlich auf seine Arbeit beziehen, aber dafür konnte er ja nichts. Zudem äußerte Paul sein unendliches Bedauern für die Absage und versprach, so schnell wie möglich einen Ersatztermin zu finden. Nachdem der vorletzte Gast ausgeladen war, musste er sich erst mal sammeln, dann nahm er das schlimmste aller Gespräche in Angriff.

Annika hob beim zweiten Klingeln ab.

»Panther, wie geht's? Alles in Ordnung?«

»Danke, danke. Und bei dir?«

»Warum bist du nicht ans Telefon gegangen?«

»Ich war die ganze Zeit unterwegs.« Das war nicht gelogen.

»Und was hast du gesucht?«

»Wie bitte?«

»Jojo hat gesagt, du würdest was suchen. Für die Feier?«

»Die Feier. Also zur Feier …« Paul räusperte sich. Einen Augenblick vermisste er seine Manschettenknöpfe. »Ich muss dir was sagen.«

»Was denn?«

»Ich habe die Feier verschoben.«

»Was? Wieso?«

»Ich schaffe es nicht pünktlich zurück.«

»Warum? Wann kommst du denn?«

»Morgen.« Paul räusperte sich wieder.

»Gab es Probleme mit dem Kontrabass?«

»Nein. Ja. Auch. Ich muss noch etwas erledigen.«

»Wie? Was denn erledigen?«

»Es hat mit meinem Geburtstag zu tun.« Auch das war nicht gelogen.

»Ich fliege heute zurück. Deinetwegen, damit wir uns noch sehen. Sag mir wenigstens, was du vorhast!«

»Es tut mir leid, aber das ist geheim.«

»Eine Überraschung?«

Paul verzog schmerzlich das Gesicht, was seine Freundin durch das Handy hindurch zum Glück nicht sehen konnte.

»Irgendwie schon. Ja.«

»Mit welchem Buchstaben fängt es an?«

Paul schwitzte auf einmal viel stärker, als es den Temperaturen angemessen war. »Sag mal, können wir später noch mal telefonieren?«, ächzte er. »Ich muss hier gerade noch irgendwie so was …«

»Ja natürlich, mach dir keinen Stress. Melde dich einfach, wenn es bei dir passt.«

»Bis nachher.«

Paul rieb mit seinem Hemdsärmel über seine nassgeschwitzte Stirn und lehnte sich zurück. Jojo hatte sich ein paar Meter weiter in den Schatten gelegt und die Augen geschlossen.

Wie könnte er die Zeit bis zu Lilous Schicht sinnvoll nutzen? Paul zog sein Notizbuch hervor und nahm einen Kugelschreiber zur Hand. Minuten vergingen, ohne dass er ein Wort schrieb. Kein guter Satz wollte ihm einfallen. Nicht einmal ein schlechter. *»Guter Stil – Was ist das?«*, notierte er schließlich, doch dann hielt er plötzlich inne.

Wollte er sich ernsthaft anmaßen, einen Stilratgeber zu schreiben? Ausgerechnet er? Er besaß nur noch einen Manschettenknopf, er hatte einen Eisfleck auf seinem Hemd, trug eine gesprenkelte, sandgelb verfärbte Hose, ein zerknittertes, durchgeschwitztes, stinkendes Hemd – und er hatte gerade seine Freundin belogen. Oder zumindest die Wahrheit verschleiert. Nein, weiterschreiben war unmöglich, nicht in dieser Situation. Er musste das Projekt auf Eis legen, bis sein Leben wieder in geregelten Bahnen verlief.

24.

»Was machen wir jetzt?«, fragte Jojo nach einer Weile.

Paul öffnete die Augen. »Keine Ahnung. Etwas besichtigen?«, schlug er vor. Er fühlte sich zwar ausgelaugt wie nach einem Umzugswochenende, aber für ein bisschen Kultur könnte er seine Kräfte unter Umständen mobilisieren. Jojos Gedanken waren eher pragmatischer Natur.

»Lass uns meinen Kontrabass verkaufen«, sagte sie. Paul hob die linke Hand, um ein Gähnen zu verbergen. »Père Lachaise ist nicht weit von hier. Das ist ein Friedhof. Molière liegt dort, Marcel Proust und Chopin.«

»Nee, komm, wir fahren ins Krankenhaus.«

»Balzac, Oscar Wilde, Edith Piaf …«

»Dann können wir morgen schneller nach Hause.«

Nach Hause? Ein Stichwort, das dem Argument deutlich mehr Gewicht verlieh. Paul kämpfte noch einen Moment mit sich und seiner Müdigkeit, dann nickte er.

Eine Dreiviertelstunde später verließen sie die Métro an der Station »Madeleine«. Mitsamt dem Kontrabass, der immer noch genauso schwer und sperrig wie am Vortag war. An der Pforte des Krankenhauses Claude-Cloporte stand diesmal nicht der Hagere, sondern eine freundlich lächelnde Mitarbeiterin, die sie anstandslos mit ihrem Gepäck passieren ließ.

Jojo war hörbar bester Laune. »I guess it's okay I puked the day away«, schmetterte sie durch das Foyer.

»Wir sind hier in einem Krankenhaus«, raunte Paul.

»Ach, das ist kein Kino?« Jojo grinste. »I guess it's better you trapped yourself in your own way ...«

»Hör auf, gleich erschreckst du noch das Baby.«

»Babys lieben es, wenn man singt.«

»Neugeborene brauchen Ruhe.«

Wie sich herausstellte, war Pauls Sorge unbegründet. In Zimmer 311 herrschte ein Betrieb wie auf einem Pariser Bahnhof. Drei junge Mütter samt ihren Babys und jeweils mindestens zwei Besuchern bevölkerten den Raum, der so beengt war, dass Paul mit dem Kontrabass im Türrahmen stehen bleiben musste.

Die vierköpfige Besuchergruppe, die sich um das vorderste Bett scharte, bestaunte das Instrument wie einen weißen Elefanten. Was er damit vorhätte, wollten sie wissen, und ob er ihnen etwas vorspielen könne. Paul erklärte geduldig, dass er Cellospieler sei und lediglich dem Verkauf des Kontrabasses beiwohne.

Die Frau am Fenster winkte sie zu sich. Paul lehnte das Instrument gegen die Wand und quetschte sich an den Betten vorbei. Die Winkende gab sich als Madame Campion zu erkennen und stellte ihm und Jojo ihre neugeborene Tochter und die Schwiegereltern vor. Ihr Mann käme sofort, erklärte sie. Und: Ja, er sei ganz sicher noch immer an dem Instrument interessiert, etwas anderes könne sie sich gar nicht vorstellen. Sie habe ihm im Übrigen nichts von dem angekündigten Besuch erzählt und ihn nur gebeten, möglichst schnell ins Krankenhaus zu kommen.

Auch Madame Campions Schwiegermutter fragte ihn, ob er ihnen etwas vorspielen könne. Paul wollte wieder einmal darauf verweisen, dass er Cello spielte, als Jojo plötzlich quer durch den Raum zur Tür stürmte. »Finger weg!«, rief sie, woraufhin ein Mädchen im rosa Glitzerkleid losbrüllte, als hätte sie ihr auf die Füße getreten. Wie sich herausstellte, wollte das Glitzermädchen den Kontrabass mit einem Lackstift verzieren, was Jojo jedoch nicht zuließ. Das Mädchen, das zu der Mutter im mittleren Bett gehörte, war außer sich. Nein, auf Papier wolle es nicht malen. Auch nicht auf Geschenkpapier. Nur auf den komischen Holzkasten oder alternativ auf die Wand.

Während die Kleine ihrer Wut über die künstlerischen Schranken freien Lauf ließ, erzählte Paul von der Expertise des Gutachters. Seine Ausführungen wurden jedoch schlagartig unterbrochen, als Madame Campions Baby zu weinen begann und sie mit zwei Handgriffen ihre Bluse aufknöpfte. Da auch die Schwiegereltern in Blickrichtung der mütterlichen Brust saßen, drehte sich Paul diskret zum Wandschrank und erläuterte diesem sämtliche Details über die Bauweise des Instruments. Das Glitzermädchen nutzte den Moment der Unaufmerksamkeit, um sich erneut an den Kontrabass heranzuschleichen, was aber erst auffiel, als es ein A zupfte.

»Non, ma puce!«, rief die Mutter aus dem Mittelbett.

»Finger weg!«, schnauzte Jojo, und wieder brüllte das Mädchen in derselben Tonlage los wie bereits Minuten zuvor.

Monsieur Campion ließ auf sich warten, doch als er endlich kam, war seine Überraschung umso größer. »Oh, mais c'est génial! C'est merveilleux!« Er schüttelte die ihm angebotene Hand. »Fantastique!« Enthusiastisch bat er sie mitsamt dem Kontrabass auf den Gang hinaus, wo er das Instrument eine Viertelstunde lang akribisch untersuchte, unablässig Superlative murmelnd. »Oui. Je le prends!«, verkündete er schließlich, und er hielt Jojo die Hand hin, um den Kauf zu besiegeln.

Ein Problem gab es allerdings doch noch, und das betraf die Bezahlung. Genügend Bargeld hatte Monsieur Campion leider nicht dabei, darum lud er sie am Sonntagnachmittag zu sich nach Hause ein. Um 15 Uhr, wenn das passte. Es täte ihm furchtbar leid, dass sie den Kontrabass noch einmal mitnehmen mussten, aber ohne Geld könne die Übergabe nun mal nicht stattfinden. Jojo und Paul willigten ein. Was blieb ihnen anderes übrig? Sie verabschiedeten sich von den Campions und machten sich wieder auf den Weg. Mitsamt dem Kontrabass. Im Gegensatz zu Paul war Jojo in Hochstimmung. »Das ist wirklich super gelaufen!«, rief sie, während sie auf die Métro zusteuerten. »Ich habe so ein Glück!«

»Und ich erst«, ächzte Paul.

»Wir bringen jetzt dieses Ding ins Hotel, machen ein Päuschen und dann geht's ab zum Eiffelturm.«

Paul nickte matt.

25.

Die Sonne war bereits hinter den Dächern von Paris verschwunden, als sie ihr Ziel erreichten. Die Grünfläche am Fuße des Eiffelturms war bis zum Rand bedeckt mit Menschen auf Picknickdecken, Klappstühlen und Liegemöbeln. Paul ließ seinen Blick über die unzähligen Besucher des Kinoevents »Son & Image« wandern.

»Wir müssen uns aufteilen«, entschied Jojo. »Ich fange da vorne an.« Sie deutete auf die gigantische LED-Wand, die ganz am Ende der Wiese in unmittelbarer Nähe des Eiffelturms aufgebaut war. Paul beschloss, das Feld von hinten aufzurollen. Er quetschte sich an den Warteschlangen vorbei, die sich vor den zahlreichen Essens- und Getränkeständen gebildet hatten. Wie er in dem Gewimmel eine Popcornverkäuferin finden sollte, war ihm ein Rätsel. Wie sahen Popcornverkäuferinnen überhaupt aus? Schleppten sie einen Bauchladen durch die Gegend? Fuhren sie ein Wägelchen herum? Eine Viertelstunde lang bewegte er sich ziellos durch die Reihen, die sich immer weiter lichteten, bis sich der größte Teil der Gäste in Erwartung des Abendprogramms niedergelassen hatte.

Auf einmal tippte ihm Jojo von hinten auf die Schulter. »Ich hab den Stand gefunden«, sagte sie.

»Und Lilou?«

»Da war niemand.«

»Wo ist denn der Stand?«

»Komm mit.« Jojo führte ihn durch die Menge. »Übrigens hat Annika eben angerufen«, sagte sie.

»Ist sie schon in Luxemburg?«

»Weiß ich nicht. Sie hat gefragt, ob alles okay ist.«

»Was hast du gesagt?«

»Dass wir den Kontrabass erst morgen Nachmittag verkaufen.«

»Und sonst?«

»Sie war ein bisschen besorgt.«

»Besser besorgt als wütend.« Paul atmete tief durch. »Alles wird gut. Ganz bestimmt.« Sie erreichten den Popcornstand, der immer noch verwaist war. Angespannt machte er sich auf die Suche nach zwei Sitzgelegenheiten. Vergeblich. Aus Mangel an Alternativen nahm er schließlich neben Jojo auf der zertretenen Wiese Platz. Lilou würde sicher bald kommen. Er brauchte nur ein wenig Geduld.

»Für wie viel Euro würdest du auf den Eiffelturm klettern?«, fragte Jojo.

»Warum sollte ich das machen?«

»Weil es witzig ist.«

»Du hast einen seltsamen Humor.«

»Für 50 Euro?«

»Ich bin nicht käuflich.«

»Für 100?«

»Nicht für 100 Euro und auch nicht für 1000«, sagte Paul. Er hatte wirklich andere Probleme! Die Werbung startete, doch der Popcornstand war nach wie vor geschlossen. Die Wahrscheinlichkeit, dass Lilou nur mal schnell zur Toilette gehuscht war, sank mit jeder Minute.

»Jetzt sag doch mal«, drängte Jojo. »Für wie viel würdest du hochklettern?«

»Für kein Geld der Welt«, sagte Paul genervt. Manchmal erinnerte ihn Jojo wirklich extrem an seinen Bruder. Der musste auch ständig irgendwelche Spielchen spielen: flippern, Dart oder Billard, kickern, bowlen oder am besten das ganze Programm an einem einzigen Abend. Mit Schrecken erinnerte er sich daran, wie sein Bruder an seinem Geburtstag einen Baumstamm auf die Terrasse geschleppt hatte, um mit seinen Freunden das Nagelspiel zu spielen. Vier Stunden lang hatten sich die Gäste die Zeit vertrieben, indem sie mit der Rückseite eines Hammers Nägel in diesen Stamm klopften. Sich einfach nur gepflegt unterhalten? Für Kai ein Ding der Unmöglichkeit!

»Wenn ein Wunder geschehen und mein Bruder endlich erwachsen werden würde«, platzte es aus ihm heraus.

»Was?«

»Dafür würde ich es machen. Dafür würde ich den Eiffelturm hochklettern.«

»Wunder habe ich nicht im Angebot.« Jojo setzte sich in den Schneidersitz. »Aber wieso, was macht dein Bruder denn so Fürchterliches?«

»Frag nicht.«

»Doch, ich frage.«

Paul zögerte kurz, dann skizzierte er Kais Persönlichkeitsprofil und insbesondere seinen Drang, sich mit völlig unpassenden Fahrzeugen in Waschstraßen herumzutreiben. »Wie geht denn das?« Jojo klang, als sei das auch etwas für sie. »Bricht der da ein oder was?«

»Nein, er arbeitet ja in einer Waschanlage und sein Chef unterstützt die Sache, weil das eine super Werbung ist. Er kann sich also jederzeit nach Feierabend ein Skateboard oder was auch immer schnappen und einfach durchrollen. Während der Fahrt brüllt er dann irgendwelche Tipps rund ums Auto in die Welt. Zur Pflege, zu Reparaturen, was auch immer. Ein Kollege filmt das Ganze, schneiden, hochladen, fertig.«

Jojo, die sich schon bei der Erwähnung des Skateboards auf die Schenkel schlug, sah sich auf ihrem Handy gleich mal das YouTube-Video mit dem Schaukelpferd an und brach in so lautes Gelächter aus, dass sich mehrere Zuschauer nach ihr umdrehten. »Dein Bruder ist echt witzig«, raunte sie, nachdem sie sich wieder beruhigt hatte.

»Er benimmt sich nicht seinem Alter entsprechend.«

»Hast du gesehen, wie viele Klicks er hat?«

»Jeden Morgen stehen ein paar Verrückte auf.«

»Was regst du dich so auf? Lass ihn doch! Er hat seinen Spaß und die Zuschauer auch.«

»Kai könnte so viel aus seinem Leben machen. Informatik studieren oder irgendwas mit Medien.«

»Das kann er doch immer noch.«

»Mit dreißig? Vergiss es.«

»Warum nicht? Es ist nie zu spät!«

»Für manche Jobs schon.«

»Paul, jetzt halt mal die Füße still. Dein Bruder ist zufrieden, also lass ihm seinen Spaß. Und überhaupt: Es ist sein Leben. Du bist nicht für ihn verantwortlich.«

»Jajaja«, brummte Paul, während vor seinem inneren Auge jene entsetzlichen Bilder vorbeizogen, die ihn noch heute immer wieder im Traum heimsuchten. Unwillkürlich fasste er an seinen Ellbogen. Die Stelle, an der sich die winzige Narbe befand, würde er im Schlaf finden.

»Nix jajaja«, beharrte Jojo. »Ist doch so!«

Paul schwieg. Den Palastgarten sah er vor sich, das Kurfürstliche Palais, den Rokoko-Saal und die Flasche Veuve Clicquot. Abgesehen von seinen Eltern wusste niemand von diesem Abend, nicht einmal Annika. Nur er und Kai, der die Sache heute – also fast achtzehn Jahre später – bestimmt längst vergessen hatte. Für Paul war sie präsenter denn je.

Der Film startete. Eine Viertelstunde verging, ohne dass Paul auch nur annähernd der Handlung folgen konnte, in der es – warum auch immer – um das Paarungsverhalten von Amur-Leoparden ging. Nervös fixierte er den Popcornstand, zupfte einen Grashalm nach dem anderen aus der Erde, bis ein grünes Büschel vor ihm lag. Auch weitere fünf Minuten später hatte er keine Ruhe gefunden.

Er beschloss, sich auf die Suche nach dem Cateringchef zu machen. Irgendwer musste doch wissen, wo diese Lilou steckte! So unauffällig wie möglich drückte er sich am Zaun entlang bis zu den Essens- und Getränkeständen, die im Moment nur noch spärlich besucht waren. Er zog von Stand zu Stand, vom hinteren Ende der Wiese bis zum vorderen, bis er die Chefin gefunden hatte.

Silvie Perrier – eine menschgewordene Espressobohne – wühlte gerade in einer Werkzeugkiste herum und war sichtlich im Stress. Wie Paul ihrem emotionalen Ausbruch entnehmen konnte, war die Cola fast alle, ein Zapfhahn der Schankanlage kaputt, eine Beschwerde bezüglich ungenießbarer Fritten eingegangen, und außerdem fehlten zwei Mitarbeiter unentschuldigt.

Zaghaft warf Paul ein, dass er auf der Suche nach Lilou sei. Diese Information kam der Espressobohne gerade recht. Er möge sie doch bitte schleunigst anrufen oder besser noch zu Hause aufsuchen und ihr mitteilen, dass sie gefälligst ihren Hintern her bewegen solle, sagte sie. Einfach so der Arbeit fernzubleiben, ohne jede Entschuldigung, das ginge nicht an! Immerhin habe sie einen Vertrag unterschrieben!

Pauls Resthoffnung sank während des Gesprächs auf 28 Prozent. Warum war Lilou nicht bei der Arbeit erschienen? Es war ihr doch hoffentlich nichts zugestoßen! Mit einem unangenehm nagenden Gefühl im Bauch begab er sich wieder zu Jojo. Es führte kein Weg daran vorbei: Sie mussten noch einmal zurück in die Pariser Bronx.

26.

Im Haus Nummer elf der Rue Dénoyez ging es inzwischen hoch her: Hinter fast allen Fenstern des ersten Stocks leuchtete buntes Licht, Trommelmusik mischte sich mit Elektroklängen und dem Sprachgewirr aus Dutzenden von fremden Stimmen. Wurde hier etwa eine Party gefeiert? Paul klingelte, doch nichts passierte. Kein Wunder bei dem Lärm.

Jojo bog in die Rue Lemon ab, wollte sich wohl die Westhälfte des Eckhauses ansehen. Paul harrte vor der Haustür aus. Fünf Minuten vergingen, ohne dass etwas passierte, dann folgte er Annikas Schwester.

»Sieh mal.« Sie zeigte auf ein offenes Fenster im ersten Stock. »Da brennt aber kein Licht«, wandte Paul ein.

»Ich brauche kein Licht«, sagte Jojo. Sie fixierte einen Müllcontainer, der auf der gegenüberliegenden Straße vor einem thailändischen Restaurant stand, und der so hoch mit Müllbeuteln gefüllt war, dass sich der Deckel nicht mal ansatzweise schließen ließ. Dem Geruch nach hatte der Container nicht nur diverse Regenfälle, sondern auch einige Sonnentage miterlebt, und dass er Fischreste in sich barg, war nicht zu überriechen. Jojo zerrte den Container vom Gehweg und rollte ihn mit Schwung auf die Straße.

»Was hast du vor?«, fragte Paul.

»Ich will da rauf.«

»Auf gar keinen Fall.«

»Warum nicht?«

»Viel zu gefährlich.« Paul sah Jojo schon kopfüber in die Fischabfälle stürzen.

»Wir können sie auch rufen.« Sie ließ von dem Container ab und führte beide Hände wie einen Trichter zum Mund.

»Hey! Lilou! Madame!«

»Leiser«, raunte Paul.

»Wie soll sie uns denn dann hören?«

»Ich warte vor dem Eingang«, sagte Paul. Irgendwann würde die Musik verstummen, irgendwann mussten die Partygäste das Haus verlassen. Die Zeit arbeitete für ihn. Theoretisch zumindest, denn praktisch passierte erst mal nichts. Minutenlang verharrte er vor der Haustür, dann trieb ihn eine ungute Vorahnung zurück zu Jojo. »Nein!«, rief er, als er sie auf dem Rand des Containers balancieren sah. Von ihrer Position aus erreichte sie das Fensterbrett nur mit den Fingerspitzen. Sie würde springen müssen, wenn sie sich hochziehen wollte!

Auf einmal erschien eine männliche Gestalt direkt vor ihrer Nase. »Hello!« Jojo grüßte, als sei es völlig normal, vor fremden Fenstern auf Müllcontainern herumzuturnen. »We're looking for Lilou.«

»Lilou?« Die Gestalt schwankte, hielt sich am Fensterbrett fest, brummte irgendetwas Unverständliches.

»Help me!« Jojo streckte ihre Arme aus, als müsste sie aus den Wellen eines Ozeans gerettet werden, wobei ihr Gesichtsausdruck keine Verzweiflung spiegelte, sondern leichte Ungeduld. »Nein!«, rief Paul noch, doch da hatte der Mann auch schon zugepackt und sie in das Zimmer gezogen. »Du kannst doch nicht einfach …«

»Entspann dich«, hörte er sie von ferne rufen. »Ich hole nur deine Ente.«

Paul entspannte sich nicht. Der Gedanke, dass Jojo alleine in einem fremden Haus unterwegs war, versetzte ihn in Alarmbereitschaft. Angespannt fixierte er das Fenster, trabte zur Haustür, klingelte vergeblich, trabte wieder zurück, rief nach Jojo – nichts. Eine Gestalt erschien hinter einem Vorhang und war Sekunden später auch schon wieder verschwunden. Die Musik tönte nach wie vor bis auf die Straße, aber niemand verließ das Gebäude.

Eine ungute Vorahnung begann an Paul zu nagen. Er rief Jojo auf dem Handy an, sie ging nicht ran. Und jetzt? Zögernd trat er an den Container heran. Auf dem Griff an der Seite könnte er Halt finden. Er setzte einen Fuß auf, nahm Schwung und kletterte auf die Oberseite des übervollen Behältnisses. Der pestilenzartige Gestank raubte ihm fast den Atem. Wie ein überdimensionierter Frosch hockte er auf der Umrandung, beherrscht von einer einzigen Frage: Wie sollte er sich bloß aufrichten? Er blickte zu dem offenen Fenster hinauf.

»Jojo!«, rief er.

Keine Antwort.

Vorsichtig hob er seinen Hintern in die Höhe, Zentimeter für Zentimeter, bis er seine Beine fast durchgestreckt hatte. Seine Hände umklammerten nach wie vor die Oberkante des Containers. Er musste loslassen. Aber wie?

»Was machst du denn da?«, rief Jojo. Paul, der gerade

todesmutig die rechte Hand gelöst hatte, zuckte zusammen, geriet ins Rutschen, ging in die Knie, griff noch nach dem Rand des Containers – zu spät!

Zu seinem Glück federte ein Müllbeutel seinen Sturz ab. Zu seinem Pech platzte er auf. Der Gestank biss in Pauls Duftrezeptoren. Angewidert rappelte er sich auf und sprang zu Boden. Seine Hände rochen nach Scampi, die Schale einer halben Languste klebte an seinem linken Oberschenkel, die eines Hummers an seinem rechten.

»Alles in Ordnung?«, rief Jojo vom Fenster aus.

»Vous allez bien?«, echote eine Französin neben ihr.

»Wie man's nimmt«, murmelte Paul.

Keine Minute später kam Jojo zu ihm auf die Straße gestürmt. Die Abfälle hatte Paul inzwischen abgeschüttelt, der Gestank war geblieben.

»Was machst du denn für Sachen?«, fragte Jojo.

»Das frage ich dich! Wo warst du?«

»Sorry, ich hab mich festgequatscht.«

»Und ich habe mir Sorgen gemacht!«

»Echt jetzt?« Jojo grinste. »Wieso?«

»Das war hochriskant!«

»Nicht riskanter als deine Aktion da.«

Paul schüttelte sein Hosenbein, an dem ein Basilikumblatt klebte. »Hast du die Ente?«, fragte er.

»Leider nein«, sagte Jojo, und der Grund war so simpel wie ernüchternd. Lilou war Ozzys Exfreundin. Die logische Konsequenz: Sie hatte die Ente verschenkt! An eine Seniorin, die gerade des Weges gekommen sei und sie so nett angelächelt habe.

»Was für eine Seniorin?«, fragte Paul.

»Klein. Graue Haare.«

»Wo war das? Wo wohnt sie?«

»Irgendwo in der Stadt.«

»Und sonst?«

»Nichts sonst.«

Paul schloss für einen Moment die Augen.

»Ich muss mit Lilou reden.«

»Sie kommt gleich runter«, sagte Jojo und fügte hinzu, dass Lilou sein Klingeln im Übrigen gehört und sogar einen Blick aus dem Fenster riskiert, ihn jedoch für einen Spitzel ihrer Chefin gehalten hatte.

»Hat sie ihre Arbeit geschwänzt?«, fragte Paul.

»Die Party war seit Wochen geplant, ihre Chefin hat das aber null interessiert.« Jojo grinste. »Wenn du nicht so stinken würdest, könnten wir mitfeiern. Da ist eine Superstimmung!«

»Meine Stimmung ist leider nicht so super.« Missmutig blickte er der Französin entgegen. Ihre Fingernägel waren rosa, die Haare lang und schwarz, genau wie Ozzy gesagt hatte. Ob sie nach Pfirsich roch, konnte er nicht beurteilen. Als Erstes überreichte sie ihm einen Lappen und bot ihm an, ihr Badezimmer aufzusuchen. Paul lehnte dankend ab. Was genau mit der Ente passiert war, wollte er wissen.

Lilou klang sehr betroffen, als sie erzählte, dass sie die Ente weiterverschenkt habe. Sie habe Ozzys ewige Annäherungsversuche einfach satt, sagte sie. Seit über zwei Monaten seien sie kein Paar mehr, aber er wolle das partout nicht einsehen und kreuze ständig mit irgendwelchen Geschenken bei ihr auf.

Paul fragte nach der Seniorin. Lilou brauchte eine

Ewigkeit, bis sie das Bild der Frau einigermaßen rekonstruiert hatte. Gepflegt sei sie gewesen. Sie habe sich sehr herzlich bedankt. Eine Brille habe sie nicht getragen, nein. Von einem Enkel sei nicht die Rede gewesen. Und sonst? Nichts weiter. Leider. Pauls Resthoffnung sank ins Bodenlose. Enttäuscht verabschiedete er sich von Lilou, drückte ihr noch für alle Fälle seine Visitenkarte in die Hand, dann trat er gemeinsam mit Jojo den Rückweg an.

Nach wenigen Metern fiel Paul auf, dass er völlig vergessen hatte, sich zu bedanken. Sehr unaufmerksam. Paris schien ihn zu verändern, und das nicht zum Positiven.

»Das war's dann wohl endgültig«, murmelte er.

»Hey, nicht so pessimistisch.«

»Wir haben verloren.«

»Wieso, was ist mit dem Entenrennen?«

»Als ob die dahin gehen würde!«

»Klar, wohin denn sonst? Die halbe Stadt wird da sein.«

»Und selbst wenn!« Paul konnte mit blauäugigem Zweckoptimismus nichts anfangen. »Wie sollten wir eine Ente unter Tausenden finden? Das wird doch nie was!«

»Ach was. Das Glitzerteil würde ich selbst aus einem Ozean fischen.« Jojo klopfte ihm auf die Schultern. »Nur Mut. Morgen finden wir sie.«

Paul wollte ihr gerne glauben, ihre Hoffnung teilen, aber tief im Inneren wusste er, dass er verloren hatte.

27.

Noch nie hatte sich Paul so erbärmlich gefühlt. Er wollte nur noch eines: zurück in das Tupperdosenhotel. Duschen, schlafen und darauf hoffen, dass der schlimmste Tag seines Lebens endlich ein Ende fand. Wie er den Fußweg nach Hause schaffen sollte, wusste er allerdings nicht.

»Wir brauchen bestimmt eine Stunde«, stöhnte er.

»Bis zur Métro ist es nicht weit«, sagte Jojo, die sicher nicht aus Spaß einen Meter Abstand hielt.

»Ich kann mich doch so nicht in die Métro setzen.«

»Dann stell dich halt. Oder …« Jojo deutete auf die Waschstraße mit den blauen Fischen, die in einer Entfernung von 15 Metern vor ihnen auftauchte. »Wasch dir doch gerade die Hände und gut ist!«

»Die Anlage hat geschlossen.« Kaum hatte er den Satz ausgesprochen, entdeckte er auch schon das Schild mit der Aufschrift »24/7«.

»Schade eigentlich, dass ich das Bobbycar weggegeben habe.« Jojo grinste. »Sonst würde ich dich eine Runde durch die Waschstraße schicken.« Sie grinste noch ein bisschen breiter. Paul machte sich nicht mal die Mühe, die Mundwinkel hochzuziehen.

Plötzlich baute sich Jojo vor ihm auf.

»Weißt du was? Geh doch zu Fuß durch!«

»Ja, natürlich. Sonst noch was?«

»Das ist mein Ernst. An deiner Stelle würde ich genau das machen.« Sie nickte heftig. »So wie dein Bruder!«

»Ich will zum Hotel zurück, und zwar sofort.«

»Du stinkst wie ein Otter. Außerdem musst du endlich mal was erleben. Und das ist die Gelegenheit!«

»Ich habe mehr erlebt, als mir lieb ist«, stöhnte Paul. »Ich suche wie ein Wahnsinniger nach einer Quietscheente, schon vergessen? Ich habe deinen Kontrabass um die halbe Welt geschleppt. Ich habe auf dem Boden einer Tupperdose geschlafen. Ich wurde zum Beachvolleyball genötigt. Ich hatte die Reste einer Languste am Hintern kleben. Reicht das nicht? Ist es nicht endlich mal genug?« Seine Stimme wurde immer lauter, während eine Suppe aus Wut und Verzweiflung in ihm hochkochte. Er wollte an Jojo vorbei, einfach nur weg, doch sie sprang wie ein Kind vor ihm her. »Du hast doch heute nur Mist erlebt!«, rief sie. »Kein Wunder, dass du schlechte Laune hast. Du solltest den Tag mit etwas Besonderem abschließen. Etwas Einzigartigem. Mit etwas, von dem du noch deinen Kindern erzählen wirst!«

»Jojo, ich habe keine Lust auf diesen Unsinn, und ich will das jetzt auch nicht mit dir diskutieren. Das ist sinnlos und albern. Ich bin keine zwölf mehr, ich muss nicht jeden Quatsch mitmachen.« Er wollte jetzt endlich weiter, doch Jojo ließ ihn nicht vorbei.

»Ich möchte dir etwas Gutes tun«, sagte sie.

»Dann lass mich in Ruhe!«

»Erst, wenn du sauber bist.«

»Das ist nicht lustig!«

»Das sollte es auch nicht sein!«

Paul war kurz davor, mit dem Fuß aufzustampfen.

»Du willst dich auf meine Kosten amüsieren und sonst gar nichts. Du willst sehen, wie sich dieser Knigge-Typ zum Affen macht. Aber das kannst du vergessen, das mache ich nicht! Ganz sicher nicht!«

»Ganz sicher nicht.« Jojo stemmte die Hände in die Seiten. »Weißt du eigentlich, dass das dein Lebensmotto ist?«

»Was soll das denn jetzt?«

»Du solltest dir mal zuhören. Wollen wir Beachvolleyball spielen? Ganz sicher nicht. Couscous-Kugeln probieren? Nein. Ein Graffiti sprühen? Ganz sicher nicht. Immer wieder, es ist wie eine Dauerschleife!«

Paul schnaufte empört. »Für sinnvolle Vorschläge bin ich jederzeit zu haben, aber doch nicht für irgendeinen Blödsinn.«

»Wer sagt, dass das alles Blödsinn ist?«

»Beachvolleyball in der brütenden Hitze, dubiose Matschkugeln und irgendwelche Schmierereien an Hauswänden? Das muss ich dir doch jetzt nicht ernsthaft erklären?!«

»Aber du hast nichts davon ausprobiert!«

»Weil mich das im Leben nicht weiterbringt!«

»Ein Ja bringt dich immer weiter als ein Nein.« Jojo hatte ihre Stimme erhoben. »Hat dir Annika nie von meinem Lebensmotto erzählt?«

»Nein.«

»Warum nicht?«

»Was weiß ich? Vermutlich hat es sich nie ergeben.«

»Nein, mein Lebensmotto lautet: Warum nicht?«

»Aha.«

»Weißt du, mir wurden in den letzten 25 Jahren schon

viele merkwürdige Vorschläge gemacht. Wollen wir in Otterndorf zelten, nur weil der Name so lustig klingt? Sollen wir beim Herresthaler Strohballenrennen mitmachen? Gehen wir auf das Gospelkonzert in der Schleuse?« Sie lächelte. »Bei all diesen Sachen habe ich auch erst mal gedacht: Wozu? Was soll ich da? Aber dann habe ich nachgedacht und kam immer zu demselben Ergebnis: Warum nicht? Ein neuer Weg ist immer spannend! Und selbst wenn er in die Pampa führt, dann hat man wenigstens was zu erzählen.« Jojo zupfte an ihrem Kettenanhänger, in den ein winzig kleiner Pfotenabdruck graviert war. »In Otterndorf steppt nicht gerade der Bär, aber wir haben supernette Leute kennengelernt. Und das Konzert in der Schleuse war der Wahnsinn! Beim Strohballenrennen wurden wir Letzter, ja und? Wir hatten einen Riesenspaß, und allein das war die Sache wert.« Sie schwieg einen Moment. »Du hast keine lustigen Geschichten zu erzählen, Klippschliefer. Du erklärst den Leuten höchstens, wie man eine Serviette richtig faltet.«

»Unsinn, ich habe unzählige Geschichten auf Lager. Du kennst mich doch überhaupt nicht!«

»Aber Annika.«

»Was meinst du damit?« Paul fuhr innerlich zusammen. »Habt ihr etwa über mich geredet?«

»Nein. Aber ich kenne meine Schwester.«

»Hat sie irgendwas gesagt?«

»Nein, gesagt hat sie nichts.«

»Was meinst du? Denkst du etwa ... Denkst du, sie hält mich für ...?« Paul verstummte.

Komplett daneben lag Jojo nicht, das musste er schon zugeben. Tatsächlich hatte er in seinem Leben oft ausgeschlagen, etwas zu tun, weil man ... Ja, warum eigentlich? Weil man manche Sachen einfach nicht machte!

Als er neulich mit Annika spazieren war, hatte sie ihm vorgeschlagen, ein paar Kilometer weiter zum Holzerather Weiher zu fahren, um eine Runde schwimmen zu gehen. Aus Mangel an Badekleidung hatte er natürlich abgelehnt. Hätte er es einfach tun sollen?

Überhaupt: Wie sah es aus mit neuen Restaurants, neuer Musik und neuen Hobbys? Musste es wirklich immer das Jerry's sein? Immer wieder bretonische Riesenkrevetten und Pink Floyd? Die immer gleiche Mountainbiketour durch den Mattheiser Wald, wo er den Neigungswinkel jedes einzelnen Baumes kannte?

Natürlich waren all diese Orte, Werke und Aktivitäten nicht umsonst fester Bestandteil seines Glücks-Cookies – aber trotzdem ließ sich nicht leugnen, dass in seinem Leben eine gewisse Routine herrschte. Oder eben Langeweile.

Mit drei »a«.

Wortlos drehte sich Paul um und steuerte die Waschstraße an, die gerade frei geworden war. Links neben dem Eingang wartete ein Kassierer mit ergrautem Schnauzer, der mit seiner Baskenmütze perfekt in eine Werbung für Camembert gepasst hätte. »Programme deux«, sagte Paul wie ferngesteuert. Das Programm Nummer zwei bestand aus Vorwäsche, Radwäsche und Trocknen. Gewachst oder versiegelt werden wollte er nicht. Der Kassierer erklärte ihm, dass er einfach mit dem Wagen vorfahren solle, dann könne er zahlen und sofort in die Waschstraße hineinfahren.

»C'est pour moi.« Pauls Stimme krächzte. Der Kassierer hob die ergrauten Augenbrauen. Die Erklärung, dass die Wäsche für Paul gedacht sei, schien er nicht zu durchschauen. Man müsse mit seinem Auto vorfahren, wiederholte er.

»Non. C'est moi qui ...« Paul deutete auf den Eingang der Waschstraße und bewegte Zeige- und Mittelfinger wie zwei Beine, die einen Spaziergang unternahmen. Als er die kritische Falte auf der Stirn des Kassierers sah, wurde ihm flau. Was trieb er hier eigentlich?

Besser nicht drüber nachdenken.

Einfach machen.

»Comment ... Mais vous êtes fou?!« Der Schnauzbärtige schüttelte den Kopf. Solche Absurditäten kämen natürlich nicht infrage und seien im Übrigen verboten.

Paul, der kaum noch klar denken konnte, sich fast wie im Rausch fühlte, zeigte auf die Tafel neben der Waschstraße, auf der genau fünf Regeln vermerkt waren: Antenne abschrauben, Fenster schließen, Seitenspiegel einklappen, Scheibenwischer ausstellen, Motor abstellen. Dass man zwingend ein Auto mit sich führen solle, wurde mit keinem Wort erwähnt. Der Kassierer blieb eisern, Paul musste gehen. Immerhin, er hatte es probiert. Er hatte Ja gesagt.

Jojo stand die Enttäuschung ins Gesicht geschrieben. »Vielleicht ein andermal.« Sie klang nicht so, als ob sie wirklich daran glaubte.

Paul passierte den Tankstellenshop, als ihm auf einmal ein bekanntes Gesicht entgegenblickte. Es war der Wieselnde, der gerade eine Dose mit Autopolitur in den Müll warf und sichtlich erfreut schien, ihn und Jojo wiederzutreffen. Seinen Sohn habe er noch nie so glücklich gesehen, erzählte er ungefragt. Der Kleine hätte das Bobbycar sogar neben seinem Bett geparkt, damit es bei ihm schliefe. Sehr süß, trop mignon, er war Paul und Jojo so dankbar. Ob er ihnen irgendwie weiterhelfen könne?

Paul schüttelte den Kopf, murmelte, dass er sich bloß seine schmutzigen Hände waschen wolle, doch diese Rechnung hatte er ohne Jojo gemacht. Ohne große Umschweife postulierte sie auf Englisch, dass Paul hier und heute – sie wisse selbst, dass das verrückt klänge – durch die Waschstraße marschieren müsse. Ja. Zu Fuß.

»Why?«, fragte der Wieselnde mit großen Augen, und Paul war nicht weniger gespannt, wie Jojos Begründung für sein ungewöhnliches Projekt wohl lauten würde. Würde sie von Annika erzählen? Die Geschichte mit der Ente aufrollen und auf Mitleid hoffen? Nichts dergleichen. Weil er es noch nie gemacht habe, sagte sie bloß.

Der Wieselnde lachte, glaubte an einen Scherz, und Paul wollte die Sache nun doch lieber auf sich beruhen lassen, doch Jojo zog ihr Handy hervor und suchte ein Kai-Video auf YouTube. Als der Wieselnde Pauls Bruder sah, der auf einem Kettcar ordentlich durchgeschrubbt wurde, musste er noch viel lauter lachen. Nein, diesem brüderlichen Projekt könne er sich unmöglich in den Weg stellen. Und was seinen Kollegen anging, der müsste sowieso mal Pause machen, in der Zeit würde er ihn gerne vertreten.

Keine Minute später war die Luft rein. »Allez-y.« Der Wieselnde deutete wie ein Verkehrspolizist auf die Waschstraße. Paul zögerte. Sollte er es wirklich tun? War es sinnvoll? Nein. Erwachsen? Ganz sicher nicht. Würde es ihn im Leben weiterbringen? Unwahrscheinlich. Oder vielleicht doch? Er dachte an Annika. »Komm schon, sei doch endlich mal spontan.« Das waren ihre Worte gewesen.

Noch fünf Schritte.

»Jetzt oder nie!« Jojo wich nicht von seiner Seite. »Los, Klippschliefer, tu es. Ich bin bei dir. Du schaffst das!« Sie hielt ihm ihren Kettenanhänger vor die Nase.

»Was ist das?«, ächzte er.

»Ein Pfotenabdruck.«

Noch vier Schritte.

»Warum zeigst du mir das?« Paul stoppte. Seine Knie zitterten, als stünde er auf einem zehn Meter hohen Sprungturm, und er konnte keinen klaren Gedanken mehr fassen. »Der ist von einem Kaninchen«, sagte Jojo.

»Ja und?«

»Du sollst dem Kaninchen folgen!«

»Verstehe ich nicht.«

»Na, wie bei ›Alice im Wunderland‹.«

Noch drei Schritte.

»Habe ich gelesen. Ist zwanzig Jahre her.«

Noch zwei Schritte.

»Alice begegnet einem weißen Kaninchen und folgt ihm in seinen Bau. So beginnt das Abenteuer …«, erklärte Jojo, und dann schrie sie plötzlich auf, als das Waschwasser von beiden Seiten auf sie einspritzte. Neben ihnen ertönte ein donnerndes Gelächter.

»Ça va?«, rief der Wieselnde.

»Yes!« Jojo prustete wie ein Walross.

Noch ein Schritt.

Das eisige Wasser raubte Paul die Sprache und fast auch den Atem. Drei Bürsten begannen zu rotieren. Zwei an der Seite, eine von vorne. Was, wenn sein Hemd durchgescheuert würde? Was, wenn er keine Luft mehr bekam? Was, wenn er zerquetscht wurde?

»Ich muss hier raus!«, rief er panisch zu Jojo hinüber, die abwechselnd schrie und lachte und Wasser spuckte.

»Nichts da. Du bleibst hier!«

»Das ist verrückt!«

»Denk an Annika!«

Paul presste die Lippen fest aufeinander. Das Waschwasser brannte in seinen Augen. Seine Knie zitterten so stark, dass er sich kaum auf den Beinen halten konnte, und er war froh, dass er über seine aktuellen Adrenalinwerte nicht im Bilde war. Die Riesenbürsten rotierten immer schneller. Gleich würden sie ihn erwischen. Pürieren. Ihn zerquetschen.

»Jojo!«, schrie er, doch Jojo schien seine Todesängste nicht zu teilen. »Denk an das Kaninchen!«, rief sie bloß zurück, eine Millisekunde bevor die rotierenden Peitschen seinen Körper trafen. »Wir werden …«, stöhnte er noch, doch dann verstummte er. Die Bürsten fühlten sich viel sanfter an als erwartet, fast wie ein gigantisches Massagegerät. »Alles gut?«, hörte er Jojos gedämpfte Stimme.

»Alles …« Paul wühlte sich durch die rotierenden Bürstenköpfe hindurch, und auf einmal musste er lachen, fast hysterisch und so laut, dass es durch die ganze Waschstraße hallte. Hier stand er – Paul Klippschliefer, 30 Jahre alt, examinierter Stilberater mit einem Abschluss an der renommierten Stuttgarter Knigge-Akademie, der Kopf hinter dem Cookie-Konzept und der Donut-Formel. Nicht im Louvre, nicht vor dem Eiffelturm und auch nicht auf der Terrasse des Triumphbogens – sondern in einer Waschstraße! Es war verrückt. Und: Natürlich! Von dieser Geschichte würde er später seinen Kindern erzählen!

»Alles gut!«, rief er. »Ja, es ist alles gut!«

Und dann sagte er nichts mehr, denn die eisige Nachwäsche raubte ihm endgültig die Sprache. Ebenso wie das Trockenprogramm, das seine Kleidung wie ein gigantischer Föhn zum Flattern brachte. Als es vorüber war, verließen sie gemeinsam die Waschstraße. Feucht, zitternd vor Kälte, aber mit einem breiten Grinsen im Gesicht.

Der Wieselnde reichte ihnen zwei Werbehandtücher und zwei T-Shirts, auf denen das Logo der Waschstraße prangte. Dann verabschiedete er sich, um seiner Frau von den lustigen Deutschen zu erzählen, die nicht zu Hause duschen wollten. Nacheinander zogen sich Paul und Jojo auf der Toilette der Tankstelle um. Trotz seiner nassen Hose war Paul inzwischen überhaupt nicht mehr kalt. Und irgendwie hatte er das Gefühl, dass der Abend noch lange nicht zu Ende war …

28.

Je später es wurde, umso mehr schien Paris aufzublühen. Die Restaurants waren dicht bevölkert, Spaziergänger flanierten durch die Straßen, Roller knatterten vorbei und viele Läden hatten noch geöffnet. Paul steckte mit seinen Gedanken noch immer in der Waschstraße, und nur die Vernunft brachte ihn dazu, sein Ziel nicht aus den Augen zu verlieren. Alle Optionen musste er ausschöpfen, eine fehlte noch auf seiner Tagesordnung.

Acht Minuten brauchte die Métro von »Belleville« bis »Châtelet«. Zeit genug, um ein Dutzend Seiten seines Notizbuchs mit einem Text zu versehen, der auf Deutsch übersetzt lautete:

Quietscheente gesucht! Besonderheit: bunte Dreißig auf beiden Flügeln (Glitzersteine!). Belohnung garantiert. Bitte melden im »Hôtel Grenouille«, Rue Lepic. Telefonnummer: 01 …

»Jetzt haben wir wirklich alles versucht«, sagte Paul, nachdem sie an der Pont Neuf und noch etwa hundert Meter weiter an der Seine entlang mehrere Zettel auf Parkbänken ausgelegt und mit Werbeaufklebern des Tupperdosen-Hotels an Baumstämmen und Laternenpfählen befestigt hatten. Die Chancen, dass die von Lilou beschenkte Seniorin einen entdecken würde, war gering, das wusste er selbst.

Während sie zur Métro-Station »Concorde« wanderten, legten sie weitere Zettel aus. Pauls Stimmung mäandrierte zwischen Hoffnung, Angst, Verzweiflung und einer völlig deplatzierten Ausgelassenheit.

29.

Als sie an der Station »Abbesses« ausstiegen, hatte Paul noch genau einen Zettel übrig. Der kam auf die Parkbank vor der »Mur des je t'aime«. Die, auf der er die Ente in der Nacht zuvor abgestellt hatte. Vielleicht schloss sich ja auf diese Weise der Kreis, dachte Paul, ohne wirklich daran zu glauben.

»Hotel?«, fragte Jojo.

»Lieber eine Runde über den Montmartre.«

»Noch nicht müde?«

»Doch.« Er marschierte auf die Treppen zu. »Aber darauf kann ich keine Rücksicht nehmen.«

Die Stufen erschienen ihm diesmal weniger beschwerlich als bei seinem ersten Aufstieg, was sicher nur zum Teil daran lag, dass er keinen Kontrabass zu tragen hatte.

»Ich hätte nicht gedacht, dass du es machst«, sagte Jojo, die das Thema Waschstraße ebenso wenig abhaken konnte wie Paul. Er nickte. »Wenn du mir das heute Morgen erzählt hättest, hätte ich mir an den Kopf getippt. Also innerlich natürlich.«

»Weißt du, was Alice antwortet, als die blaue Raupe sie fragt, wer sie ist?«

»Keine Ahnung. Ein kleines Mädchen?«

»Sie sagt, dass sie es selbst nicht mehr richtig weiß, nach allem, was an dem Tag passiert ist. Sie wisse noch, wer sie am Morgen gewesen sei, müsse danach aber mehrfach ausgetauscht worden sein.«

»Kennst du das Buch eigentlich auswendig?«, fragte Paul.

»Ich habe es etwa tausendmal gelesen.«

»Warum?«

»Für unsere Platte.«

»Was hat Alice mit eurer Platte zu tun?«

»Die Platte heißt ›Alice Alive‹. Jeder Song handelt von einer anderen Figur aus dem Buch.«

»Kann ich die mal hören?«, fragte Paul, als sie ungefähr die Hälfte der Stufen erklommen hatten. Im selben Moment stoppte Jojo. Auf den Stufen vor ihr hockte eine grauhaarige Frau vor einem vergitterten Fenster. Das wadenhohe Gitter, das vermutlich zu einem Kellerraum führte, wirkte alt und rostig. Genau wie das kleine Objekt, das die Frau in der Hand hielt, und das fest mit dem Gitter verbunden war. »Was ist das?«, fragte Jojo.

»Ein Vorhängeschloss.«

»Wieso hängt das da?«

»Die hängen überall in Paris.«

»Ist das so ein Liebesschloss? Ich dachte, die gäbe es nur an dieser einen Brücke.«

»Du meinst die Pont des Arts. Stimmt, früher wurden die dort aufgehängt, aber das ist inzwischen verboten. Am Ufer der Seine findet man immer noch viele, und auch hier auf dem Montmartre, an Treppengeländern und irgendwelchen Gittern. Wenn man die Augen aufhält, entdeckt man sie überall.«

»Das da muss schon sehr alt sein«, sagte Jojo. Sie öffnete ihre Tragetasche, ohne ihren Blick von der Dame abzuwenden. Dann schlug sie ihr grünes Buch auf und kritzelte eine Weile darin herum. »Was schreibst du?«, fragte Paul.

»Nichts.« Jojo drehte sich um. »Wir können weiter.«

Eine Verschnaufpause auf dem Gipfel. Sacré-Cœur thronte über der Stadt. Paul entdeckte den Tour Montparnasse, den Büroturm, der wie ein gigantischer Schlot aus dem Häusermeer hervorragte. Auch die Umrisse des Louvre, Notre-Dame, das Centre Pompidou und die Pariser Nationalbibliothek konnte er ausmachen. Dazwischen ein Häusermeer mit erleuchteten Fenstern und Millionen von Schornsteinen.

»Was für ein Tag«, murmelte er, während sie links an der Kathedrale vorbeischlenderten. Jojo antwortete nicht.

»Müde?«, fragte er.

»Nein.«

»Alles in Ordnung?«

»Klar.«

»Du siehst bedrückt aus.«

Jojo schwieg.

»Die alte Frau ...«, sagte sie nach einer Weile.

»Was ist mit ihr?«

»Sie sah so friedlich aus. Wie sie da hockte, mit diesem Schloss. Und so traurig.« Jojo verlangsamte ihren Schritt. »Vielleicht hat sie ja ihre große Liebe verloren. Mit der sie vor Ewigkeiten dieses Schloss an das Gitter gehängt hat.«

»Hast du das eben aufgeschrieben?«, fragte Paul, der an das grüne Buch denken musste. Ob Jojo ein Tagebuch führte? Oder vielleicht einen Blog im Internet?

»Nein«, sagte sie schnell. »Ich schreibe nicht.«

»Aber du hast doch geschrieben.« Paul wusste, dass es nicht sehr höflich war, auf einer Antwort zu beharren, aber er war nun doch neugierig geworden.

Gemächlich bewegten sie sich durch die schmalen Gassen, vorbei an Restaurants, Souvenirläden und Süßwarenhändlern bis zum Place du Tertre, dem Künstlerplatz des Montmartre. Nur Maler, die dem staatlichen Künstlerverband angehörten, durften hier ihre Staffelei aufstellen, und das nach einem strengen Auswahlverfahren. Selbst um diese Uhrzeit waren noch Künstler zugegen, auch wenn es aktuell nicht viel Kundschaft gab.

»Das war ein Skizzenbuch«, sagte Jojo, den Blick fest auf eine Porträtistin mit grauhaarigem Bob gerichtet, die im Schatten einer Laterne vor ihrer Staffelei stand und einem jungen Pärchen ihre Arbeiten zeigte.

»Du zeichnest?«, fragte Paul.

»Ich versuche es.« Sie öffnete das Buch und blätterte bis zur letzten Seite. »Hier ist sie.«

Die Skizze bestand nur aus wenigen Strichen, aber alles, was Jojo über die alte Frau gesagt hatte, ließ sich aus den zarten Linien herauslesen. Selbst der Bügel des Vorhängeschlosses wirkte wehmütig.

»Unglaublich«, sagte Paul.

»Die Mundwinkel stimmen nicht ganz. Und ihre Augenlider hingen nicht so tief.«

»Hast du Annika auch schon gezeichnet?«

»Ja, aber nicht in diesem Buch. Das habe ich mir ja heute erst gekauft.«

»Als du so dringend wegmusstest?«

Jojo nickte. »Ich brauch das irgendwie.«

»Darf ich mal sehen?«, bat Paul.

»Die sind noch nicht fertig.« Jojo blätterte die Seiten durch. »Na gut, eines noch.« Sie zeigte ihm eine Skizze des K2-Mannes mit dem Chihuahua-Welpen. »Das Gesicht ist zu groß geraten. Das passiert mir oft, wenn ich mich beeile. Nicolas übrigens auch.«

»Wer ist Nicolas?«

»Der Typ von der ›Mur des je t'aime‹.«

»Wieso redest du mit dem über große Köpfe?«

»Warum denn nicht? By the way, bei der Gelegenheit ist ihm der Name von diesem Café wieder eingefallen.«

Paul konnte nur staunen. »Deine Bilder sind toll«, sagte er. »Warum machst du nicht beruflich irgendwas in der Richtung?« Er setzte sich wieder in Bewegung, schlenderte an der Porträtistin vorbei und an einem Chinesen, der sich auf Aquarelle von Pariser Brücken spezialisiert hatte.

»Nee, lass mal«, sagte Jojo. »Es gibt schon genug Leute, die davon nicht leben können.« Sie hob die Stimme, um einen Akkordeonspieler aus dem Cadet de Gascogne zu übertönen. »Außerdem hab ich kein Abi. Ich könnte gar nicht Kunst oder Design studieren.«

»Dann mach es nach.«

»Abendschule fällt flach, weil ich kellnern gehe. Die Stelle will ich auf jeden Fall behalten.«

»Gibt es an der Uni keine Eignungstests? Da müsstest du doch Chancen haben. Vielleicht ...« Paul verstummte. So positiv wie in diesem Moment hatte er sich noch nie über Jojos Talente geäußert – und so positiv hatte er auch noch nie über sie gedacht! Niemals hätte er für möglich gehalten, dass sich hinter ihrer unbedachten, nachlässigen Art ein Mensch verbarg, der nicht nur Bücher las – na ja, eins zumindest –, sondern auch wehmütige Vorhängeschlösser zeichnen konnte! Er hatte das Schokoladenherz ihres Glücks-Cookies völlig verkannt …

»Ich habe auch einen Traum.« Er blieb vor einer noch recht jungen Künstlerin stehen, die in ihren Bildern eine Vorliebe für ein orange leuchtendes Gelb auszuleben schien. »Einen Ratgeber möchte ich schreiben. Einen modernen Knigge. Mit Originalzitaten, aber das Ganze eben auf die heutige Zeit übertragen.«

»Klingt nicht sehr spannend«, sagte Jojo.

»Es geht dabei nicht um den perfekten Krawattenknoten, es geht darum, wie man mit Menschen umgeht. Das ist super spannend!« Paul überlegte, wie doch gleich die ersten Zeilen lauteten, die er am Tag zuvor in Annikas Küche notiert hatte. »Pass auf.« Er machte eine kurze Pause, während sie nach links in die Rue Norvins abbogen. *»›Stil ist die Kleidung der Gedanken‹, sagte einst Lord Stanhope. Wie Sie Ihre Gedanken aus den löchrigen Trainingshosen herausbekommen, verrät Ihnen dieser Ratgeber.«* Paul lächelte schief. »Weiter bin ich allerdings noch nicht gekommen, beziehungsweise muss ich auch das noch mal überarbeiten. Aber irgendwie ist immer was anderes.«

»Na, dann komm endlich in die Gänge, du könntest längst fertig sein!« Jojo verließ den Bürgersteig und marschierte mitten auf dem abschüssigen Kopfsteinpflaster den Hügel hinab. »Wobei ich die Idee mit dem Ratgeber wirklich nicht so toll finde.«

»Du verstehst das eben nicht.« Paul blieb einen Moment stehen, um einen herrenlosen Hund über die Straße zu lassen.

»Dann erklär's mir.«

Er überlegte, ob er ihr die Donut-Formel nahelegen sollte, entschied sich dann jedoch für das Popcorn-Prinzip, das sich ausgehend von dem Snack so wunderbar auf das Leben übertragen ließ.

»Also pass auf«, begann er, während der Streuner vor ihm über den Weg schlenderte. »Isst du gerne Popcorn?«

»Klar.«

»Und wie?«

»Wie: wie? Einfach so halt. Mund auf, Popcorn rein.«

»Du isst es also pur.«

»Mit Zucker.«

»Hast du jemals über andere Kombinationen nachgedacht?«

»Nein. Mir schmeckt das nicht mit Salz.«

Paul lächelte. »Ich rede von Rindfleisch.«

»Bah, wie bist du denn drauf?« Jojo verzog das Gesicht.

»Das sagst du, weil du es nie probiert hast. Popcorn passt hervorragend zu Rind, Tortillas, zu Gruyère-Käse, Salami, Gänsestopfleber, Walnüssen und Kohlrabi. Und weißt du auch, warum?«

»Keinen Plan.«

»Weil all diese Lebensmittel ähnliche chemische Verbindungen aufweisen. Kannst du alles auf foodpairing.com nachlesen.«

»Aha«, brummte Jojo.

»Pass auf, jetzt wird's spannend. Was kann man daraus folgern?«

Sie zuckte mit den Schultern. »Dass Gegensätze super zusammenpassen …?«

»Ganz genau. Aber nur, wenn es eine gemeinsame Basis gibt.«

»Und was hat das mit Stil zu tun?«

»Genau das kläre ich in meinem Ratgeber. Du kannst alle möglichen Stile koppeln: beim Essen, bei der Kleidung, bei Möbeln, Musik … Selbst Lebensstile lassen sich kombinieren.« Er dachte an Jojo und Annika. Er dachte an sich und Kai. »Entscheidend ist«, fuhr er fort, »dass es eine Verbindung gibt. Etwas, das Gemeinschaft herstellt.« Er holte tief Luft. »Beim Essen sind es Aromen. Bei einem Song kann es eine Melodie sein, die zwei gegensätzliche Rhythmen miteinander verbindet. Bei Kleidung ist es vielleicht der Stoff oder das Muster. Völlig unterschiedliche Möbelstücke lassen sich kombinieren, wenn sie aus derselben Farbfamilie stammen. Und bei Menschen sind es zum Beispiel Werte oder Interessen, die eine Brücke schlagen.«

Jojo schwieg bestimmt zehn Schritte lang.

»Und das ist das Popcorn-Prinzip?«, fragte sie dann.

»Ganz genau.«

»Hast du dir das ausgedacht?«

»Ja, ganz alleine.« Paul bemühte sich vergeblich, den Stolz in seiner Stimme zu verbergen. Wieder schwieg Jojo. Diesmal fast zwanzig Schritte lang. »Das ist …« Sie verstummte, schien zu überlegen, und Paul fragte sich, was sie wohl sagen wollte. Interessant? Inspirierend?

»Sorry, aber das ist totaler Käse.«

»Wie bitte?« Paul glaubte sich verhört zu haben, sah

Jojo fragend an, doch sie lachte bloß. Nicht gehässig, aber von Herzen, was die Sache umso schlimmer machte.

»Das Popcorn-Prinzip? Ich bitte dich. Wen in aller Welt soll denn das hinter dem Ofen hervorlocken? Denk dir lieber einen guten Krimi aus. Oder eine Liebesgeschichte. Irgendwas Spannendes halt!« Sie konnte gar nicht mehr aufhören zu lachen.

»Das Thema Stil beschäftigt viele Menschen«, sagte Paul beleidigt. »Meine Seminare sind immer ausgebucht! Und das Popcorn-Prinzip hat bis jetzt noch niemand für Quatsch gehalten!«

»Tu ich ja gar nicht. Mag sein, dass an der Idee was dran ist. Aber ein Roman ist trotzdem tausendmal interessanter als dieser Theorie-Kram«, erklärte Jojo.

»Das ist kein Theorie-Kram, im Gegenteil! Deshalb habe ich dieses komplexe Thema doch extra auf die Süßigkeiten-Ebene runtergebrochen. Lahme Theorien interessieren niemanden, das ist mir auch klar. Ich will etwas bewegen. Ich will die Leute erreichen!«

»Damit sie mehr Popcorn in ihr Gulasch kippen?« Jojos Wangen waren hellrot angelaufen, so sehr musste sie lachen. Paul schnaufte. »Sie sollen sich Gedanken machen. Über sich, über Stil und darüber, wie sie mit anderen Menschen umgehen.«

»Weißt du was? Dann schreib doch über das verrückte Wochenende von Knigge-Trainer Paul, der ganz Paris auf den Kopf stellt, um seine Quietscheente zu finden. Damit füllst du locker ein Buch. Und deine tollen Theorien kannst du dort auch unterbringen. Ganz im Ernst: Ich glaube, das würden mehr Leute lesen.«

Paul schüttelte den Kopf.

»Ich kann keine Geschichten schreiben.«

»Woher willst du das wissen?«

»Das weiß ich einfach.« Er dachte an das potenzielle Cover seines Ratgebers. Ein pastellblauer Hintergrund im Vintagedesign, darauf fünf, sechs Süßigkeiten in Zartgelb oder Altrosa. Ein Eis, ein Donut, ein Cookie, ein Stück Marmorkuchen, eine Tüte Popcorn ... Und nicht zu vergessen der verspielt-geschwungene Titel: ›*Taste of Style – der Geschmack des Stils*‹. Das alles sah er schon ganz deutlich vor sich. »Außerdem ist ein Ratgeber etwas Handfestes«, fuhr Paul fort. »Etwas Solides. Meine Geschichte klingt nicht gerade wie aus dem Leben gegriffen.«

»Ist sie aber. Hey, du warst live dabei!«

»Trotzdem.« Sein Blick fiel im Vorbeigehen auf einen urigen kleinen Park, der von einem schmiedeeisernen Zaun umgeben war. Das Gras war kniehoch und voller Margeriten, die Büsche schienen ewig nicht geschnitten worden zu sein. Moment mal, hatte er dort gerade etwas Weißes zwischen den Blättern aufblitzen sehen? Ein Kaninchen etwa? Obwohl er wegen Jojos Gelächter immer noch eingeschnappt war, musste Paul über sich selbst schmunzeln. Es war wohl eher eine Katze gewesen. Schweigend spazierten sie den Berg hinab, bis sie einen kleinen Platz erreichten.

»Passe-Muraille« lautete der Name der Figur, die geradewegs aus den Steinen herauszutreten schien. Zu sehen gab es lediglich ihren Kopf, einen Teil des Oberkörpers, zwei Arme und ein Bein. Der Rest schien im Mauerwerk gefangen. Wie eine kleine Tafel erklärte, bezog sich das Werk auf eine Novelle von Marcel Aymé, die auf dem Montmartre spielt. Die Geschichte handelt von einem Mann, der durch Wände gehen kann, aber nach zahlreichen Diebstählen seine Gabe verliert und in der Mauer des Hauses seiner Geliebten gefangen bleibt. »Klingt gut«, fand Paul.

»Ist aber auch nicht aus dem Leben gegriffen.« Jojo nahm die überlebensgroße Figur an der Hand, als wollte sie den Gefangenen aus der Mauer ziehen. Ein Spaß, den sich vor ihr schon andere Besucher erlaubt hatten, wie der Glanz dieses vermutlich tausendfach berührten Körperteils vermuten ließ.

Wieder dachte Paul an seinen Gang durch die Waschstraße. Aus der Distanz betrachtet erschienen ihm die Ereignisse des Wochenendes noch viel ungeheuerlicher. Hatte er jemals etwas derart Verrücktes getan? Ganz sicher nicht! Würde er jemals wieder so etwas tun? Vielleicht. Warum nicht? Im besten Fall hatte man jede Menge Spaß, im schlimmsten Fall eine Geschichte mehr auf Lager. Paul in der Waschstraße. Was für eine Aktion! Wenn er davon seinem Bruder erzählte ... Sein Blick ruhte auf der Figur, die aus der Wand zu treten schien. »Ich werde ausziehen«, entfuhr es ihm.

»Wie kommst du denn jetzt darauf?«

»Ich habe gerade an meinen Bruder gedacht.«

»Erträgst du ihn nicht mehr? Würdest du ihn auch gerne in eine Mauer verbannen?«

»Ganz im Gegenteil.«

Paul holte tief Luft, und dann erzählte er Jojo von Kai und seinen Ideen, die ihm seit dem heutigen Abend gar nicht mehr so albern und kindisch vorkamen wie sonst. Sein Bruder hatte mit Sicherheit eine Menge Spaß bei dem, was er tat. Und er hatte eine Menge lustiger Geschichten zu erzählen! Was die anderen Leute von seinen Aktionen hielten, kümmerte ihn nicht. Selbst Pauls Kritik hatte er immer bloß mit einem Schulterzucken quittiert. Er war zufrieden mit dem, was er tat. Warum sollte er also etwas ändern? Und warum wollte er, Paul, ihn so dringend ändern? Natürlich würde es Kai nicht schaden, sich mit dem Zeitkontinuum von Memento zu befassen oder die Pink Floyd'schen Akkordbrechungen im Intro von ›Time‹ zu erkennen – aber war es wirklich so entscheidend? Als ihm die Konsequenz dieses Gedankens bewusst wurde, stockte Paul fast der Atem, und eine kribbelige Wärme strömte von seinen Zehen durch seinen Körper. Er konnte sein Umerziehungsprojekt abbrechen!

30.

Als Paul morgens aufwachte, fühlte er sich, als hätte er die Nacht auf einer Schäfchenwolke verbracht. Na ja, so halbwegs zumindest. Kuschelweich war sein Deckenlager auf dem Fußboden nicht gerade gewesen, und ein paar Stündchen mehr Schlaf hätte er durchaus vertragen können, aber die Grundstimmung passte.

Jojo lag quer über dem Doppelbett und schnarchte. Ihre Füße zuckten wie die eines Jagdhundes, der von einem wilden Lauf durch den Wald träumte. Wie viel Uhr war es eigentlich? Im Halbschlaf fingerte Paul nach seinem Handy – und war sofort hellwach. 10:14 Uhr.

»Jojo, aufwachen!«

»Mhmm.«

»Das Rennen fängt gleich an!«

»Was?« Sie riss die Augen auf.

»In einer Dreiviertelstunde! Los, aufstehen!«

Sie schnellte in die Höhe, sprang aus dem Bett und stürmte ins Bad. Paul faltete in aller Eile sein Nachtlager zusammen und verstaute es im Schrank. Sein Hemd, das er letzte Nacht zum Trocknen auf den Balkon gehängt hatte, war noch klamm, aber roch zumindest passabel. Gleiches galt für seine Hose, und so fühlte sich Paul nicht mehr ganz so verlottert wie am Vortag, als er gemeinsam mit Jojo aus dem Hotel stürmte.

31.

Die Île aux Cygnes war eine Insel auf der Seine, die von der Form her an eine Chamäleonzunge erinnerte. Die Rennstrecke des »Charity Duck Race« verlief auf der linken Flussseite von der Eisenbahnbrücke Pont Rouelle bis zum anderen Ende der Insel. Sowohl auf der Île aux Cygnes als auch am Ufer wimmelte es nur so von Menschen. Kinder, Eltern, junge Pärchen, Senioren sowie Eis-, Getränke- und Luftballonverkäufer. Halb Paris war gekommen. Theoretisch gut, aber praktisch ein Problem. Wie sollte er in diesem Gewühl ans Ufer gelangen? Und selbst wenn er das schaffte, wie sollte er unter Tausenden von Enten die gesuchte entdecken? Und selbst wenn er sie entdeckte, wie in aller Welt sollte er sie aus dem Wasser fischen? Sie hatten ja nicht mal ein Netz!

Auf einer Bühne nebst Großleinwand spielte eine Band, ein mit gelben Enten bestückter Kipplader stand schon am Ufer bereit. Er war umringt von Menschen, die ein Handyfoto nach dem anderen schossen. Mit dem Eiffelturm im Hintergrund gab das Gefährt in der Tat ein hübsches Motiv ab, aber zum Fotografieren blieb ihnen keine Zeit.

Paul und Jojo quetschten sich durch die Menge hindurch bis zum Ziel, das sich auf Höhe der an der Inselspitze thronenden kleinen Freiheitsstatue befand. Es herrschte ein Gedränge wie bei einem Rockkonzert. Ein Konzert, bei dem die erste Reihe vermutlich schon seit Stunden besetzt war.

»Kannst du dich mal hinhocken?«, fragte Jojo.

»Dann sehe ich ja noch weniger.«

»Du musst mich auf die Schultern nehmen.«

»Das geht doch nicht.« Anderen Leuten die Sicht zu versperren, behagte Paul ebenso wenig wie die Vorstellung, eine Frau, die nicht seine Freundin war, auf den Schultern zu tragen. Sie zuckte mit den Achseln. »Dann halt nicht. Aber beschwer dich nicht, wenn wir sie nachher nicht finden.«

Jojo war leichter als vermutet, und dennoch schwankte er, als er sich mitsamt der ungewohnten Last in die Senkrechte begab. »Siehst du was?«, ächzte er.

»Das Ziel.«

»Und sonst?«

»Den perfekten Platz!«

Jojo glitt wieder zum Boden hinab und zog ihn wie einen kleinen Jungen an der Hand durch die Menge. Zwei dunkelblaue Pontons begrenzten das Ziel der Rennstrecke, die von Schwimmleinen aus roten Kunststoffkugeln begrenzt wurde und am Ende trichterförmig zusammenlief. Drei Männer und zwei Frauen standen bzw. saßen verteilt auf den beiden Schwimminseln. Sie trugen gelbe T-Shirts mit dem Aufdruck »Course de canards« und gehörten zweifellos zum Team.

»Da müssen wir drauf«, beschloss Jojo.

»Das erlauben die nie.«

»Die kennen deine Geschichte noch nicht.«

Leider wollten sie Pauls Geschichte auch nicht kennenlernen, obwohl er sie möglichst knapp, aber bewegend zusammenfasste. Die Antwort lautete schlichtweg: nein. Die Pontons seien nur für Mitarbeiter zugelassen, und ob Paul nach dem Rennen sämtliche Enten durchsuchen durfte, wussten sie nicht. Tendenziell hielten sie es für unwahrscheinlich, denn da könnte ja jeder kommen.

Enttäuscht trat Paul den Rückzug durch die Besucherschar an. Jenseits der schwitzenden Menge traf er nicht nur auf Jojo, sondern auch auf einen alten Bekannten.

»Vous voulez un portrait?«, fragte der Verlotterte.

»Nein, danke. Das Thema hatten wir doch schon.«

»Ach, Sie sind das.« Er hielt ihm trotz der Absage eine Arbeitsprobe unter die Nase. Eine Frau, die sich am Geländer abstützte, im Hintergrund der Eiffelturm, dazu ein Pulk von gelben Flecken auf der Seine. »Gefällt mir«, sagte Jojo. »Und der Kopf hat genau die richtige Größe.« Sie machte einer Frau mit Kinderwagen Platz. »Für Porträts haben wir aber leider trotzdem keine Zeit.« Sie berichtete in aller Kürze von ihrem Wochenende. Der Verlotterte schien ernsthaft betroffen, konnte ihnen jedoch leider nicht weiterhelfen. Er wünschte ihnen noch viel Glück bei der Entenjagd, nahm von Jojo eine Visitenkarte ihres Hotels entgegen, dann verabschiedete er sich.

»Was machen wir denn jetzt?«, fragte Paul, nachdem sie sich ein paar Meter weitergequetscht hatten.

»Wir müssen auf ein Schiff.« Jojo deutete auf die vier Ausflugsdampfer an der linken Uferseite und setzte sich in Bewegung.

»Bis du drüben bist, geht das Rennen los!«, rief Paul ihr hinterher. Noch spielten die Musiker auf der Bühne, aber offiziell würde die Veranstaltung in vier Minuten starten. »Halte du hier die Stellung!«, rief Jojo zurück, bevor sie verschwand.

Paul hastete an den Zuschauern entlang, immer auf der Suche nach einer Lücke im Gewimmel. Wobei – wozu brauchte er eine Lücke? Beim Anblick der glitzernden Ente in die Seine zu springen, kam keinesfalls infrage. Die Kaimauer war viel zu hoch, die Strömung bestimmt gefährlich stark und das Wasser so schmutzig, dass er freiwillig keinen Zeh hineintunken würde. Andererseits wäre es zumindest gut zu wissen, ob die Ente überhaupt bei dem Rennen dabei war.

»Mamaaan! Je veux un ballon!« Breitbeinig stand das Mädchen mit dem pinken Kleid vor seiner sichtlich genervten Mutter, während ein Luftballonverkäufer in Zeitlupe vorbeischlenderte. Die Kleine zeigte auf die heliumgefüllten Riesenenten, die über seinem Kopf schwebten. Zehn Euro pro Stück – ein stolzer Preis. Das fand vermutlich auch die Mutter, die dem Ballonverkäufer einen glühenden Blick zuwarf. Paul blieb stehen, als hätte er bei der Suche nach einem Parkplatz eine potenzielle Aufbruchssituation entdeckt.

»Un ballon!« Das Mädchen schrie so laut, dass die Mutter ihr sogar androhte, das Spektakel sausen zu lassen. Die Drohung fruchtete nicht. »Je! Veux! Un! Ballon!« Die Kleine stampfte mit dem rechten Fuß auf, während sie ihren Wunsch in die Welt hinausschrie.

»Bon, allez, on y va.« Die Mutter nahm das Kind an der Hand und verließ ihren Platz am Geländer. Allerdings nicht, um einen Luftballon zu kaufen! Das Wutgeschrei des kleinen Mädchens war noch zu hören, als Paul in der ersten Reihe Stellung bezogen hatte.

Das Rennen konnte beginnen, und das tat es auch. Allerdings erst, nachdem Paul eine Viertelstunde in der Sonne gebrutzelt hatte. Eine Textnachricht trudelte ein, als die Veranstalterin gerade die Bühne betrat. Die Endfünfzigerin trug – wie man auf der Großleinwand gut erkennen konnte – ein orangerosa Kleid mit weißen Fäden, die an die Fettmarmorierung eines Lachses erinnerte, und Paul konnte sich nicht verkneifen, sie in Gedanken als »Miss Lachs« abzuspeichern. »*Hab's geschafft!*«, schrieb Jojo.

Paul scannte die Reling des Ausflugsschiffs auf der gegenüberliegenden Seite. Nichts. Auch ein Schiff weiter kein lagerfeuerroter Haarschopf. Na, irgendwo würde sie schon stecken.

Miss Lachs begrüßte die Zuschauer, den Schirmherrn sowie die Sponsoren des neunten Pariser Entenrennens. Dreimal nannte sie die stattliche Summe, die durch den Verkauf der Enten zusammengekommen war und an eine Umweltschutzorganisation gespendet werden würde, dann wünschte sie viel Spaß und Spannung – und endlich wurde der Motor des Kippladers gestartet.

Dix, neuf, huit ... Quälend langsam zählte Miss Lachs den Countdown hinunter, dann brachte der Mann am Steuer die Ladefläche in eine Schräglage. Zentimeter für Zentimeter, bis sämtliche Enten – begleitet von tosendem Applaus – in die Seine plumpsten.

Da schwammen sie. Atemlos beugte sich Paul über die Reling. Zu dumm, dass er kein Fernglas dabeihatte! Wo steckte sie, die Dreißig? War sie überhaupt irgendwo? Das Jubeln der Zuschauer nahm er wie durch Watte hindurch wahr. Hektisch suchte er mit seinen Augen das

Feld ab. Wo glitzerte es? Ein Glück, dass die Enten – unbeeindruckt von den Anfeuerungsrufen – recht langsam vorantrieben. Allerdings nicht langsam genug, um jede Einzelne genau unter die Lupe zu nehmen. Moment mal, waren das da hinten etwa Glitzersteine? Paul beugte sich noch ein kleines bisschen weiter vor, starrte auf das gelbe Plastikobjekt, das genau in seine Richtung schwamm. Fehlalarm, das Glitzern war durch ein Wellenkräuseln entstanden. Es wäre auch zu schön gewesen.

»Paul! Paul!«, brüllte auf einmal jemand von rechts. Jojo! Erst jetzt sah er, dass es sie nicht in ein Ausflugsschiff, sondern in ein Schlauchboot verschlagen hatte. Drei junge Herren hockten mit ihr im Boot, ihrem Gesang nach waren sie ziemlich angeheitert. »Siehst du sie?«, rief Jojo.

»Nein!«, rief Paul zurück, den Blick fest auf die Enten geheftet. Der erste Pulk war inzwischen vorüber. Es folgte eine kleine Lücke von etwa zwei Quadratmetern. Zum Verschnaufen blieb keine Zeit. Unbarmherzig brachte die Sonne das Wasser zum Glitzern.

»Allez, alles, allez!« Einzelne Nummern wurden lautstark angefeuert, die Zuschauer klatschten, als ginge es um einen Sieg bei den Olympischen Sommerspielen. Paul schwitzte in seinem Hemd. Der Stress, die Angst und die brütende Hitze machten ihm zu schaffen.

Der zweite Entenpulk. Immer wieder glaubte Paul ein Glitzern zu entdecken, um dann doch wieder enttäuscht zu werden. Der allgemeine Jubel steigerte sich zu einem frenetischen Beifallsorkan, als die erste Ente nach einem Kopf-an-Kopf-Treiben zwischen den beiden Schwimminseln ins Ziel schwamm. Wieder vibrierte Pauls Handy.

Diesmal war es ein Anruf.

»Paul!«, rief Jojo.

»Was ist?«

»Sie kommt!«

»Wer?«

»Die Ente!«

»Sicher?«

»Absolut! Noch zwei Meter!«

»Bin sofort da!«

Paul drängte sich an den klatschenden Besuchern vorbei bis zur Spitze der Insel. »Urgence!«, rief er. Notfall! Notfälle schienen niemanden zu interessieren, oder vielleicht hörten die Zuschauer ihn auch einfach nicht. Sie klatschten frenetisch und bejubelten die herantreibenden Enten wie kleine Stars.

Was tun? Paul kletterte auf den Sockelabsatz am Fuße der Freiheitsstatue. Jojo kauerte am Rande des Schlauchbootes, ihre Augen fixierten den dritten Pulk von Enten. Auf einmal streckte sie den Arm Richtung Wasser aus. Beugte sich immer tiefer über den Rand. Einer der Herren hielt sie an den Hüften fest.

»Du schaffst das!«, brüllte Paul, auch wenn Jojo ihn in dem Umgebungslärm nicht hören konnte. Sie würde es schaffen, ganz sicher. Er spürte das. Paul stellte sich auf die Zehenspitzen – und schrie auf. »Achtung!« Die Worte blieben ihm im Halse stecken. »Nein!«

Ein Raunen ging durch die Menge. Paul stürzte an den Zuschauern vorbei, zögerte keine Sekunde, kletterte auf das Geländer, zögerte nun doch eine Sekunde, aber nur eine winzige, bevor er sich ins Wasser stürzte, mit Hemd und Schuhen. Strömung, Dreck – alles egal. Das zweite Raunen, das durch die Menge ging, wurde vom eisigen Wasser der Seine gedämpft. Keuchend schwamm Paul auf das gekenterte Schlauchboot zu. Er kam viel langsamer voran als gedacht, fühlte sich, als würde er in frischem Zement paddeln. Quietscheenten trieben auf ihn zu, schwammen über seine Arme hinweg, strandeten für einen Moment auf seinem Rücken, berührten mit ihren Schnäbeln oder Flügeln seine Wange.

Ein Blick nach rechts: Zwei der drei gekenterten Herren klammerten sich an das umgedrehte Schlauchboot, der dritte schwamm neben Jojo, die im Wasser strampelte wie ein Fisch im Netz. Konnte sie etwa nicht schwimmen? Warum half ihr denn niemand? Paul mobilisierte all seine Kräfte, kraulte vorwärts, kam aber wie in einem Albtraum kaum vom Fleck. Seine Kleidung hatte sich mit Wasser vollgesogen, seine Schuhe fühlten sich an, als bestünden sie aus Blei. »Halte durch!«, keuchte er.

»Ich hänge fest!«, rief Jojo.

Aus den Augenwinkeln bemerkte Paul, wie sich zwei Männer von dem Ponton aus in die Seine stürzten. Sie erreichten die strampelnde Jojo im selben Moment wie er.

»Das Netz«, keuchte sie. Paul prustete, weil er eine ganze Ladung Wasser in den Mund bekommen hatte. Jetzt begriff er erst, was passiert war: Das gigantische Auffangnetz, in dem sich sämtliche heranschwimmenden Enten sammelten, war unter den beiden Pontons hindurch auf die Rennstrecke getrieben. Etwa einen Meter unterhalb der Wasseroberfläche waren Dutzende von gefangenen Enten im trüben Wasser zu erkennen.

»Halt dich an mir fest!«, rief Paul. Eine schlechte Idee, denn als sich Jojo an seinen Schultern festkrallte, drohte er unterzugehen. Nur mit Mühe hielt er sich über Wasser, während einer der Ponton-Mitarbeiter zu Jojos Füßen hinabtauchte, um sie aus dem Netz zu befreien. »Ça va pas!«, keuchte er, zurück an der Oberfläche. Es ging nicht? Paul spürte einen Anflug von Panik in seinen bleischweren Gliedmaßen. Sie brauchten ein Messer! Und ein Boot! Jetzt! »Au secours!«, rief er in Richtung der drei Betrunkenen. »Hilfe! Help!«

Trotz ihres Zustandes begriffen sie, was zu tun war. Vermutlich vergingen nur wenige Sekunden, aber Paul kam es wie eine Ewigkeit vor, bis das umgedrehte Schlauchboot endlich neben ihnen trieb.

»Du schaffst das!«, rief er, während er versuchte, Jojo auf das Boot zu hieven. Das Netz schien Jojo nicht freigeben zu wollen. Mit ganzer Kraft zerrte er an den grünen Maschen, die ihren Fuß wie eine gigantische Fessel umschlossen. Das Netz hatte sich so unglücklich verschlungen und verdreht, dass es fast unmöglich war, sie zu befreien. Ein heftiger Ruck und …

Geschafft!

Paul stöhnte auf vor Erleichterung und Schmerz. Seine Handinnenflächen bluteten, doch Jojo war gerettet.

»Alles in Ordnung?«, keuchte er.

»Was ist mit der Ente?«, fragte sie.

»Die ist im Netz.«

»Sicher?«

»Wir holen sie gleich raus. Aber jetzt kümmere ich mich erst mal um deinen Fuß.«

Noch während Paul diese Worte aussprach, ging wieder ein Raunen durch die Menge. »Les canards!«, rief irgendjemand. »Putain! Les canards!«

Die Enten? Was war mit den Enten? Paul wandte seinen Kopf zur Seite – und erstarrte. Das Netz, das Loch, das er hineingerissen hatte, um Jojo zu befreien …

»Ach du Scheiße!«, entfuhr es ihm. Zwei … nein drei, vier, fünf Enten hatten das Netz bereits verlassen, trieben die Seine hinab. Eine sechste folgte ihnen, eine siebte ebenfalls. »Wir müssen sie aufhalten!« Er wandte sich an die Mitarbeiter auf den Pontons. »Les canards!«, rief er, doch niemand reagierte. Zwei Mitarbeiter schrien aufeinander ein, ein dritter telefonierte. Zwei Kanufahrer paddelten den Enten hinterher, aber was sollten die Insassen ohne Netz schon ausrichten? Eine Ente wurde aus dem Wasser gefischt, eine zweite folgte, Dutzende trieben unaufhaltsam davon. Und es wurden immer mehr …

Paul, Jojo und die drei Betrunkenen klammerten sich verzweifelt an das umgedrehte Schlauchboot.

»Los, Paul!«, rief Jojo.

»Was, los?«

»Schwimm hinterher!«

»Bist du verrückt?« Einige der Enten waren inzwischen so weit entfernt, dass er sie kaum noch erkennen konnte. »Keine Chance. Ich kann nicht mehr.«

»Nicht aufgeben. Los!«

Ein Motorboot knatterte heran.

»Venez, madame.« Zwei Teammitglieder und ein Arzt nahmen erst Jojo in Empfang, dann Paul und die drei Betrunkenen.

»We must follow them!«, rief Jojo, wurde jedoch mit ihrem Anliegen komplett ignoriert.

»Vous allez bien?« Der Arzt ließ seinen Blick über alle Betroffenen wandern. Paul nickte, die Betrunkenen mit etwas Verzögerung ebenfalls. Der Fahrer des Motorboots chauffierte sie durch die herantreibende Entenschar hindurch bis zu dem Steg unweit der großen Bühne. Dort wurden sie an Land geleitet, in den Schatten unterhalb der Eisenbahnbrücke verfrachtet und mit Cola, Handtüchern und entengelben T-Shirts versorgt. In Windeseile bildete sich eine Menschentraube um die kleine Gruppe. Der Arzt leuchtete ihnen in die Augen, versorgte Pauls Schnittwunde und maß den Blutdruck. Alles war so weit in Ordnung. Im Anschluss nahm ein Polizist ihre Personalien auf, und ein Journalist von »Bonjour Paris« befragte sie über die Umstände des Vorfalls. Alle schienen erleichtert, dass die Sache so glimpflich ausgegangen war – mit Ausnahme von Miss Lachs.

Nachdem sie sich vergewissert hatte, dass niemand zu Schaden gekommen und der Journalist abgezogen war, machte sie die drei Herren, Paul und Jojo erst mal ordentlich zur Schnecke. Sturzbetrunken auf der Seine? Pas possible! Und das bei einer Familienveranstaltung! Was eine so schlechte Schwimmerin wie Jojo in einem Schlauchboot verloren hatte, konnte sie erst recht nicht nachvollziehen, beim besten Willen nicht, ebenso wenig wie die Schnapsidee, einmal quer durch die Seine zu schwimmen. Und dann das Netz! Musste man denn sofort alles kaputt reißen? Die ganze Veranstaltung hätten sie verdorben! Alles! Der Sponsor würde ihnen die Hölle heißmachen! Negative Publicity – das konnte sie gerade überhaupt nicht gebrauchen! Miss Lachs wetterte in einem fort, stellte immer wieder Fragen, ohne auf eine Antwort zu warten.

»Numéro 30«, sagte Paul, als sie fertig war.

»Pardon?« Miss Lachs stemmte die Hände in die Seiten. Er spekuliere ja wohl nicht noch auf einen Gewinn? Das sei ja wohl das Allerletzte! Ob die Gewinner überhaupt ermittelt werden konnten, wüsste sie sowieso nicht. Und wieder ging es los: die Sponsoren, die Sachspenden, wie das aussah, eine Katastrophe, eine Riesenpeinlichkeit, ein absolutes Unding!

Irgendwann war alles gesagt, was vermutlich auch daran lag, dass keiner der Angesprochenen – oder vielmehr Angebrüllten – das Wort ergriff. Miss Lachs rauschte ab, die Menschentraube aus Zuschauern löste sich auf, die drei Schlauchbootfahrer verabschiedeten sich, Paul und Jojo blieben im Schatten der Eisenbahnbrücke zurück.

»Danke fürs Retten.« Jojo hielt ihm die Hand hin. Schmutzig war sie, und eine kleine Alge klebte noch an ihrem Ringfinger. Paul drückte zu, bevor er sich gegen den Brückenpfeiler lehnte und die Augen schloss. Seine Hose war nass, das entengelbe T-Shirt spannte, sein Kopf hämmerte und er sehnte sich nach Annika. Oder auch nicht. An das Gespräch, das ihm nun bevorstand, wollte er noch nicht einmal denken.

32.

13:02 Uhr. Pauls Hose trocknete über einem Stuhl auf dem Balkon, er hatte sämtliche Krümel seines Sandwiches einzeln in den Papierkorb befördert und den fesselnden Ladeprozess seines Handys bis zu einem Akkustand von 17 Prozent live mitverfolgt. Nun lag er – eingehüllt in ein Bettlaken – auf dem Doppelbett, und ihm fiel partout keine Aufgabe mehr ein, die ihn vor dem Anruf bewahrte, dem er sich ohnehin nicht entziehen konnte. Nicht einmal Jojo ließ sein Gewissen als Hinderungsgrund gelten, denn sie hatte sich nach dem Verzehr einer Pizza Salami gnadenlos im Bad verbarrikadiert, um dort nach eigenen Angaben so lange zu baden, bis ihre Haut schrumpelig wie die eines Nacktmulls war. Erst dann sei sie bereit, zu fahren. Paul hatte keine Eile.

Er legte die Hände in den Nacken und starrte an die Zimmerdecke. Die Wahrheit war unschön, egal, wie elegant er sie auch formulierte, also konnte er auch gleich damit herausplatzen. So, wie er es gleich hätte tun sollen. Annika würde furchtbar wütend werden, das stand außer Frage, aber: selbst Schuld – da musste er durch.

Paul brauchte noch fast zwei Minuten, bis er sich dazu durchgerungen hatte, ihre Nummer zu wählen. Während es läutete, zischten die Bubble-Tea-Perlen quer durch seinen Magen, als wären sie Atome in einem Teilchenbeschleuniger.

»Hey, Annika!« War er plötzlich heiser geworden?

»Hey!« Sie klang erstaunt. Im Hintergrund ein Rattern, das nach dem Schleuderprogramm einer Waschmaschine klang.

»Bist du gut heimgekommen?« Paul stand doch nicht mehr der Sinn danach, wie ein Trampeltier mit seinem Anliegen herauszuplatzen, außerdem fürchtete er inzwischen nicht nur Heiserkeit, sondern akutes Stimmversagen.

»Ich bin so durch, das glaubst du nicht«, sagte Annika.

»Doch, ich glaub's dir.« Paul wusste nur zu gut, wie fordernd ihr Chef war.

»Wann kommst du?«

»Wir müssen noch den Kontrabass verkaufen. Aber vorher …« Paul schluckte. Los! »Ich muss dir …« Wieder dieses Rattern, dazu ein Zischen, das an einen Dampfdrucktopf erinnerte. »Paul, können wir später telefonieren?« Auf einmal schien Annika es sehr eilig zu haben.

»Ja, natürlich. Nur eine Sache noch.« Er holte tief Luft. So, raus damit. Schnell. Das Zischen wurde immer lauter. Was war denn da los, wo steckte sie eigentlich? »Ich hör dich ganz schlecht!« Annika hatte ihre Stimme erhoben, was unnötig war, da Paul sie hervorragend verstehen konnte. »Ich melde mich gleich!«

Und weg war sie.

Paul starrte sein Handy an. Er fühlte sich, als hätte man seine Wurzelbehandlung gecancelt, während er bereits auf dem Zahnarztstuhl lag. Jojo hatte im Badezimmer Musik angemacht und sang Unverständliches vor sich hin. Gleich. Wann war denn gleich? In zwei Minuten? In fünf? Nach zehn Minuten hatte sie sich noch immer nicht gemeldet. Im Fernsehen kamen nur französische Talkshows, und auf dem Balkon war es so heiß, dass er nach zwei Sekunden flüchtete. Und jetzt? Er musste sich ablenken, aber wie?

Kurz entschlossen zog Paul sein Notizbuch hervor. Das verrückte Wochenende eines Knigge-Trainers, der ganz Paris auf den Kopf stellte, um eine Quietscheente zu finden ... Ob er es vielleicht doch mal ausprobieren sollte? Mit ein bisschen Abstand fand er die Idee gar nicht so verkehrt. Seine Theorien könnte er ja tatsächlich in den Text einbetten. Womöglich würde ihnen das sogar guttun! Er könnte es zumindest versuchen. Einfach mal schauen, wie weit er kam. Und bloß nicht an Annika denken. Sie würde sich schon melden. Es waren ja erst zwölf Minuten vergangen. Konzentration. Wie sollte er starten? Mit Jojo, die ihn mitsamt ihrem Kontrabass in Annikas Wohnung überraschte? Nein. Eigentlich hatte die Geschichte doch schon viel früher begonnen. Paul drehte seinen Kugelschreiber in den Fingern und begann zu schreiben.

Es war ein wunderschöner Samstagmorgen im Juli. Hand in Hand spazierten P. und A. über den Flohmarkt.

Kaum waren die beiden Sätze geschrieben, strich sie Paul auch schon wieder durch. Peinlich berührt von seinen eigenen Worten, die ihm so unbeholfen vorkamen, dass er sich innerlich gleich davon distanzierte. Ein neuer Versuch.

»Du möchtest ein Hirschgeweih kaufen?«
Der junge Mann hoffte, dass er sich verhört hatte, doch seine Freundin nickte. Ihre Augen glühten vor Begeisterung in der Sommersonne.
»Es ist pink«, sagte er.

Paul überflog den Text ein zweites Mal. Ja, schon besser. Wobei das mit den glühenden Augen vielleicht doch ein bisschen zu viel des Guten war. Außerdem war das Wetter an besagtem Samstag gar nicht so sommerlich gewesen, wenn er sich recht erinnerte. Hatte die Sonne überhaupt geschienen? Er wusste es nicht mehr und strich den Satz komplett. Ein Biss in den Druckknopf seines Kugelschreibers. Ob er das Nicken mit einem Adjektiv veranschaulichen sollte? Wie nickte man denn so, wenn einem etwas gefiel? Entzückt? Euphorisch? Er entschied sich für das weniger starke »begeistert«. Jetzt stellte sich nur noch die Frage, ob er der Figur wirklich seinen eigenen Namen geben sollte oder lieber einen erfundenen. Der junge Mann ... Das klang schon ein bisschen eingestaubt, mal abgesehen davon, dass er die Zwanziger inzwischen hinter sich gelassen hatte.

Ein Blick aufs Handy. Dreiundzwanzig Minuten waren seit ihrem Gespräch vergangen, die letzten elf wie im Fluge. Wieso meldete sich Annika nicht? Ob ihr etwas zugestoßen war? Paul versuchte verzweifelt, sich wieder auf seinen Text zu konzentrieren, doch es gelang ihm nicht.

Das Klopfen an der Tür ließ ihn hochschrecken. Einen Moment lang wünschte er sich, dass sie es wäre, dass sie einen Flieger nach Paris genommen hätte, nur um ihn zu sehen. Zu schön wäre das! Bei einem Spaziergang über den Montmartre ließe sich die ganze Sache doch viel leichter klären. Auch hier würde sich Annika natürlich aufregen, seine Nachlässigkeit kritisieren und die Notlügen verurteilen – aber im Schatten von Sacré-Cœur oder bei einem Cappuccino auf dem Place du Tertre würde ihre Wut schnell verrauchen, da war er sich sicher. Paul schlang sich das Laken um die Hüften. Eine unkonventionelle Bekleidung, aber eine Alternative hatte er nicht.

Verwundert blickte er auf den Verlotterten, der wie selbstverständlich im Türrahmen lehnte.

»Was machen Sie denn hier?«

»Ich?« Er grinste. »Ach, ich dachte, ich schau einfach mal vorbei. Ist so ein schöner Tag heute, wissen Sie?«

»Ich kann keine Tipps mehr gebrauchen. Die Ente ist weg.«

»Ist mir bekannt.« Wieder grinste er.

»Was wollen Sie denn dann von mir?«

»Nichts. Aber Sie wollen etwas von mir.«

»Tut mir leid, kein Interesse.« So langsam hatte Paul genug von diesem aufdringlichen Kerl.

»Das glaube ich nicht.«

»Hören Sie, ich will nicht porträtiert werden. Nicht heute und auch nicht morgen. Nie! Never! Ist das so schwer zu verstehen?« Er hielt sein Laken mit beiden Händen fest. »Woher wissen Sie überhaupt, dass ich hier wohne?«

»Ja, woher wohl?« Der Verlotterte zog ein Kärtchen aus seiner Hosentasche hervor. Es war die Visitenkarte des Hotels. Auf einmal begriff Paul.

»Sie wollen zu Jojo, richtig?«

»Schauen Sie doch erst mal, was ich hier habe …« Und dann zeigte der Verlotterte ihm noch etwas. Ein Objekt, das er bisher hinter seinem Rücken verborgen hatte. Gut acht Zentimeter groß war sie, die Ente. Der Körper dunkelgelb, der Schnabel orangerot. Auf beiden Flügeln prangte eine Dreißig. Bestehend aus Glitzersteinen. Aus 22 Glitzersteinen, die die komplette Farbpalette des Regenbogens abdeckten.

»Das ist sie!« Paul schrie so laut auf, dass Jojo aus dem Bad herausstürzte, mit nichts als einem Badehandtuch bekleidet. Ihre Haare hinterließen eine tropfende Spur auf dem Boden. »Alles klar?«, fragte sie.

»Die Ente! Er hat die Ente!«

Paul zeigte auf den Verlotterten, der bescheiden abwinkte. »Ich war gerade am Ufer und habe eine Kundin gezeichnet, da kam sie angeschwommen«, sagte er, den Blick fest auf Jojo in dem Badehandtuch geheftet. Paul wäre dem Künstler fast um den Hals gefallen. »Ich bin Ihnen ja so dankbar. Wie kann ich mich bloß revanchieren?«

»Gar nicht, alles in Ordnung. Ich bin froh, dass ich helfen konnte.« Der Verlotterte zog eine Visitenkarte aus seiner Hosentasche hervor. »Und falls Sie noch mal übers Zeichnen sprechen wollen …« Er ließ den Satz unvollendet. Jojo wurde doch glatt ein bisschen rot, als sie die Karte annahm. Ein kleines Lächeln, dann klopfte der

Zeichner dreimal auf den Türrahmen und machte sich von dannen.

Paul trug die Ente wie das olympische Feuer bis zum Nachttisch. Wie viel Glück konnte man haben? »Fast hätte ich Annika alles gebeichtet!« Er machte eine Chassé-Linksdrehung, gefolgt von einer Chassé-Rechtsdrehung. »Ich hatte mir schon alles genau zurechtgelegt: Wie ich die Ente auf der Parkbank habe stehen lassen, unsere verzweifelte Suche, die ganzen Ausflüchte …« Er konnte kaum fassen, wie knapp er dem Katastrophengespräch entgangen war. »Aber das ist jetzt alles nicht mehr nötig!«

»Der absolute Wahnsinn!« Jojo breitete die Arme aus. »Wir haben es geschafft!« Sie drückte ihn ganz fest an sich, was Paul zwar seltsam vorkam, aber nicht unangenehm war. Heute konnte ihn nichts mehr schocken. Er wollte feiern! Er wollte Annika anrufen! Und er wollte natürlich …

»Weißt du, was wir jetzt machen?«, fragte er, während er sich aus ihrer Umarmung löste.

»Ich hab da so eine Ahnung.« Jojo grinste, doch dann hob sie auf einmal die Augenbrauen.

»Schwesterlein!« Sie winkte, als stünde Annika mindestens fünfzig Meter weit weg und nicht direkt im Türrahmen.

»Annika! Was machst du denn hier?« Paul stolperte seiner Freundin entgegen, völlig perplex, überwältigt von den Überraschungen der letzten Minuten.

»Dasselbe wollte ich dich gerade fragen.« Sie verschränkte die Arme vor dem Körper. Ihre Stimme zerschnitt die Luft wie ein gewetztes Küchenmesser.

»Ich habe … Ich wollte gerade …« Erst jetzt wurde Paul klar, wie verfänglich seine Lage wirken musste, wenn man sie von außen betrachtete. Er mit diesem um die Hüften geschlungenen Laken, Jojo, die gerade aus der Dusche kam, ihre Umarmung, sein Gestammel …

»Was wolltest du?«, fragte Annika, immer noch mit dieser scharfen Stimme.

»Ich wollte …« Paul verstummte. Die Information, dass er gerade die Ente öffnen wollte, um sich Annikas Geschenk anzusehen, würde die Situation kaum retten. In diesem Fall half dann doch nur eines. Etwas, das ohnehin längst überfällig war: die Wahrheit. So bitter sie auch sein mochte. Eben hatte er zwar noch gedacht, er könne sie elegant umschiffen, Teile aussparen, um die Sache für alle Beteiligten erträglicher zu machen – aber es hatte wohl nicht sollen sein, und das war auch sicher besser so. Es gibt keine Notlügen, hatte Freiherr von Knigge gesagt.

»Ich muss dir etwas erzählen«, begann er. »Du wirst staunen.«

»Nein, du wirst lachen«, sagte Jojo. »Ist echt der Knaller, was alles in dem Typ steckt.«

»Soso. Der Knaller.« Annika schien sich nur mühsam zu beherrschen. »Ich cancele meinen Flug und komme von Bologna aus direkt nach Paris, um dich zu überraschen, suche das halbe Viertel nach diesem Hotel ab – und dann erfahre ich …« Mit einem Ruck riss sie ihm die Ente aus den verkrampften Fingern. »Jetzt warte doch!«, rief Paul noch, doch da war die Tür auch schon hinter ihr ins Schloss gefallen.

33.

Paul riss die Balkontür auf und griff nach seiner Hose. Der feuchte Stoff klebte an seinen Oberschenkeln. Er stürmte die Treppen hinab bis ins Erdgeschoss, dann auf die Straße. Rechts oder links? Sieg oder Niederlage? Er kam sich vor wie beim Roulette – auch wenn er dieses Spiel noch nie gespielt hatte. Wo war sie hin? Zu einem Taxi oder zur Métro?

»Nach rechts!«, rief Jojo, die ihm direkt auf den Fersen war. Paul wechselte kopflos die Richtung, hastete quer über den Emile-Goudeau-Platz, immer weiter den Berg hinab, bis er die Métro-Station »Abbesses« erreichte.

Keine Annika weit und breit.

»Wohin?«, rief Paul.

»Zum Bahnhof!«

»Und wenn sie fliegt?«

»Nach Paris nimmt sie immer den Zug.«

Zwanzig Minuten später erreichten sie den Gare de l'Est. Der TGV 2833 wartete bereits an Gleis elf. Paul und Jojo keuchten den Bahnsteig entlang, quetschten sich an Menschen und Koffern vorbei.

»Ich fange vorne an!«, rief Jojo.

»Wir haben noch sechs Minuten!«

Paul stürmte bis zum Ende des Zuges, hechtete in das erste Großraumabteil. Jugendliche, vereinzelte Senioren, eine Mutter mit drei Kindern. Abteil Nummer zwei:

Nonnen, Zeitungsleser, Pärchen und ein Rucksacktourist. Im dritten Abteil drei Geschäftsmänner und vier Senioren, im vierten eine bunte Mischung.

»Annika!«, rief Paul, als er das fünfte Abteil betrat. Sie drehte sich um, allerdings nur für eine Sekunde, dann setzte sie ihren Weg fort.

»Warte! Ich muss mit dir reden.«

»Ich aber nicht mit dir.« Bevor er ihr zu Hilfe eilen konnte, wuchtete Annika ihren Koffer auf die Gepäckablage.

»Da war nichts mit Jojo, ehrlich nicht! Das sah bloß alles ein bisschen seltsam aus.«

Annika setzte sich, sah an ihm vorbei, als wartete sie auf ihre Sitznachbarin. »Interessant.«

»Wir haben wirklich nur, wir haben …«

»Ihr hattet keine Klamotten an, Mann!« Sie verzog ihre Lippen, als wollte sie ihm ins Gesicht spucken. »Es ist echt nicht zu fassen. Du bist so ein verlogenes …«

»Moment, stopp mal.« Paul hob seine Stimme. »Jojo war duschen. Jeder muss mal duschen! Und das Laken hatte ich umgebunden, weil meine Hose draußen nass geworden war!«

»Bei dreißig Grad und Sonnenschein. Nee, ist klar.«

»Ich war schwimmen, deshalb war die nass!«

»Ach, du schwimmst seit Neuestem in deinen Arbeitsklamotten?« Annika drehte sich zum Fenster. »Mach es nicht noch schlimmer, Paul. Auf Wiedersehen.«

Paul klammerte sich am Nachbarsitz fest. Annika glaubte ihm nicht. Das konnte doch nicht ihr Ernst sein?! Traute sie ihm wirklich zu, klammheimlich etwas mit ihrer Schwester anzufangen? Das war doch völlig verrückt! Er atmete tief durch. »Ich habe die Ente stehen lassen«, sagte er. Schweigen. Wie in Zeitlupe wandte Annika ihren Kopf in seine Richtung.

»Du hast – was?«

»Auf einer Parkbank.«

»Wie bitte?«

»Aus Versehen. Aus Gedankenlosigkeit.« Paul steigerte sein Sprechtempo. »Ich weiß selbst nicht, wieso, aber es ist nun mal passiert.«

Annika schlug ihr linkes Bein über das rechte und blickte den Gang hinab. Ihrem Gesichtsausdruck nach konnte man meinen, sie würde einen Wetterbericht im Fernsehen verfolgen. »Als mir klar geworden ist, dass dein Geschenk in der Ente steckt, habe ich Paris komplett umgekrempelt. Glaub mir, ich habe alles gegeben! Ich wollte sie finden und dir dann alles erzählen! Und als wir sie dann endlich hatten, war ich so froh, dass ich Jojo … dass es zu dieser Umarmung kam. Aber mehr war da nicht. Wirklich nicht. Es war nur wegen der Ente!«

Annika begann mit dem linken Fuß zu wippen. Noch zwei Minuten. Paul musste zum Punkt kommen. »Ja, ich weiß«, sagte er. »Ich habe dich angelogen. Das ist unverzeihlich. Sehe ich genauso.« Jetzt machte sie ein Sturmgesicht.

»Ich hätte die Wahrheit sagen müssen.«

Annikas Fuß wippte immer schneller.

»Kannst du mir verzeihen?«, fragte er zaghaft.

»Wie bitte?«

»Ich meine: Es tut mir leid. Wahnsinnig leid!«

»Sag mal, geht's noch?« Ihr Fuß stoppte abrupt.

»Wieso, ich –«, begann er, doch Annika unterbrach ihn. »Das wird echt alles immer schöner!«

»Aber ich wollte doch nur …«

»Ach, hör doch auf, das ist ja nicht auszuhalten.« Sie verschränkte die Arme vor dem Körper. »Sonst palaverst du ständig von Werten, von Anstand, Achtung, Respekt. Dein ewiger Knigge, immer dieselbe alte Leier! Und jetzt machst du so was und lügst mich an, und dann kommst du angekrochen und denkst –«

»Moment mal, wie meinst du das?« Ein Blitz zuckte durch seinen Körper.

»Ja, wie wohl? Das waren alles leere Worte. Hohles Geschwätz. Nichts von Bedeutung!«

»Mein ewiger Knigge? Dieselbe alte Leier?« Pauls Stimme wurde auf einmal so leise, dass er sich selbst kaum noch verstand. 14:15 Uhr. Noch eine Minute.

»Als ob du das nicht selber wüsstest!«, rief Annika. »Wobei – deinen Knigge-Tick würde ich ja noch hinnehmen, es gibt Schlimmeres, – aber diese Nummer?!« Sie begann wieder mit dem Bein zu wippen, und zwar so zackig, als wollte sie ihm bei jeder Vorwärtsbewegung mit der Schuhspitze einen Tritt verpassen. »Du verschlampst mein Geschenk, du betrügst mich mit meiner Schwester, du –«

»Aber was redest du denn da?«

»Hörst du mir nicht zu? Du laberst ständig von Werten, aber du benimmst dich wie der letzte Mistkerl! Du teilst die Welt in deine bescheuerten Kategorien ein und fühlst dich wie ein König, nur weil du Manschettenknöpfe trägst und drei Fremdwörter kennst! Aber weißt du was?«

Paul konnte nicht antworten. Er stand einfach nur noch da und hielt sich an einem Haltegriff fest, während Annikas Worte ihn wie eine Gewitterwolke umhüllten.

»Du bist nicht besser«, sagte sie schneidend. »Ganz im Gegenteil. Ein beschissener Heuchler bist du. Ein Lügner. Ein Schwätzer. Und ein Stock im Hemd obendrein!«

»Das ist nicht wahr«, hauchte Paul, der in der Gewitterwolke kaum noch Luft bekam. »Wenn du wüsstest, was alles passiert ist. Lass mich dir bitte erklären –«

»Du musst mir nichts erklären.« Annika schaute aus dem Fenster. 14:16 Uhr. »Der Zug fährt ab«, sagte sie, wieder mit einem Gesichtsausdruck, der nach Wetterbericht aussah. Allerdings nach einem Wetterbericht, der acht Wochen Starkregen mit vereinzelten Orkanböen ankündigte.

»Du irrst dich! So bin ich nicht! Du weißt doch gar nicht, was alles passiert ist!«, keuchte Paul, bevor er zur Tür taumelte und mit einem Sprung auf dem Bahnsteig landete. Jojo kam ihm schon entgegen.

»Und?«, fragte sie.

Paul stand benommen vor einem Mülleimer. Ein Pfiff ertönte, und der Zug setzte sich in Bewegung.

»Hast du sie erwischt?«

Er konnte nicht antworten. Annikas Worte kreisten in seinem Kopf. Bescheuerte Kategorien … drei Fremdwörter … ewiger Knigge … alte Leier … Heuchler … Lügner … Stock im Hemd …

»Was ist denn jetzt?«

»Wir müssen … ich muss …« Paul gab sich einen Ruck. Annika hatte unrecht! Er war kein Heuchler! Er hatte sich nicht hundertprozentig korrekt verhalten – aber er hatte doch nur das Beste für sie gewollt! Nein, so konnte und wollte und würde er das nicht stehen lassen!

Wie ferngesteuert drehte er sich um, beschleunigte mit jedem Schritt das Tempo.

»Wohin?«, rief Jojo.

»Zum Auto.«

»Wieso?«

»Wir fahren nach Trier.«

»Aber doch nicht jetzt.«

»Ich muss mit Annika reden«

»Wir sind um drei bei den Campions eingeladen!«

»Ja und?« Paul rannte kopflos den Bahnsteig entlang. Was kümmerte ihn der Kontrabass? Er wollte zu seiner Freundin!

»Aber die warten auf uns!«, rief Jojo hinter ihm her.

»Wir verschieben es. Ich fahr dich nächste Woche!«

»Aber wir sind jetzt hier! Und er hat das Geld!«

Paul bog zum Ausgang ab. »Was ist wohl wichtiger?«, keuchte er, während er an der Schlange vor einem Fahrkartenautomaten vorbeihetzte. »Geld oder Liebe?«

»Das ist nicht die Frage!«, rief Jojo. »Klippschliefer, jetzt warte doch mal eine Sekunde!«

Paul hatte keine Sekunde, wurde allerdings von einer Reisegruppe ausgebremst, die den Eingang verstopfte. Widerwillig verlangsamte er das Tempo.

»Annika wird heute sowieso nicht mit dir reden«, keuchte Jojo. »Und selbst wenn, das würde überhaupt nichts bringen. Du hast doch gesehen, wie sie drauf ist.«

»Das sehen wir ja dann.« Unter Aufbietung der letzten Reserven schleppte sich Paul über den kochenden Asphalt bis zur Métro. Er fühlte sich, als trüge er eine Bleirüstung am Körper, die jeden einzelnen Knochen, jede Sehne und jede Muskelfaser zu Boden drückte. Zwanzig Minuten später waren sie am Hotel, weitere zehn Minuten später hatten sie ausgecheckt.

Jojo übernahm den oberen Teil des Korpus, Paul den unteren. Zu zweit kamen sie zwar langsamer voran, aber er konnte einfach nicht mehr, und er wollte auch nicht mehr. Sie marschierten vorbei an unzähligen Souvenirgeschäften, bis sie den Parkplatz erreichten, an dem er sein Auto abgestellt hatte.

»Fuck!«, rief er plötzlich – eigentlich Jojos bevorzugter Brachialbegriff. Diesmal war der Ausdruck angemessen. Wie ein wildes Tier schien sich die gelbe Parkkralle in seinen linken Hinterreifen verbissen zu haben. Hinter dem Scheibenwischer klemmte eine Nachricht, in der die Besitzer des Parkplatzes darauf verwiesen, dass sich Pauls Wagen auf privatem Gelände befand. Erreichbar war Monsieur Lacombe unter einer Handynummer, die der Halter des Wagens bitte anrufen möge, damit sein Wagen nach Zahlung von 30 Euro wieder entkrallt werden würde.

»Und das soll legal sein?«, fragte Jojo.

»Nie im Leben. Diese Blutsauger!«

»Aber 30 Euro geht ja noch. Wenn die Polizei so ein Ding anlegt, ist das viel teurer.«

»Soll ich mich jetzt freuen?« Paul schnaufte. »Wir können das gerne vom Erlös deines Kontrabasses bezahlen!«

»Hey, ich kann nichts dafür, dass es in Paris keine Parkplätze gibt!«

»Aber ich oder was?!«

Angefressen wählte Paul die angegebene Nummer – dann der nächste Ärger: Monsieur Lacombe war noch im Büro und würde erst gegen 17:00 Uhr, also in über zwei Stunden, nach Hause kommen. Paul ballte die linke Faust. Jede weitere Stunde in Paris war eine weitere Stunde zu viel.

»Dann können wir den Kontrabass ja jetzt doch noch verkaufen«, sagte Jojo bloß.

»Wie bitte?!« Paul war kurz davor, dem alten Kasten einen Tritt zu verpassen. »Jetzt lass mich doch endlich mal mit diesem dämlichen Ding in Frieden!« Er wollte die Beifahrertür aufreißen, doch Jojo stellte sich ihm in den Weg.

»So, jetzt achten wir aber mal schön auf unsere Wortwahl, Monsieur Knigge.« Sie packte den Korpus des Kontrabasses. »Auf geht's. Hier herumzustehen bringt uns auch nicht weiter.«

»Ich will nicht mehr. Ich kann nicht mehr. Ich habe genug, es reicht einfach.«

»Jetzt stell dich nicht so an. Du willst das Teil doch auch aus den Füßen haben.«

»Ich will mit Annika reden.«

»Das geht jetzt nicht. So oder so. Also los: Vernunft einschalten, Kontrabass verkaufen.«

»Na ja gut, von mir aus.« Gegen die Vernunft kam selbst Paul nicht an. Ein letzter Marsch in die Rue Gabrielle, ein letzter Stopp bei dem Haus mit der lila Tür.

Monsieur Campion begrüßte sie wie zwei alte Freunde.

Ohne sich lange mit Förmlichkeiten aufzuhalten, geleitete er Paul, Jojo und den Kontrabass ins Wohnzimmer, das sich seit dem letzten Besuch so sehr verändert hatte, dass Paul es kaum wiedererkannte. Wo noch am Freitag eine einsame Kerze zwei Teller beleuchtet hatte, tobte das Chaos. Gläser, Kaffeetassen, Geschenkpapier, Blumen, Schnuller, Windeln, Stofftiere und jede Menge Babykleidung bedeckten jeden Quadratmillimeter der Tischplatte. Monsieur Campion entschuldigte sich mit einem Achselzucken für das Chaos. Er nahm den hölzernen Neuankömmling in Empfang, überreichte Jojo das Geld, bot ihnen noch etwas zu trinken an – und keine zwölf Minuten später waren sie auch schon wieder an der frischen Luft.

»Eine Sorge weniger!« Jojo hielt ihre Umhängetasche so fest, dass kein Taschendieb der Welt eine Chance haben würde. Paul stimmte nicht in ihr Strahlen mit ein. Er hatte genug Sorgen übrig. Sorgen, über die er nachdenken konnte, bis es endlich 17 Uhr war.

Und dann bekam er sogar noch eine gigantische mehr, als er zur verabredeten Uhrzeit einen Anruf erhielt. Es war Monsieur Lacombe, der Besitzer des Parkplatzes. Er erklärte ihm, dass er außerplanmäßig an einem Meeting teilnehmen müsse und nicht vor 19 Uhr zu seinem Parkplatz käme. Paul erklärte ihm auf Französisch, dass das zu spät sei, was seinen Gesprächspartner jedoch nicht interessierte. Arbeit sei schließlich Arbeit, und wer widerrechtlich auf Privatparkplätzen parke, dürfe keine Ansprüche stellen.

»Non!«, rief Paul alarmiert. Er konnte unmöglich eine weitere Nacht in Paris verbringen! Monsieur Lacombe ließ sich nicht beirren. 19 Uhr – früher würde er es nicht schaffen. »Dann nehmen wir eben den Zug. Ist mir alles egal.« Paul tippte eine Suchanfrage in sein Handy.

»Den Zug? Ganz sicher nicht.« Jojo lachte. »Oh, jetzt höre ich mich fast schon so an wie du.«

»Deine Witze helfen mir nicht weiter.«

»Das war kein Witz. Ich werde mein Geld ganz bestimmt nicht für ein Zugticket raushauen.«

Paul steckte sein Handy weg. »Ich finde schon, dass du mir mal ein bisschen entgegenkommen könntest. Ohne dich wäre ich schließlich nie in dieses Schlamassel hineingeraten!«

»Sag mal, geht's noch? Hab ich dir etwa gesagt, du sollst die Ente auf einer Parkbank stehen lassen?«

»Nein, aber ohne diesen Holzklotz wäre ich nie nach Paris gefahren! Das hier war das schlimmste Wochenende meines Lebens, Annika ist stinksauer, und wem habe ich das alles zu verdanken?« Paul schwitzte in der Julisonne, kochte nicht nur innerlich.

»Jetzt tu nicht so, als wäre ich an allem schuld.« Jojos Stimme klang völlig gelassen, was ihn noch viel wütender machte, als er es ohnehin schon war. »Außerdem übertreibst du total«, fuhr sie fort. »So schlimm war das hier alles nun auch wieder nicht. Denk mal an die Waschstraße, denk an unseren Spaziergang und die Idee mit deiner Geschichte. Du solltest mir lieber dankbar sein, anstatt mich so blöd von der Seite anzumachen!«

»Dankbar?« Paul bemerkte selbst, dass er seine Faust schon wieder ballte, und er versenkte seine rechte Hand schleunigst in der Hosentasche. Zum ersten Mal in seinem Leben hatte er das Gefühl, er müsste seiner Wut Luft verschaffen und ordentlich auf den Tisch hauen.

»Genau!«, rief er. »Vielen Dank, Jojo, dass ich deinen Kontrabass durch halb Paris schleppen durfte, anstatt mit meinen Freunden Geburtstag zu feiern. Danke, dass ich auf dem Boden im Staub schlafen durfte. Tausend Dank, dass du genau in der Sekunde aus der Dusche gesprungen bist, als Annika ins Zimmer kam!«

»Hey, jetzt komm mal runter.« Jojo klang nun doch eingeschnappt. »Das regelt sich schon alles wieder. Und auf die zwei Stunden kommt es nicht an.«

»Ich bin nachtblind, schon vergessen? Ich fass es nicht, ich könnte – das …« Paul hätte am liebsten mit dem Fuß aufgestampft wie ein wütender Stier. »Ich hab genug!«, schrie er. »Endgültig! Ich will nach Hause! Ich will zu Annika!« Mit voller Wucht trat er gegen die Parkkralle, einmal, zweimal, immer weiter, als sei das fiese gelbe Plastikteil an allem schuld. Sein Zorn über das verkorkste Wochenende, seine geplatzte Party, die bevorstehende Nacht und ganz besonders über sich selbst, sein unmögliches Verhalten, seine eigene Blödheit … Alles entlud sich in diesen Tritten, bis auf einmal …

Klack. Die Parkkralle fiel mit einem sanften Scheppern zu Boden. Jojo hob die Kunststoffklammer hoch. »Nettes Spielzeug.« Sie zuckte mit den Schultern, wirkte völlig ungerührt. »Na, umso besser. Dann können wir ja jetzt los.«

Erst in diesem Moment bemerkte Paul, dass seine Hände zitterten. Nicht vor Kälte, sondern aus Wut und Bestürzung. Wie hatte er sich bloß derart gehen lassen können? Jojo so anzuschreien … Das war richtig unfair gewesen, und tief im Inneren hatte er das auch die ganze Zeit gewusst. Er fixierte seine Schuhspitzen, konnte Jojo nicht mal ansehen. Hatte Annika am Ende doch recht gehabt? War er nichts als ein Heuchler?

34.

»Es tut mir so leid«, sagte Paul nun schon zum dritten Mal.

Entschuldigungen. Auch darüber wollte er in seinem Stilratgeber schreiben. Wäre die Situation nicht so beschämend, hätte er gelacht. Stil? Was war das noch mal genau? Graue Theorie, die in seinem Leben offenbar keine Rolle mehr spielte. Immerhin schien Jojo seinen Ausbruch gut wegzustecken. »Ich versteh das schon«, räumte sie ein. »Du bist fertig wegen Annika, da tickt man schon mal aus. Mach dir keine Gedanken.« Paul nickte matt, während er sich innerlich zerfleischte. »Übrigens ... Ich werde die Geschichte doch nicht aufschreiben«, sagte er, als sie auf der Périphérique Richtung Porte de la Chapelle fuhren.

»Die von Knigge-Trainer Paul?«

Paul konnte nicht direkt antworten, da ein Motorradfahrer mit blinkenden Warnleuchten rechts an ihm vorbeirauschte, nur um unmittelbar vor ihm wieder nach links auszuscheren. »Ganz genau«, sagte er dann.

»Klar schreibst du die auf«, widersprach Jojo. »Diese Story darfst du der Nachwelt nicht vorenthalten.«

»Nein. Zu entwürdigend.« Er dachte wieder an seinen Ausbruch. »Außerdem fehlt das Happy End.«

»Das wird schon noch kommen.«

Paul bremste abrupt, da sich ein Apfelsinenlaster direkt vor seiner Nase zu einem spontanen Überholmanöver berufen fühlte. »Ich habe Annika noch nie so wütend erlebt«, murmelte er. »Sie hat so richtig zum Rundumschlag ausgeholt.«

»Die regt sich wieder ab.«

»Nach allem, was passiert ist?«

»Aber sicher.« Jojo zog die Schuhe aus. »Hey, was ist denn aus dem hoffnungslosen Optimisten geworden?«

»Ich bin ein hoffnungsloser Realist.«

»Du bist übermüdet und gereizt.« Sie lehnte sich in ihrem Sitz zurück. »Jetzt fahren wir erst mal nach Hause und dann sehen wir weiter.«

Die beiden verfielen in Schweigen. Paul überlegte, welche Musik er anmachen sollte. Die ›Dark Side of the Moon‹ von Pink Floyd konnte er jetzt beim besten Willen nicht hören. Eine dunkle Seite … Er hätte niemals gedacht, dass sich so etwas auch bei ihm zeigen könnte. Porcupine Tree oder Rush ertrug er ebenfalls nicht. Paris hatte ihn völlig durcheinandergebracht.

Nach Minuten der Stille fragte Jojo, ob sie Musik von ihrem Handy abspielen dürfe. Er stimmte zu. Statt komplexer Songs mit ungewöhnlichen Strukturen, ungeraden Taktarten und vielschichtigen Texten lief nun also The Used. Eine Band, von der er noch nie zuvor gehört hatte und deren Sänger sich offenbar einiges von der Seele schreien musste. »If you want me back«, brüllte er im sechsten Lied, »you're gonna have to ask … nicer than that!« Wenn du mich zurückhaben willst, musst du netter fragen. Netter fragen? Wenn doch im Leben alles so einfach wäre! Müde ließ Paul den Song an sich vorüberziehen, der – na ja, immerhin – sogar zwei Taktwechsel beinhaltete.

Nach The Used hörten sie Rise Against und Billy Talent, dann schaltete Paul das Radio ein, obwohl er sonst nie Radio hörte. Irgendetwas war anders heute. Anders gut? Er wusste es nicht.

Die Strecke bis Luxemburg zog sich. Paul hing seinen Gedanken nach, und auch Jojo schien nicht in Plauderstimmung zu sein. Nachdem sie die Grenze passiert hatten, steuerten sie eine Tankstelle an. Eine Ladung Benzin für den Citroën, ein Espresso für Paul und ein Schokoriegel für Jojo, dann ging es weiter. Je näher sie seinem Heimatort kamen, umso mulmiger war Paul zumute. Er musste mit seiner Freundin sprechen, heute noch, das war klar. Aber wie würde sie reagieren?

35.

22:10 Uhr. Paul tigerte durch sein Wohnzimmer. Ruhelos, obwohl er eigentlich hundemüde war. Er war bei Annika gewesen, doch der Schlüssel hatte von innen gesteckt. Sie war nicht an ihr Telefon gegangen und ignorierte seine Textnachrichten. Die Klingel sowieso. Ein schlechtes Zeichen. Hoffentlich hatte Jojo recht, dachte er immer wieder. Bestimmt hatte sie das, sie war schließlich ihre Schwester! Annika würde sich wieder abregen, ganz sicher. Wie ein Mantra wiederholte er diesen Gedanken, doch er fand keine Ruhe.

Ab aufs Sofa. Nachdenken. Wenn ihn etwas aus der Bahn geworfen hatte, half normalerweise das Cookie-Konzept. Was brachte ihn wieder ins Gleichgewicht? Eine Mountainbiketour durch den Mattheiser Wald, Riesenkrevetten bei Jerry's und zum Ausklang Pink Floyd, und das am liebsten zu Hause bei einem guten Glas Wein. Heute würde nichts davon funktionieren. Zum Mountainbike fahren war es zu spät, Hunger hatte er beim besten Willen nicht und zu Pink Floyd hatte er noch immer nicht zurückgefunden. Stattdessen quälten ihn auf einmal diese Fragen. Fragen, die er sich bisher nie gestellt hatte, weil die Antworten für ihn immer selbstverständlich gewesen waren. Doch auf einmal waren sie da. Und mit den Fragen kamen die Zweifel.

Bei der Einrichtung fing die Sache an. Im Schlafzimmer und ganz besonders auch im Wohnzimmer, für das er sich verantwortlich fühlte, auch wenn Kai es ebenfalls nutzte. Die Möbel waren ganz in Weiß und Creme gehalten, ein heller Teppich bedeckte die geriffelten Fliesen. Dekorationsobjekte gab es keine, an den Wänden acht Großstadtfotografien in Schwarz-Weiß ... Dezent und schlicht war der Raum eingerichtet. Minimalistisch, wie Annika einmal gesagt hatte. War das etwas Gutes? Oder wirkte es steril? Fühlte er sich hier wirklich wohl?

Das Schlafzimmer seines Bruders war mit Postern bepinnt, sein Flipper und auch sein Kleiderschrank von oben bis unten mit Aufklebern zugepappt. An der Tür klebten Fotos von Flipperturnieren, Wacken-Besuchen, seinen Waschstraßen-Trips und von tausend Partys. Kai – Arm in Arm mit Kumpeln, Freundinnen und Arbeitskollegen.

Annikas Wohnung beherbergte abgewetzte Kommoden, Stühle aus Treibholz und Schränke voller Astlöcher, Risse und Gebrauchsspuren. So lebte eine Frau, mit der man sorgenfrei alt und faltig werden konnte. Überall standen Blumen herum, außerdem hatte sie jede verfügbare Fläche dekoriert: Da gab es Gläser, die sie mit Sand und Teelichtern bestückt hatte, getrockneten Lavendel, eine Messinggießkanne, Teekisten, alte Reklameschilder ... Ein Sammelsurium der Gemütlichkeit.

Und Jojo? Ihre Wände waren allesamt in bunten Farben gestrichen, wie er von Annika wusste. Außerdem hatte sie zwei Kaninchen. Sterilität? Wahrscheinlich absolute Fehlanzeige.

Paul ließ seinen Blick durchs Wohnzimmer wandern.

Würde ein wenig mehr Leben womöglich auch seiner Behausung guttun? Er hatte bisher nie darüber nachgedacht!

Und abgesehen von der Einrichtung war da noch seine Kleidung. Musste er eigentlich ständig in mausigen Hemden durch die Welt laufen? Von Anthrazitgrau über Silbergrau bis hin zu Quarzgrau deckte seine Oberbekleidung bestimmt ein Dutzend Schattierungen dieser nicht gerade schillernden Farbe ab. Das einzig Bunte, das es in den letzten Jahren auf eins seiner wenigen T-Shirts geschafft hatte, waren die durch das Prisma gebrochenen Lichtstrahlen des Covers von der ›Dark Side of the Moon‹ gewesen – auf schwarzem Grund. Ein Farbfleck von den Ausmaßen einer Zimtstange!

Natürlich waren seine Sachen nicht schlecht und standen ihm gut – aber gefielen sie ihm wirklich? Und was sprach eigentlich dagegen, sich auch mal an eine Farbe zu wagen? Womöglich sogar zwei? Es musste ja nicht gleich Neongrün auf Signalorange sein! Oder war das einfach nicht sein Stil? Paul nahm ein Hemd nach dem anderen in die Hand und wusste keine Antwort.

»Alles klar bei dir?«, fragte Kai.

Paul sah hoch. Er hatte seinen Bruder gar nicht kommen hören. »Alles bestens.« Kai würde seine Probleme ohnehin nicht verstehen.

»Wie war's in Paris?«

»Anstrengend.« Paul winkte ab.

»Und sonst?«

»Nichts.«

Sein Bruder sah ihn prüfend an. »Du gefällst mir nicht. Willst du ein Bier?«

Im ersten Moment lag Paul ein launiger Kommentar auf den Lippen, der seinen Bruder daran erinnern sollte, dass er noch nie gerne Bier getrunken hatte. Noch nie, seit 30 Jahren nicht. Bevor er zu dieser Erklärung ansetzte, hielt er jedoch inne. »Bier wäre gar nicht schlecht.« Er musste an Jojos Rede in der Waschstraße denken. »Warum nicht?«

»Na dann ...« Kai klang erstaunt, hatte wohl nicht mit einer Zusage gerechnet. Wie sollte er auch? Sie hatten noch nie zusammen Bier getrunken.

In der Küche roch es nach Spaghetti Bolognese. Routiniert öffnete Kai zwei Flaschen Bier mit einem Feuerzeug. »So, und jetzt erzähl mal«, sagte er.

Paul nippte schweigend an seiner Flasche.

»Was macht dein Flipper?«, fragte er.

»Dem geht's gut. Wieso?«

»Einfach so. Ich kenne mich ja nicht aus mit dem Ding.«

»Soll ich dir mal ein paar Sachen zeigen?« Kai blickte ihn mit einer Mischung aus Misstrauen und Mitteilungsfreude an. Paul überlegte kurz, dann nickte er und folgte seinem Bruder in dessen Schlafzimmer.

»Du hast noch nie gespielt, oder?«, fragte Kai. Paul nahm einen übergroßen Schluck Bier und musste so unvermittelt husten, als hätte er an einer Zigarette gezogen. Auf dem Kopfteil des Automaten prangte der Name in roter Schrift: *Terminator 2. Judgement day.*

»Interessiert dich das wirklich?«, fragte Kai.

»Sonst wäre ich nicht hier.«

»Also pass auf.« Er tippte auf die Oberfläche. »Die Flipperfinger sind klar, da oben gibt's drei Bumper, das hier sind die beiden Rampen, und das da ist die Ballkanone.«

»Verstehe«, sagte Paul, was gelogen war, da er nicht die geringste Ahnung hatte, was ein Flipperfinger oder ein Bumper war. Letztendlich spielte das auch keine Rolle, denn Kai hielt sich nicht mit langen Erklärungen auf.

»Fire at will«, tönte es aus dem Gerät. »Great shot!« Kai starrte hoch konzentriert auf die Kugel. Anders als erwartet schien er die beiden Flipperhebel nicht wahllos zu betätigen, wobei Paul das System hinter dem Spiel trotz allerlei Erklärungen nicht ganz durchschaute. Mal flog eine einzelne Kugel umher, mal waren es drei, und es dauerte über zwanzig Minuten, bis ein düsteres »I'll be back« das Ende des Spiels einläutete. »Jetzt du«, sagte Kai.

»Nein. Beziehungsweise ...« Wieder dachte Paul an Jojos Waschstraßenrede. Neues ausprobieren, dem Kaninchen folgen. Ja sagen. Er stellte sich vor den Flipper, suchte die beiden Knöpfe an den Seiten des Automaten, und schon ging es los, Bimmeln, Klackern, Flackern. Nach zweieinhalb Minuten rollte die dritte Kugel von dannen.

»Fürs erste Mal gar nicht schlecht.« Kai ließ sich auf sein Sofa fallen, ohne sich daran zu stören, dass er dabei mindestens drei T-Shirts zerknitterte, die darauf lagerten. »So, und jetzt erzähl mal, wo drückt denn der Schuh? Ist was mit Annika?« Er legte die Beine auf dem Couchtisch ab.

»Nein, nein. Alles okay. Alles wie immer.«

»Du trinkst Bier und spielst Flipper. Hat sie Schluss gemacht?«

»Nein, hat sie nicht. Zumindest … noch nicht.« Paul zögerte kurz, dann legte er ebenfalls seine Füße auf den Tisch. Eine ungewohnte Haltung, die er bisher noch nie eingenommen hatte, aber insgeheim schon immer mal ausprobieren wollte. Eine Haltung, in der sich gut erzählen ließ. Von Annika, der Ente, von Paris. Nicht jedes Detail natürlich, und schon gar nicht die Passage, die die Beziehung von Paul und Kai betraf. Hauptsächlich den Rahmen und den groben Ablauf. Sein Bruder hörte ihm zu. Kein einziger blöder Kommentar kam ihm über die Lippen, nicht mal, als es um die Waschstraße ging. Erstaunlich.

»Das ist der Stand der Dinge«, schloss Paul, nachdem er von seinem letzten erfolglosen Anruf berichtet hatte.

»Und jetzt?«, fragte Kai.

»Weiß ich nicht, was ich machen soll.«

»Ich würde sie erst mal in Ruhe lassen. Ihr einfach ein bisschen Zeit geben. Sie wird schon mit dir reden, wenn sie sich abgeregt hat.«

»Und wenn nicht?«

»Das wäre echt seltsam. Ich meine … Wie lange seid ihr jetzt zusammen? Zwei Jahre?«

»Im August sind's drei.«

»Also wenn sie dir nach knapp drei Jahren Beziehung und einem verkackten Wochenende nicht mal die Chance auf ein Gespräch gibt … Kein Kommentar!«

»Wieso, was ist dann?«

»Dann ist sie nicht die Richtige.«

Paul schüttelte heftig den Kopf. »Sie ist die Richtige«, sagte er. »Sie ist nur völlig enttäuscht.« Kai legte die

Hände in den Nacken, schloss für einen Moment die Augen. »Und wenn du ihr einen Brief schreibst?«

»Einen Brief?« Der Vorschlag verwunderte Paul. Was hatte Kai mit Briefen am Hut? Nachrichten verschickte er doch sonst höchstens übers Handy! Überhaupt erstaunte es ihn, wie vernünftig sein Bruder gerade mit ihm sprach. Er schien ihm wirklich helfen zu wollen. Nein, mehr noch, er schien es nicht nur zu wollen! Nachdenklich nippte Paul den Rest seines Biers in sich hinein. Die Füllung des Donuts war noch viel besser als gedacht.

Nachdem er sein Getränk geleert hatte, wünschte er seinem Bruder eine gute Nacht, machte sich bettfertig und verschwand in seinem Schlafzimmer. Ruhe fand er dort allerdings nicht. Die Ereignisse des Tages, nein, des kompletten Wochenendes geisterten immer wieder durch seine Gedanken. Nachdem er sich eine Dreiviertelstunde in seinem Bett herumgewälzt hatte, erhob er sich wieder. Sollte er wirklich einen Brief schreiben? So, wie Kai ihm geraten hatte?

Einen Versuch war es wert. Er knipste die Deckenlampe aus, schaltete sein Nachtlicht ein und legte sich mit einem Notizblock bäuchlings aufs Bett. »*Liebe Annika*«, schrieb er, »*es tut mir alles so leid.*« Er knabberte am oberen Ende seines Kugelschreibers. Nein, nicht gut. Viel zu allgemein und außerdem abgedroschen. »*Ich vermisse dich.*« Auch nicht besser, auch wenn es stimmte.

Eine Stunde verging, ohne dass er einen Brief zustande brachte. Müde stand er schließlich auf und tappte zu seinem Regal. Wer sollte ihm helfen, wenn nicht Knigge?

Das Werk stand auf Augenhöhe. ›*Über den Umgang mit Menschen.*‹ Er hatte lange nicht reingesehen. Als er es hervorzog, plumpste versehentlich ein Buch zu Boden. Das ›Buch der Etikette‹, ein Standardwerk zum Thema Stil. Das würde ihm im Gegensatz zu dem »echten« Knigge jedoch nicht weiterhelfen. Um Kleidungsregeln ging es darin, um Vorstellungsgespräche, Smalltalk und Tischkultur. Kopfschüttelnd blätterte Paul durch das Kapitel »Festlichkeiten«. Wieso hatte er dieses Ding eigentlich gekauft? Wer brauchte diese Tipps? Paul sicher nicht. Was er bei der Arbeit unterrichten sollte, wusste er auswendig, und einen Mehrwert für sein eigenes Leben bot ihm dieses Werk nicht.

Er konnte gar nicht mehr zählen, wie oft er schon an seinem Beruf gezweifelt hatte. Wenn wenigstens die Vorgaben seines Chefs nicht wären! Die Kunden kämen, um zu lernen, welche Knöpfe man bei einem Jackett schließen sollte. Was man unter Respekt und Höflichkeit verstand, wüssten die längst. Paul sah das anders, hatte aber keine große Wahl. Den Lehrplan arbeitete er notgedrungen ab, und das Thema Werte flocht er in seine Seminare ein, wann immer sich die Gelegenheit dazu bot. Irgendwann würde er ja seinen Ratgeber schreiben, hatte er sich oft gesagt. Dort könnte er alles unterbringen, was es nicht durch die Zensur und in den Unterricht geschafft hatte. Oder eben in seinem biografischen Roman – doch den würde es ja nun auch nicht geben. Was lief in seinem Leben eigentlich noch rund? Seufzend legte er das Buch auf seinem Schreibtisch ab. Am nächsten Tag würde er es mit zur Arbeit nehmen. In der kleinen Bibliothek des WBI Triers war das Standardwerk besser aufgehoben als bei ihm zu Hause.

Paul zündete ein Teelicht an und blätterte fast eine

Stunde lang im ›Knigge‹. Das Kapitel »*Vom Umgang mit Frauenzimmern*« lieferte ihm tatsächlich Antworten, und die waren gar nicht so weit entfernt von dem, was Jojo und Kai ihm ans Herz gelegt hatten. »*Ertraget diese vorübergehenden Launen, aber hütet Euch, in solchen Augenblicken von Verstimmung, Euch aufzudrängen oder zur Unzeit mit Eurem Witze oder Troste angezogen zu kommen.*«

Nachdenklich rollte sich Paul auf die Seite und schloss die Augen. Irgendwann erlosch das Teelicht. Der Geruch kam ihm vertraut vor, und er erinnerte sich auf einmal an das Gefühl, wenn er und Annika gemeinsam auf dem Sofa lagen und sich festhielten, als würden sie sich nie wieder loslassen. Abwarten sollte er, riet Knigge. Es stellte sich nur die Frage: wie lange?

36.

Als Paul am nächsten Morgen um 7:15 Uhr bei Annika auf der Matte stand, war die Tür nicht mehr von innen verriegelt. Im Eiltempo marschierte er einmal quer durch ihre Wohnung. Sie war weg. Entweder schon bei der Arbeit oder …

»Sorry«, sagte Jojo, nachdem er einer Eingebung folgend bei ihr Sturm geklingelt hatte. »Die ist nicht hier.«

Paul drängte sich an ihr vorbei in den Flur, in dem es nach Heu roch. »Ich versteh das nicht, sie muss doch –«

»Achtung!«, rief Jojo, und Paul fuhr zusammen. Fast wäre er über die beiden Kaninchen gestolpert, die ihm auf den Fliesen entgegenhoppelten. Beide waren weiß, um ihre Augen herum jeweils ein schwarzer Strich wie von einem Kajalstift. Vier Köttel vor einer trockenen Baumwurzel, die wie selbstverständlich neben einem Schirmständer lag.

»Wo ist Annika?«, rief Paul.

»Ja, wo wohl?« Jojo rieb sich die Augen. »Auf dem Weg zur Arbeit, vermute ich mal.«

»Habt ihr telefoniert? Weißt du irgendwas?«

»Sie geht nicht ans Telefon und sie reagiert nicht auf meine Nachrichten.« Jojo blickte auf eins ihrer Kaninchen, als wäre dieses ihr Ansprechpartner. »Probier es doch heute Abend noch mal bei ihr.«

»Ich muss aber jetzt mit ihr reden. Jetzt!« Paul drehte

sich um seine eigene Achse, als wähnte er Annika in irgendeiner dunklen Ecke – die es in Jojos kunterbunt gestrichener Wohnung ohnehin nicht gab.

»Jetzt setz dich doch mal. Du bist ja völlig durch den Wind.« Sie zog eine Packung Buntstifte aus der obersten Schublade ihrer Kommode. »Hier. Zum Runterkommen.«

»Was soll ich damit?«, stöhnte Paul.

»Zur Wand gehen.«

»Zu welcher Wand?«

Jojo winkte ihn in die Küche, die an der Fensterseite mit einer ganz speziellen Tapete ausgestattet war: Bestimmt 1000 Silhouetten von korkengroßen Männchen mit Hut waren darauf abgebildet, und etwa 300 hatten Lionel, Darja, Ola, Fiona und unzählige andere Besucher bunt bemalt und mit ihrer Unterschrift versehen. Manche hatten ein Smiley-Gesicht, andere waren bis hin zum Ziliarmuskel des Auges ausgearbeitet.

»Pro Gast ein Männchen«, erklärte Jojo.

»Ich muss Annika vor der Arbeit abpassen!«

»Um fünf Minuten lang auf sie einzureden?«

»Besser fünf Minuten als gar nicht!«

»Nachdem sie dich gestern abgewimmelt hat?«

»Ich werde verrückt, Jojo. Ich habe keine Stunde geschlafen, keine Einzige. Ich muss mit ihr reden!«

»Aber doch nicht bei der Arbeit. Während tausend Kunden und Kollegen um sie herumturnen.« Sie hielt ihm die Stifte vor die Nase. Paul schwieg, griff schließlich zu.

Runterkommen. Entspannen. Also los. Was sollte er diesem Männchen anziehen? Ein graues Hemd ganz sicher nicht. Vielleicht etwas, das mit Paris zu tun hatte?

Paul wartete, bis sich seine Finger beruhigt hatten, dann legte er los. In den Zylinder des Männchens malte er den Eiffelturm, die Beine gestaltete er zu einer Art Triumphbogen um, und auf den Bauch zeichnete er ein kreisförmiges Gebilde, das aussah wie die Fensterrose von Notre-Dame. Jojo lächelte.

»Gar nicht übel!«

»Danke, danke.« Paul legte die Buntstifte auf den Küchentisch. »Und jetzt?«

»Jetzt fährst du zur Arbeit und lenkst dich ab.«

»Aber ich muss ihr die Sache doch erklären! Sie muss doch erfahren, was mit mir passiert ist!«

»Was meinst du?«

»Na, was Paris aus mir gemacht hat. Das mit dem Jasagen. Neues erleben. Immer an das Kaninchen denken!« Paul marschierte zum Fenster. »Das muss sie doch wissen. Und zwar bevor sie sich entscheidet.« Er starrte einen Moment Richtung Straße oder vielmehr ins Leere, dann drehte er sich um. »Ich weiß, wie ich es mache.«

»Wie denn?«

Paul zog wortlos sein Handy hervor. Kai hob beim achten Klingeln ab. »Was los?« Er gähnte hörbar.

»Ich brauche deine Hilfe.«

»Ja.« Kai schmatzte ins Telefon wie ein Baby. »Worum geht's?«

Paul erzählte von seinem Anliegen.

»Ist das dein Ernst?« Kai klang überrascht.

»Absolut.« Paul hörte aus dem Wohnzimmer ein leise klackerndes Geräusch, das entfernt an eine Flipperkugel erinnerte und vermutlich von der Nippeltränke der Kaninchen herrührte. »Und zwar heute.«

»Heute?« Kai klang nun schon viel wacher. »Wie soll das gehen? Mach das doch am Wochenende.«

»Es muss heute sein«, rief Paul. »Heute! Verstehst du?«

»Okay, ist ja schon gut. Aber sag mal, wie kommt's eigentlich? Also, nichts für ungut, aber ich hätte nie gedacht, dass du …«

»Ich habe nachgedacht.« Paul musste trotz aller Aufregung lächeln. »Und ich kam zu einem ganz einfachen Schluss: Warum nicht?«

Zehn Minuten später war die Sache geritzt. Theoretisch zumindest. Ob es praktisch funktionieren würde, wusste natürlich niemand. Paul bedankte sich gleich dreimal bei seinem Bruder. Wie war er eigentlich jemals auf die Idee gekommen, dass Stilkategorien wichtig seien? In Wirklichkeit zählte doch nur eines: die Füllung des Donuts. Alles andere konnte man getrost vergessen.

Bei der Arbeit hatte Paul Mühe, sich zu konzentrieren. In der Mittagspause führte er ein Dutzend Telefonate. Als er um 17:30 Uhr nach Hause kam, ging er sofort in sein Schlafzimmer. Was sollte er anziehen? »Du bist ein Stock im Hemd«, hallte es durch seinen Kopf.

Nein! War er nicht!

Hastig schälte er sich aus seiner Anzughose. Seine Lieblingsjeans hatte am linken Knie ein Loch, seit er sich bei einer Mountainbiketour auf die Nase gelegt hatte. Die konnte er der Öffentlichkeit auf gar keinen Fall zumuten. Die zweitliebste war perfekt. Sein Hemd warf er aufs Sofa. Wo war eigentlich das ›Buch der Etikette‹ hin? Er hatte am Morgen ganz vergessen, es mit zur Arbeit zu nehmen. Aber egal, er brauchte es ohnehin nicht. Er brauchte etwas ganz anderes.

Kurz entschlossen stürmte Paul in Kais Zimmer. Sein Kleiderschrank war fast leer, ganz im Gegensatz zu dem Sessel neben dem Flipper, auf dem sich ein Berg von Klamotten stapelte. Paul krempelte den Berg im Schnelldurchlauf um. Ein T-Shirt wollte er tragen. Klar, warum nicht? Die winzige Narbe würde ohnehin niemandem auffallen. Und selbst wenn! Dann würde er eben die Geschichte dazu erzählen.

Paul zog ein T-Shirt nach dem anderen hervor. Bunte Farben, soweit das Auge reichte ... Ein hellblaues mit einem weißen Pony? Zu kurz. Ein dunkelrotes mit zwei einander zugewandten Sicheln, die sich nicht berührten, aber laut dem aufgedruckten Bandnamen einen perfekten Kreis ergaben? Gar nicht verkehrt, aber auf Höhe der Schultern zu eng.

Paul schielte auf seine Armbanduhr. Die Zeit drängte. Von der Größe her kamen eigentlich nur zwei Bandshirts infrage: ein senfgelbes mit einer Ameise auf Höhe des Herzens oder ein dunkelblaues mit einem gigantischen Auge, das über zwei leuchtend grüne Pupillen verfügte. Paul entschied sich für die Ameise. »The prodigy« hörte er zwar nicht, aber der Begriff hatte – wenn er sich recht entsann – irgendetwas mit Wundern zu tun, und ein Wunder war genau das, was er brauchte.

Als Paul das Haus verließ, fühlte er sich fremd in seiner Haut, aber dieses Gefühl hatte er auch oft, wenn er ein neues Hemd oder neue Schuhe trug. Auf dem Weg zum Ort des Geschehens rief er seinen Bruder an.

»Soll ich noch irgendwas mitbringen?«

»Ist alles vorbereitet.«

»Jetzt schon?«

»Ich hatte drei Helfer.«

»Nicht zu fassen!«

»Das hab ich bei deinem Anruf auch gedacht.« Kai lachte in den Hörer. »Annika wird Augen machen!«

»Na hoffentlich …« Paul legte auf, erfüllt von 60 Prozent Resthoffnung.

37.

»Wie siehst du denn aus?«, fragte Paul, als ihm Kai auf dem Parkplatz mit einem Blumengesteck in der Hand entgegenkam.

»Dasselbe wollte ich dich gerade fragen.« Kai strich sich ein Staubkorn vom Revers seines Sakkos. »Ist das etwa mein T-Shirt?«

»Ja.« Paul hielt sich nicht mit Erklärungen auf. »Was ist los, hast du ein Vorstellungsgespräch?«

»Nicht, dass ich wüsste.«

»Ein Date?«

»Schön wär's.«

»Aber ...«

»Jetzt komm erst mal mit und frag nicht so viel.« Kai verschwand um die Ecke. Paul folgte ihm mit einem ganz merkwürdigen Gefühl im Bauch. Was ging hier vor?

Acht Schritte später wusste er es. »Ich ... sag mal ... Das ist ja ...« Er verstummte.

Der Hof vor der Waschstraße war mit Tischen bestückt. Mit acht Stehtischen, die in champagnerfarbene Hussen gekleidet waren. Jeder war mit einem kleinen Rosengesteck dekoriert. Auf einer Anrichte standen Gläser, Wein, Sekt und Fruchtsäfte bereit, auf einer zweiten diverse Snacks und Fingerfood. Paul hätte sich das Ambiente zu seinem dreißigsten Geburtstag nicht schöner vorstellen können – drei Tage zuvor. Aber heute? Hektisch sah er sich um. Weder Annika noch ihre Arbeitskollegin Lisa waren in Sicht. Es war noch nicht zu spät.

»Mach die Hussen ab!«, rief er.

»Was sind Hussen?«

»Na, diese Stoffdinger da. Die Überzüge!«

»Die hab ich doch extra für dich draufgefummelt!«

»Verdammt, das muss anders sein!« Paul raufte sich die Haare. »Die Party muss anders sein. Lockerer! Entspannter! Ganz anders halt!«

»Na hör mal …« Kai rückte seinen Krawattenknoten zurecht. »Ich hab mir heute drei Beine für deine Feier ausgerissen!«

»Aber ich hab dir doch gesagt, was ich vorhabe!«

»Ich wollte dir eine Freude machen. Weil das so nett gestern war mit unserem Bierchen und dem Flippern.« Kai breitete die Arme aus, als wollte er sämtliche Stehtische symbolisch umarmen. »Deine Traumparty sollte das werden. Mit schicker Kleidung und Stil und Sekt, das ganze Gedöns eben. So, wie es in deinem Buch stand.«

»In welchem Buch?«

»Na, diesem Umgangsformen-Teil. Das ›Buch der Etikette‹ oder wie das hieß. Der perfekte Empfang. Ich habe versucht, alles ganz genau so zu machen, wie es da drinstand!«

»Das ist … Ach, tut mir leid, aber das verstehst du nicht.« Paul starrte auf die orangegelben Rosen. »Danke, dass du mir geholfen hast. Das war unglaublich nett. Wirklich. Ganz toll.« Er senkte seine Stimme. »Aber das geht alles nicht wegen Annika. Bei unserem Streit ging es genau … Es ging um so was wie das hier.« Er deutete auf die Stehtische. »Sie hält mich für spießig. Für einen Stock im Hemd.«

»Hast du deshalb mein T-Shirt an?«

»Komm, hilf mir bitte, das Zeug hier muss raus. Und zwar schnell, bevor sie kommt!« Mit zitternden Fingern wählte er die Nummer seiner Komplizin Lisa, die Annika wegen eines vermeintlichen Motorölkaufs ins Wash Up locken sollte …

»Was gibt's?«, fragte Lisa.

»Du musst sie aufhalten.«

»Annika?«

»Minimum: eine halbe Stunde!« Paul brüllte fast in den Hörer. »Gib alles!«

»Du kannst auf mich zählen.« Und schon hatte sie aufgelegt.

Kai hatte während des Telefonats das Rolltor der Waschstraße geöffnet, und ab da ging alles sehr schnell.

Paul riss die Hussen von den Stehtischen, Kai schleppte zwei Kästen Bier aus der Personalküche herbei. Paul verbannte die Blumengestecke in die Kammer des Grauens, Kai knüllte die Tischbordüren zusammen. Die Getränke und das Essen durften bleiben, mussten jedoch ergänzt werden.

Als Paul eine Viertelstunde später mit zwanzig Wiener Würstchen und einem Nudelsalat aus der Metzgerei Gerten zurückkam, waren die ersten Gäste bereits eingetrudelt. Kai schleppte die Einkäufe in die Personalküche, Paul steuerte auf seine Freunde zu.

Sein Nachbar Lukas stand an einem der nun hussenlosen Stehtische. Er war verwirrt, das sah man ihm an jedem glänzenden Knopf seines Zweireihers an. Wer konnte es ihm verübeln? Lukas arbeitete in der Herrenabteilung eines Modegeschäfts und hatte ihn nur zwei Wochen zuvor eine halbe Ewigkeit lang beraten. Die Worte »Geburtstag«, »Party mit Stil« und »passendes Outfit« waren mehrfach gefallen, das wusste Paul nur zu gut – aber Pläne konnten sich eben ändern.

»Hallo!« Er hielt Lukas die geöffnete rechte Handfläche hin. »Super, dass das so spontan geklappt hat!«

»Die besten Glückwünsche zu … deinem Dreißigsten.« Lukas hatte die Überraschung wohl noch nicht ganz verdaut.

»Das ist eine Ameise.« Paul deutete auf seine Brust, als müsste er das Motiv erklären, das sein Gast wie einen Soßenfleck fixierte.

»Geht's dir gut?«, fragte Lukas, und seiner Stimme war zu entnehmen, dass er das Gegenteil vermutete.

»Es läuft so weit, danke.« Paul bemühte sich um ein zuversichtliches Lächeln und stellte ihm seinen Arbeitskollegen Patrick vor, der sich umsah, als stünde er in einer Tropfsteinhöhle voll faszinierender Stalaktiten. Er trug ein Sakko mit amerikanischem Schnitt, dazu ein weißes Hemd mit Kentkragen.

»Eine interessante Location«, sagte Patrick, nachdem er ihm gratuliert und eine Flasche Wein überreicht hatte. »Wolltest du jetzt doch nicht bei dir zu Hause feiern?«

»Ich musste umdisponieren.« Paul deutete auf die Anrichte. »Bitte bedient euch.«

Lukas und Patrick entschieden sich für Sekt. Nachdem sie versorgt waren, begrüßte Paul seinen ehemaligen Klassenkameraden Erik. Erik arbeitete als Schuldnerberater und wunderte sich grundsätzlich über nichts. Völlig tiefenentspannt gratulierte er ihm, bevor er sich zu Lukas und Patrick gesellte.

Steffi und Till, Pauls gelegentliche Mountainbike-Begleitungen, waren die Einzigen, die weder Anzug noch Kostüm trugen – und sie wollten Bier. Bier! Paul konnte sich ein Lächeln nicht verkneifen. Das war seine große Stunde. Auch wenn Annika noch nicht da war, konnte er nun einen eindeutigen Beweis dafür erbringen, dass er kein Stock im Hemd war.

»Hast du ein Feuerzeug?«, fragte er seinen Bruder, der gerade eine Schüssel Nudelsalat auf der Anrichte abstellte.

»Klar. Soll ich?« Kai wollte ihm die beiden Bierflaschen abnehmen, doch das ließ Paul nicht zu. Genauso, wie er es bei Jojo und Kai beobachtet hatte, setzte er das Feuerzeug am Flaschenhals an – und rutschte ab. Der zweite Versuch scheiterte ebenfalls. »Du musst die Flasche fester halten«, sagte Kai. »Und setz nicht direkt auf dem Knöchel an.« Nachdem Paul im vierten Anlauf fast die Unterseite des Feuerzeugs abgebrochen hätte, reichte Kai ihm eine ovale Silberscheibe, die an seinem Schlüsselbund baumelte. »Probier's mal hiermit«, sagte er. Paul versuchte sein Glück – und hatte Erfolg!

»Darfst du behalten.« Kai zog das Metallplättchen von dem Silberring ab. »Geschenk zum Dreißigsten.«

»Danke!« Erfreut befestigte Paul das Präsent an seinem Schlüsselbund. Routiniert – na ja, nicht ganz routiniert – öffnete er ein zweites Bier und reichte es an Till weiter. Die dritte Flasche machte nur noch kleine Probleme.

»Du bist heute so anders«, sagte Steffi, nachdem sie angestoßen hatten.

»Wegen dem Feuerzeug?«

»Wegen allem. Das Bier, deine Klamotten, überhaupt: diese ganze Party, der Ort ...« Sie lächelte. »Finde ich gut!« Paul lächelte zurück. Dass er nicht mehr der Alte war, blieb nicht unbemerkt. Annika würde es hier gefallen, da war er sich ganz sicher. »Sei doch endlich mal spontan!« Das hatte sie gesagt, und diesem Wunsch war er gefolgt.

Wobei – das Ambiente war ja noch lange nicht alles! In Gedanken malte er sich schon die verrücktesten Szenarien aus ... Er sah seine Gäste vor sich. Sah, wie sie die Waschstraße besichtigten. Sah, wie er den Einschaltknopf der Anlage betätigte. Wie sich die Bürsten in Betrieb setzen. Er sah, wie seine Gäste vor Lachen kreischten und sich gegenseitig nassspritzten wie die Kinder. Er sah sich mit eingeschäumtem Kopf im eiskalten Wasser stehen, aus voller Kehle lachend. Sah, wie er seine Augen aufschlug – und eine strahlende Annika erblickte ...

Wo sie nur blieb? Paul schirmte seine Augen mit einer Hand von der Julisonne ab. Drei weitere Gäste tröpfelten herein. Auch sie sahen sich mit einem Blick à la Stalaktiten-Wunderwelt um, bevor sie ihm gratulierten und sich an den Stehtischen verteilten. Paul hatte sie gerade mit Cola und Sekt versorgt, als er Jojos Stimme hörte. »Hello!« Mit ihrer löchrigen Jeans und dem olivfarbenen T-Shirt passte sie perfekt in das Ambiente. »Das ist ja super geworden!« Sie nahm Paul ungefragt das Bier ab und trank einen Schluck. »Wo ist Annika?«

»Lisa holt sie gerade ab.«

»Alles wird gut, du wirst schon sehen.« Jojo zog ein Päckchen aus ihrer Tasche, das von den Ausmaßen her einer leeren Küchenpapierrolle ähnelte. »Hier, für dich!«

»Ein Geschenk? Aber das wäre doch ...« Paul unterbrach sich. »Nett von dir. Danke!« Er stellte seine Flasche auf einem Mauervorsprung ab. »Ich habe übrigens etwas beschlossen«, sagte er, während er den ersten Streifen Klebeband von dem Papier löste.

»Schieß los.«

»Ich werde meine Geschichte doch aufschreiben.«

»Obwohl sie nicht wie aus dem Leben gegriffen ist?«

»Ist sie doch.« Paul lächelte.

»Und das Happy End?«

Er löste den zweiten Streifen. »Kommt noch. Und zwar am liebsten heute. Ich hätte Zeit.«

»So kenne ich meinen hoffnungslosen Optimisten.« Jojo klang, als wäre die Sache geritzt, und auch Paul glaubte in dem Moment fest daran, dass alles gut werden würde. Er löste den letzten Klebestreifen. Eine Papierrolle kam zum Vorschein. Drei Blätter mit Cellonoten. ›Buried myself alive‹. Das Lied, das sie auf der Rückfahrt von Paris im Auto gehört hatten. »Noten?« Paul schmunzelte.

»Du hast dich ja so über die Taktwechsel gefreut, da dachte ich, du würdest das vielleicht gerne mal spielen«, sagte Jojo. Paul musste lachen. »Danke, lieb von dir.«

»Was ist denn hier los?« Annikas Stimme tönte so unvermittelt durch den Hof, dass er zusammenzuckte.

»Hey!« Paul versuchte ganz locker zu klingen.

»Ist das hier etwa eine Party?« Sie drehte sich zu Lisa um. »Ich dachte, du willst Motoröl kaufen!«

»Tja, was soll ich sagen?« Lisa rückte einen Träger ihres hellgelben Sommerkleides zurecht. »Surprise!«

Annika sah nicht so aus, als wäre die Überraschung gelungen. Das schien auch den übrigen Gästen aufzufallen, denn das allgemeine Geplauder wurde schlagartig leiser.

»Willst du ein Bier?« Paul legte seine Noten beiseite und nahm eine Flasche aus der Kiste. »Ich mach dir gerne eins auf!« Fahrig zog er seinen Schlüsselbund aus der Tasche und suchte nach Kais Geburtstagsgeschenk. »Hier, guck mal.« Er setzte das Metallplättchen an. »Ganz ohne Flaschenöffner!«

Annika drehte sich zu ihrer Arbeitskollegin um.

»Warum erzählst du mir so einen Mist?«

»Ja, warum wohl?«

»Ich dachte, du wärst auf meiner Seite!«

»Klar bin ich auf deiner Seite!«

»Und? Was soll das dann?«

»Jetzt trink doch erst mal was«, schlug Jojo vor, und Paul reichte seiner Freundin schnell die Bierflasche, die er im dritten Versuch geöffnet hatte.

»Ich trinke kein Bier«, sagte Annika.

»Dann einen Sekt? Wein? Cola?«

»Ich will nichts trinken!«

Paul senkte die Stimme. »Oder sollen wir erst mal in Ruhe reden? Zu zweit? Ohne dass …«

»Ich will auch nicht reden«, zischte Annika. »Diese ganze Nummer, ich finde das unmöglich von euch!« Ihr Blick schoss zwischen Paul und Jojo hin und her.

»Meine Güte, jetzt schalte doch endlich mal dein Hirn ein.« Jojo machte einen Schritt auf Annika zu. »Ich habe nichts mit Paul. Das habe ich dir heute Mittag doch schon erklärt!«

»Die Sachlage war eindeutig.« Annika drehte sich um, wollte wohl verschwinden, aber Jojo stellte sich genau in ihren Weg. »Kennst du mich wirklich so schlecht?«

»Ich kenne dich sogar sehr gut.«

»Dann müsstest du wissen, dass ich so etwas nie tun würde.«

»Glaub ihr bitte«, sagte Paul beschwörend. Die Gespräche um sie herum verstummten. Oder bildete er sich das bloß ein?

»Unfassbar, dass du mir so was überhaupt zutraust!« Jojo sah aus, als wüsste sie nicht, ob sie vor Wut aufstampfen oder in Tränen ausbrechen sollte. »Du bist meine Schwester. Du bist der wichtigste Mensch in meinem Leben und du wirst das auch immer bleiben!«

Annika knibbelte eine ganze Weile an dem Haargummi, der ihren schulterlangen Flechtzopf zusammenhielt.

»Na ja, dann will ich das mal glauben.« Sie ließ ihren Zopf los. »Und da war wirklich nichts?«

»Natürlich nicht!« Jojo breitete ihre Arme aus. »Hey, der Typ hat doch nicht mal ein Tattoo!« Sie schloss die Augen, während sie ihre Schwester umarmte.

»Also … ist alles wieder gut?«, fragte Paul zaghaft, nachdem sich die beiden voneinander gelöst hatten. Annika drehte sich zu ihm um. »Was uns betrifft, ändert das nichts«, sagte sie.

»Wieso? Das ändert alles!«

»Es ändert nichts an der Tatsache, dass du mein Geschenk verschlampt und mich angelogen hast!«

»Aber du weißt doch, wie leid mir alles tut!«

»Darum geht es nicht.«

»Jetzt mach doch kein Riesenfass auf. Lass uns die Sache einfach vergessen und –«

»Das ist eine Charakterfrage, das kann ich nicht vergessen. Und wo wir schon dabei sind …« Sie deutete auf die Partygesellschaft. »Was soll das hier eigentlich?«

»Das ist eine Party.«

»Aber was für eine?!«

»Ich wollte einfach mal spontan sein.« Paul klang nicht so, als hätte er dieses Vorhaben verinnerlicht, das merkte er selbst. »Ein bisschen lockerer.«

»Und deshalb … deshalb …?« Annika deutete auf das Bier, das T-Shirt, das Rolltor der Waschstraße.

»Senfgelb ist eine tolle Farbe«, sagte Paul.

»Das ist doch nicht dein Ernst.«

»Ich dachte, das gefällt dir.«

»Aber das bist nicht du!«

»Doch.« Er nickte heftig. »Das bin ich. Und nur damit du es weißt: Ich werde mein Leben ändern.« Er strich über das Metallplättchen, das an seinem Schlüsselbund baumelte. »Eigentlich habe ich es schon geändert. Ich muss es nur noch konsequent umsetzen.« Die Zweifel, die ihn in der letzten Nacht gequält hatten, waren verschwunden.

»Was meinst du damit?«, fragte Annika.

»Meine Möbel, meine Musik, meine Kleidung. Vielleicht sogar meinen Job, mal sehen. Alles ist möglich!«

»Aber warum?«

Auf diese Frage gab es nur eine Antwort.

»Warum nicht?«

Jojo nickte beifällig.

»Das ist doch Blödsinn!«, rief Annika.

»Wieso Blödsinn?« Paul breitete die Arme aus, damit sie freie Sicht auf die Ameise hatte. »Ich bin kein Stock im Hemd mehr, und genau das wolltest du doch!«

»Nein, wollte ich nicht.«

»Nicht?«

»Nein. Das bist nicht du.«

»Doch, das bin ich.«

»Seit wann?«

»Seit Paris!« Paul erhob seine Stimme. »Die Ära der Manschettenknöpfe ist vorbei!«

»Ja? Wirklich?« Annikas Blick versteinerte. »Ist die Ära der Manschettenknöpfe wirklich vorbei?«

»Das ist sie!« Paul nickte heftig. »Ich möchte das alles nicht mehr. Ich bin jetzt ein anderer!«

»Tja, schade. Ich wollte nie einen anderen.« Annikas Stimme war kaum noch zu verstehen. »Das mit dem Stock im Hemd war Quatsch. Das hab ich nur gesagt, weil ich sauer war. Ich wollte dich. So, wie du warst. Mit all deinen Prinzipien. Und deinen Manschettenknöpfen. Dich. Und nicht das da.« Ihr Blick streifte noch einmal die Ameise auf seinem T-Shirt, dann drehte sie sich um und ging.

38.

Paul starrte Annika nach, obwohl sie ebenso wie Lisa und Jojo längst um die Ecke verschwunden war. Irgendwer sprach ihn an, fragte ihn irgendwas, er bekam nichts mehr mit. Irgendwann verließ er den Innenhof. Schwankte um die Ecke. Fühlte sich benebelt, obwohl er nicht mal ein halbes Bier getrunken hatte. Fiebrig, ohne krank zu sein. Stimmen. Jemand rief seinen Namen. Er konnte mit niemandem reden. Wohin? Eine offene Tür. Grau geriffelt. Schnell rein.

Paul ließ sich auf den Boden sinken, zwischen ein Kettcar und ein Skateboard, hockte zusammengekauert auf den kalten Fliesen der Kammer des Grauens. »Tja, schade.« Der Satz hallte in ihm nach, als wäre er in eine Tropfsteinhöhle gerufen worden. Unwirklich, beängstigend, mit tausendfachem Echo. Er hatte alles falsch gemacht. Mal was Neues ausprobieren? Dem Kaninchen folgen? Völliger Blödsinn, er hätte es wissen müssen! Er hatte sich verraten. Seine Ideale aufgegeben. Stil war sein Leben gewesen – nun war nichts mehr davon übrig. Nein, er machte Jojo keinen Vorwurf. Sie hatte es nur gut gemeint. Er selbst war schuld. Er ganz alleine. Kopfschüttelnd sah er an sich hinunter. The prodigy. Was sollte das eigentlich? Das war nicht er, Annika hatte vollkommen recht! Wie war er bloß darauf gekommen, dass es anders sein könnte?!

»Hey.«

Paul sah hoch. Jojo.

»Hast du mir ihr geredet?«, fragte er.

»Kurz.«

»Und?«

»Sie ist immer noch sauer wegen der Ente. Außerdem versteht sie nicht, was aus dir geworden ist.«

»Was aus mir geworden ist? Gute Frage …« Paul verstummte. Jojo setzte sich auf Kais Skateboard, rollte fünf Zentimeter nach vorne und zehn Zentimeter zurück, bis die Wand sie stoppte.

»Wann hat das eigentlich angefangen?«, fragte sie.

»Was denn?«

»Das mit dem Stil. Knigge, Hemden, Manschettenknöpfe …«

»Ach, vor Ewigkeiten.« Paul wollte nicht in der Vergangenheit kramen. Viel zu weit weg waren die Erinnerungen.

»Erzähl mal.«

»Wieso? Ist doch egal.«

»Ist es nicht!«

Paul fasste an seinen linken Arm. Die Narbe … Wo war sie hin? Er drehte seinen ausgestreckten Arm so, dass er – wenn er die labbrige Haut an seinem Ellbogen leicht anhob – genau auf die kleine Zacke sehen konnte. Sie war da, aber spielte das überhaupt noch eine Rolle?

Paul holte tief Luft, und dann erzählte er alles. Von dem Kammerkonzert im Rokoko-Saal und der Flasche Veuve Clicquot, die er gemeinsam mit seinem damals 10-jährigen Bruder geleert hatte. Von der Panik seiner

Eltern, als sie feststellten, dass der kleine Kai verschwunden war. Und wer hatte Schuld?

Paul. Paul, der vor lauter Champagner und Aufregung von der Treppe vor dem Kurfürstlichen Palais gestürzt war und sich eine fette Platzwunde am Ellbogen zugezogen hatte. Er hatte die Verantwortung gehabt – und versagt. Stundenlang hatten sie seinen Bruder gesucht. War er verschleppt worden? Lag er wimmernd im Straßengraben? War er in einen Kellerschacht gefallen oder in einen Brunnen? Ein Horrorszenario nach dem anderen hatte Paul sich ausgemalt. Im Palastgarten war er gewesen, beim Landesmuseum, vor der Basilika, am Dom, bei den Kaiserthermen, auf dem Hauptmarkt, bei der Porta Nigra – überall. Bis Kai auf einmal mit deutlicher Schieflage angewackelt kam. Wo er gewesen sei? Wusste er selbst nicht. Irgendwo im Park oder so. An diesem Tag hatte Paul geschworen, sich nie wieder eine solche Entgleisung zu erlauben. Er wollte niemanden in Gefahr bringen, er wollte die Kontrolle behalten, ein Vorbild sein. Einen Tag später hatte er sich das Buch ›Über den Umgang mit Menschen‹ gekauft.

»Und so hat alles angefangen«, schloss er.

Die Tür quietschte. Paul hob den Kopf.

»Was macht ihr hier?«, fragte Kai.

»Pause.«

»Die Würstchen sind fertig.«

»Ich hab keinen Hunger.«

»Deine Gäste fragen nach dir.«

»Ich kann nicht. Sag ihnen, dass mir nicht gut ist.«

Kai betrat nun ebenfalls die Kammer des Grauens. Jojo deutete auf das rostige Kettcar, und er nahm Platz.

Die Füße stellte er nicht auf die Pedale, sondern streckte sie aus. »Paul hat mir erzählt, wie ihr damals Champagner gemopst habt«, sagte Jojo.

»Champagner? Wir?«

»Als Kinder. Bei diesem Kammerkonzert. Du bist abgehauen und Paul hat die Riesenkrise gekriegt.«

»Wie kamst du denn auf die uralte Geschichte?«, fragte Kai. »Daran hab ich ewig nicht gedacht!«

»So wichtig ist sie ja auch nicht«, sagte Paul.

»War das echt so schlimm für dich?«

Er winkte ab, wollte nicht länger über die Vergangenheit sprechen. Die Gegenwart war kompliziert genug.

»Ich war damals auf dem Spielplatz«, erinnerte sich Kai »In dieser Lok. Ich hab einfach dagesessen und darauf gewartet, dass die Welt sich nicht mehr so fies dreht.«

»Warum hast du das nie erzählt?«

Kai zuckte mit den Schultern. »War mir wohl zu uncool.«

»Ist ja auch egal«, murmelte Paul. Jojo rollte mit dem Skateboard wieder fünf Zentimeter nach vorne. Draußen stellte irgendjemand Musik an. Es roch nach Rosen. Die Blumengestecke, die Kai besorgt hatte, lagen lieblos in der Ecke. »Wann kommt Annika?«, fragte Kai.

»Die war schon da«, seufzte Paul.

»Ach ja? Und?«

Er antwortete nicht.

»Es hat also nicht geklappt …«

»Leider nein«, sagte Jojo.

»Hat ihr die Party nicht gefallen?«

»Nichts hat ihr gefallen«, sagte Paul tonlos. »Und vor allem nicht der neue Paul.«

Die Worte hingen eine ganze Weile im Raum, dann streckte Kai ihm die Hand entgegen. »Der neue Paul ist super. Und wer das nicht begreift, ist selbst schuld. Also hoch mit dir, großer Bruder, lass dich nicht hängen.«

»Ich kann jetzt nicht feiern.«

»Du sollst ja auch nicht feiern.«

»Sondern?«

»Lass uns ein Video drehen!«

Paul musste nun doch schmunzeln.

»In der Waschstraße?«, fragte er.

»Ganz genau.«

»Wir zwei zusammen?«

»Es wäre mir eine Ehre.«

»Ich filme euch!«, rief Jojo.

»Warum nicht?« Paul stand auf. »Das könnte lustig werden.« Und es würde ganz entscheidend dazu beitragen, dass er die Feier zu seinem 30. Geburtstag nicht als den Tag in Erinnerung behalten würde, an dem er seine liebste Annika endgültig verlor – sondern als den ersten Schritt in ein neues Leben. Er sah sich in der Kammer um, die ihr Grauen verloren hatte, als Jojos Handy zu klingeln begann.

»Hello.« Kurze Pause. »Wieso?« Sie schüttelte den Kopf. »Nicht dass ich wüsste.« Noch eine kurze Pause. »Klar, dann melde ich mich.« Und schon hatte sie aufgelegt.

»War das Annika?«, fragte Paul.

»Jaja.«

»Was wollte sie?«

»Hallo sagen.«

»Und sonst?«

»Nichts.«

Paul musterte Jojo mit zusammengekniffenen Augen. Er hatte eine gute Menschenkenntnis, und er spürte, wenn man ihm etwas verschwieg. Leider war nichts zu machen, sie schwieg beharrlich. »Was nehmen wir denn mit in die Waschstraße?«, fragte er schließlich.

»Such dir etwas aus«, sagte Kai.

»Stil sollte es schon haben.«

»Ein Fahrrad?«

»Langweilig.«

»Der Einkaufswagen?«

»Wie wäre das da?« Paul deutete auf ein leeres Schlauchboot. Es war ganz in Orange, Gelb und Hellblau gehalten und erinnerte von den Farben her an einen Sonnenaufgang. Zwei Brüder in einem Boot, in den Wellen der Waschstraße … Paul wollte gerade nach einer Elektropumpe fragen, als Jojos Handy erneut klingelte. Sie nahm ab, hörte dem Anrufer zu, der wohl eine Menge zu sagen hatte. »Aber wo in aller Welt?«, fragte Jojo. Schweigen. »Nein, nein. Keine Panik. Ich melde mich.«

»Annika?«, fragte Paul.

»Mhm.«

»Was wollte sie?«

»Nichts.«

»Annika ruft nie wegen nichts an.«

»Sie muss nach Tübingen.«

»Und?«

»Nichts: und.«

»Jetzt sag schon. Was ist los?«

Jojo sah ihn nicht an.

»Sie hat was verloren«, murmelte sie.

Paul legte den Kopf schief. »Die Ente?«

Jojo blickte zu Boden, womit klar war, dass er ins Schwarze getroffen hatte. »Das gibt's doch gar nicht!«, rief Kai. »Hat sie echt dieses Vieh verloren?!«

»Nicht mein Problem«, murmelte Paul. Warum Annika wohl ausgerechnet jetzt nach der Ente suchte? Wollte sie sein Geschenk umtauschen? Es womöglich wegschmeißen? Besser nicht daran denken.

»Stimmt«, sagte Kai. »Das ist nicht dein Problem.«

»Sag ich doch.«

»Es ist nicht dein Problem – aber es ist deine Chance.«

»Wie meinst du das?«

»Ganz einfach: Du musst die Ente suchen!«

»Das hab ich doch schon mal. Hat nicht funktioniert.«

»Aber unter völlig anderen Voraussetzungen!« Kai erhob nicht nur sich, sondern auch seine Stimme. »Stell dir das Ganze doch mal bildlich vor: Annika kommt aus Tübingen zurück, du klingelst und stehst dann einfach da. Mit der Ente. Mit dem Geschenk, das sie verzottelt hat!«

»Kai hat recht.« Jojo schien von dem Plan ebenfalls angetan. »Wenn sie das nicht überzeugt, was dann?«

»Na ja, versuchen könnten wir es natürlich schon«, überlegte Paul, und dann gab er sich einen Ruck. »Okay, also los. Lasst uns gehen.«

In aller Eile entschuldigte beziehungsweise verabschiedete er sich von seinen Gästen. Höflich war es nicht, die eigene Party zu verlassen, aber darauf konnte er keine Rücksicht nehmen. Wer mitbekommen hatte, dass es zwischen ihm und Annika gekriselt hatte, würde schon

Verständnis haben. Oder auch nicht. Das spielte keine Rolle. Schade war nur, dass Kai ihnen bei der Suche nicht helfen konnte. Er musste im Wash Up bleiben, bis die Gäste gegangen waren.

Pauls Wagen parkte wenige Meter vor der Einmündung in die Hochwaldstraße. Einsteigen, anschnallen. Losfahren? Theoretisch gerne, aber wohin? Jojo ging die Sache pragmatisch an. »Also: Annika kommt stinksauer aus Paris zurück. Wohin fährt sie?«

»Nach Hause.«

»Richtig.«

»Dort wird sie alles abgesucht haben.«

»Vier Augen sehen mehr als zwei.«

»Aber wir können nicht in ihrer Wohnung herumschnüffeln.«

»Wir schnüffeln nicht, wir helfen beim Suchen.«

Das klang vernünftig, und Paul startete schnell den Motor, bevor sein schlechtes Gewissen es sich anders überlegte.

39.

Als er Annikas Wohnung betrat, fühlte er sich trotz seines Haustürschlüssels wie ein Einbrecher. Ein Hauch von Kerzenwachs lag in der Luft, was darauf hindeutete, dass sie am Abend zuvor noch lange wach gewesen war. Ihre Reisetasche lag an ihrem Stammplatz im Flur. Auf dem Couchtisch stand eine Tasse mit einem Kakaorest, in der Küche eine halb leere Pfanne mit Risotto. Ihr Bett war ordentlich gemacht, auf dem Nachttisch lag ein Buch mit Einrichtungsideen. Alles sah aus wie immer. Und eine Ente war weit und breit nicht in Sicht.

Paul schluckte den Gedanken, dass für Annika trotz ihres Streits Alltag herrschte, tapfer hinunter. Oder war sie vielleicht nur gut im Verdrängen? Er überlegte. Wohin verzog sie sich normalerweise in Krisenzeiten? Aber klar doch: in den Keller!

Paul war ewig nicht mehr in Annikas Werkstatt gewesen. Kalt war es in dem Verschlag. Gleich neben dem Eingang lehnte ein kleiner Couchtisch an der Wand, dessen Tischplatte wie ein Emmentaler mit extragroßen Löchern aussah. Annika träumte schon lange davon, eine eigene Möbelkollektion auf die Beine zu stellen.

Im Zentrum des Verschlags stand eine Errungenschaft vom Flohmarkt: ein zierlicher alter Tisch mit geschwungenen Beinen. Abgeschliffen hatte sie ihn schon, in einem zartgelben Pastellton lackiert und an einigen Stellen wieder mit Schleifpapier behandelt, damit er so gebraucht aussah, wie er eigentlich ja auch war. Pauls nicht ganz fachmännischem Blick nach fehlte nur noch der Griff einer Schublade an der Vorderseite des Tisches, und der lag auf der Werkbank schon bereit. Zwei Stühle lehnten an der Wand. Beide waren ebenfalls in Zartgelb lackiert und mit Gebrauchsspuren versehen. Was gab es sonst noch? Eine Schleifmaschine, Töpfe mit allen möglichen Pastellfarben, Krakelierlack, Holzwachs, Grundierung, Schleifpapier, diverse Lasuren, eine Abfalltüte, jede Menge Sägespäne, Tücher, eine Schaufel, ein Besen – das war's.

Keine Ente.

»Und jetzt?«, fragte Paul, während sie die Kellertreppe wieder emporstapften.

»Vielleicht war sie in der Mittagspause im Jerry's.«

»Oder irgendwo anders. Es gibt tausend Möglichkeiten!« Pauls ganzer Schwung war auf einmal dahin. Das hier war doch aussichtslos. In Paris hatte er wenigstens ein paar Anhaltspunkte gehabt, jetzt hatte er gar nichts mehr. Höchstens Hunger.

»Lass uns Pause machen«, sagte er.

»Dazu ist keine Zeit.«

»Oh doch.« Paul spürte, wie sein Magen knurrte. »Ich hab eben nichts von meinem Buffet abgekriegt, und wenn ich Hunger hab, kann ich nicht denken.«

»Du sollst nicht denken, du sollst suchen.«

»Keine Chance, das ist ein Notfall. Ich brauche Hack.«

Der Satz kam Jojo wohl bekannt vor, denn sie lächelte. Nicht weit entfernt – auf halber Strecke zu Jojos Wohnung – gab es einen Foodtruck, der hausgemachte Burger im Programm hatte. Sie ließen sich zwei Chili-Cheeseburger einpacken und fuhren weiter zu Jojo, um dort in Ruhe zu essen und ihren Plan auszuarbeiten.

40.

Der Burger schmeckte gar nicht übel. Genauer gesagt schmeckte er sogar hervorragend, und Paul fragte sich, wieso er eigentlich immer so scharf auf Flavour Pairing gewesen war. »Bisschen Popcorn dazu?«, fragte Jojo, die anscheinend seine Gedanken lesen konnte.

»Bloß nicht.« Paul biss ein Riesenstück von seinem Brötchen ab, ohne sich daran zu stören, dass dabei eine Gurke auf seinen Teller fiel. Während er an seinem zweitletzten Bissen kaute, bekamen seine Füße unerwarteten Besuch. »Na, wer kommt denn da?« Paul wischte seine fettigen Finger an einem Stück Krepppapier ab und streichelte den Rücken des Kaninchens, das an seiner rechten Sohle schnupperte.

»Das ist Gonzo«, sagte Jojo. Sie reichte ihm ein Stück Möhre aus dem Obstkorb und erhob sich. »Schlappi hat bestimmt auch Hunger.«

Paul stopfte sich den letzten Bissen in den Mund und stand ebenfalls auf. »Das übernehme ich. Iss du ruhig zu Ende.«

Schlappi war nicht im Flur. Ob er in Jojos Schlafzimmer gehoppelt war? Paul wollte gerade um die Ecke biegen, als er das Kaninchen entdeckte. Es hockte hinter der großen Wurzel, die unter der Garderobe lag. »Schlappi!« Der Nager hörte nicht. »Komm!« Paul schabte mit seinem Daumennagel über die Möhre. Schlappi sah kurz auf, dann schnupperte er auch schon wieder an der Wurzel herum. Beziehungsweise ... Paul kniff die Augen zusammen. Was war das? Er rutschte auf Knien einen Meter weiter. Und noch einen. Streckte den Arm, und ... »Ich hab sie!«, rief er.

»Schlappi ist ein Männchen!«, rief Jojo zurück.

»Die Ente!« Paul verschluckte sich fast vor lauter Aufregung. »Ich hab die Ente!«

Jojo kam in den Flur gelaufen.

»Gibt's doch gar nicht. Wo war sie?«

»Hinter der Wurzel!«

»Dann ist sie Annika bestimmt aus der Tasche gefallen. Sie war in ihrer Mittagspause kurz hier, hat mich angeraunzt und ist wieder abgerauscht.« Sie schüttelte ihre lagerfeuerroten Haare. »Ist ja verrückt: Wir wollen die komplette Stadt umkrempeln, und das Teil liegt seelenruhig bei mir zu Hause rum.«

»Egal. Hauptsache, wir haben sie.« Behutsam hielt Paul sein Geschenk in den Händen, strich über die glitzernde Dreißig wie über den Rücken eines Kükens. Was hatte die Ente nicht alles mitgemacht! Durch etliche Hände war sie gegangen, bis sie wieder bei ihm war!

Seine Finger zitterten, als er das Plastiktier auf den Kopf drehte. Sollte er sie überhaupt aufmachen? An sich war es völlig egal, was darin steckte. Annika wollte das Geschenk sicher sowieso bald entsorgen! Allerdings ... Nein, er musste es wissen, er konnte nicht anders.

Mit einem zarten Klacken ging der Deckel auf. Paul fasste mit seinem Zeigefinger in die Öffnung, bekam den Gegenstand darin jedoch nicht zu fassen. Viermal schütteln, dann lag er genau auf dem münzgroßen Loch. Verwundert zog Paul das Objekt hervor, das die Odyssee blessurenfrei überstanden hatte. »Wieso … Was soll ich denn damit?«

Jojo stellte sich neben ihn.

»Gute Frage. Keine Ahnung.« Sie nahm das Geschenk an sich und betrachtete es im Licht der Flurlampe.

»Seltsam.«

»Was denn?«

»Das Ding kenne ich!«

»Woher?«

»Sekunde.« Jojo kramte in ihrer Umhängetasche und zog einen Gegenstand hervor … der dem Geschenk täuschend ähnlich sah! Die Farbe, die Form, das Material – alles stimmte! »Jetzt verstehe ich gar nichts mehr«, sagte Paul, nachdem Jojo ihm den Verwendungszweck erklärt hatte. »Warum schenkt sie mir das?«

»Keinen Plan. Also ich … ach so! Klar!« Sie schlug sich an die Stirn. »Was denn?«, fragte Paul.

Jojo beugte sich zu ihm. »Du musst mir jetzt ganz genau zuhören. Ich habe eine Idee. Und die ist noch tausendmal besser, als mit der Ente bei Annika aufzukreuzen.«

»Welche denn?«, rief Paul, der gerade überhaupt nicht mehr durchblickte. »Jetzt erzähl schon, Jojo, raus damit!«

41.

Vier Tage blieben Paul, um den Plan in die Tat umzusetzen. 96 Stunden, in denen er sich vor der Arbeit, nach der Arbeit, gedanklich auch während der Arbeit und eigentlich den kompletten Tag und die halbe Nacht lang nur noch mit einem einzigen Ziel beschäftigte. Ein Ziel, das er ohne Kai und Jojo nie erreicht hätte.

In der Nacht zum Samstag schlief er schlecht, und als er um 14:40 Uhr am Gleis 13 Nord des Trierer Hauptbahnhofs stand, fühlte er sich wieder einmal, als würden in seinem Magen Dutzende von Bubble-Tea-Perlen wild umherspringen. Der große Zeiger der Bahnhofsuhr bewegte sich nur schleppend vorwärts, doch irgendwann war es so weit: Wie eine gigantische Metallschnecke fuhr der Regionalexpress ein. Die Türen brauchten eine Ewigkeit, um aufzuspringen, die Reisenden bewegten sich wie in Zeitlupe auf ihn zu.

Annika hatte ihre sonnenblonden Haare zu einem seitlichen Zopf gebunden. Müde sah sie aus. Kein Wunder nach der langen Fahrt. Auf ihre Umgebung schien sie nicht sonderlich zu achten, sonst hätte sie ihn vermutlich schnell entdeckt, denn er stand höchstens acht Meter entfernt von ihr vor einem Snackautomaten.

Auf einmal machte sein Warte-Nachbar einen Schritt auf sie zu. »Da bist du ja!«, rief er. Paul erstarrte. Wer war das? Der Typ trug ein weißes Hemd. Die beiden umarmten sich, als hätten sie sich Jahrzehnte nicht gesehen. Paul taumelte zurück, wobei er fast gegen den Snackautomaten gestoßen wäre. Annika marschierte an ihm vorbei, ohne ihn zu bemerken. »Wie war's?«, fragte das weiße Hemd mit Gute-Laune-Stimme.

»Anstrengend.«

»Erzähl mal.« Wie selbstverständlich übernahm er Annikas Rollkoffer und steuerte den Ausgang an. Paul sank auf eine Bank. Starrte den beiden hinterher. Versuchte, seine Gedanken zu ordnen. Jetzt entspann dich, sagte er sich. Annika hatte sich doch nicht von heute auf morgen einen Neuen angelacht. Das war nicht ihr Stil. Das weiße Hemd war ein Bekannter, ein Verwandter oder ein Arbeitskollege. Ganz sicher.

Nicht ganz sicher! Was war mit Bologna? Während ihrer Telefonate war doch mal von einem männlichen Kollegen die Rede gewesen. Mats? Mark? Marv? Paul konnte sich nicht mehr genau erinnern.

Wobei – nein. Blödsinn. Er wusste doch, was sie in die Ente gepackt hatte. Wer solche Geschenke machte, hatte kein Interesse an anderen Männern. Höchstens ... nach einer unendlichen Enttäuschung. Wenn der Freund die Idee nicht würdigte. Das Geschenk verschlampte. Die Freundin anlog. Dann könnte es durchaus sein, dass sie woanders Trost suchte – und fand. Oder nicht? Kraftlos trieben die Tee-Perlen in seinem Magen umher.

Plötzlich stand Annika vor ihm.

Paul fuhr zusammen.

»Was machst du hier?«, fragte sie.

»Wollte ich dich gerade fragen.«

»Ich komme aus Tübingen.«

»Und ich wollte dich abholen.«

»Warum?«, fragte sie.

»Weil ich dir etwas zeigen möchte.« Paul hielt die Luft an. Eigentlich müsste sie nun fragen, was er ihr zeigen wollte. Fragte sie aber nicht. »Lass uns erst mal rausgehen«, sagte sie bloß und setzte sich in Bewegung. Wieder hallten ihre letzten Sätze in seinem Kopf nach: »Tja, schade. Ich wollte nie einen anderen. Ich wollte dich. So, wie du warst.«

Gemeinsam steuerten sie den Ausgang an. »Also, worum geht es?«, fragte sie nun doch.

»Um Kaffee.«

»Du willst reden?«

»Ich möchte Kaffee trinken.«

»Also ich weiß nicht. Ich bin schon ziemlich kaputt.« Sie nestelte an dem Haargummi, der ihren geflochtenen Zopf zusammenhielt. Die Tee-Perlen schossen wie kleine Raketen in Pauls Magen umher. Alles war vorbereitet. Sie musste es sehen. Heute. Nicht morgen.

»Komm schon«, lockte er, während er ihr die Bahnhofstür aufhielt. »Sag ja. Sei doch endlich mal spontan.«

Annika lächelte. Yes! Sie lächelte! Er hatte es ganz genau gesehen! »Man kann auf Befehl nicht spontan sein«, versetzte sie. »Aber okay. Ein Kaffee.«

»Ich stehe da drüben.« Atemlos deutete Paul auf die andere Straßenseite.

»Weiß ich. Ich habe dein Auto gesehen.«

»Bist du deshalb zurückgekommen?«

Annika sah ihn mit einem Blick an, den er nicht deuten konnte. Das weiße Hemd stand auf dem winzigen Bahnhofsvorplatz neben einem Taxischild.

»Können wir?«, fragte er.

»Ich komme nach.«

»Zum Kaffee oder Essen?«

»Um sieben bei dir.«

»In Ordnung.« Das weiße Hemd winkte, während ein Dutzend Tee-Perlen in Pauls Magen zerplatzte und eine bitter-scharfe Flüssigkeit freigab. Nur mit Mühe schaffte er es, seinen Wagen zu entriegeln.

»Gehen wir nicht zu Fuß?«, fragte Annika.

»Das geht nicht.«

»Wieso?«

»Das siehst du gleich.«

Paul startete den Motor. Ein seltsames Gefühl, Annika wieder neben sich sitzen zu haben. Er spürte, wie sie ihn von der Seite musterte.

»Du trägst ein Hemd.«

»Mir war danach«, sagte er.

»Und der neue Paul?«

»Senfgelb ist nicht seine Farbe.«

»Auf seiner Party klang das aber anders.«

»Ach, die Party. Da hat der Kerl die Sache wohl ein bisschen übertrieben.« Er schaltete in den dritten Gang. »So neu, wie er dachte, ist der neue Paul dann wohl doch nicht.« Die Ampel an der Einmündung zur Sichelstraße schaltete auf Rot. »Klar kann der Typ auch mal ein Bier trinken«, fuhr er fort. »Er kann seit Neuestem sogar Flaschen mit dem Feuerzeug öffnen. Aber ansonsten … Ein cooler Checker ist er nicht, und er wird auch nie einer sein. Er ist einfach wie er ist, verstehst du?«

Annika nickte bloß. Schweigend fuhren sie an den Kaiserthermen vorbei Richtung Trier-Süd. Begleitet von Pink Floyd, wie in alten Zeiten. ›Any Colour you Like‹ endete, als sie Minuten später auf einen freien Parkplatz rumpelten.

42.

»Was machen wir hier?«, fragte Annika.

»Kaffee trinken.«

»Ja, aber …« Sie legte den Kopf schief, sah ihn an, als hätte sie eine Ahnung, aber das konnte Einbildung sein. Sie stiegen aus. Paul deutete auf die Metalltreppe an der Ostseite des Gebäudes. »Da entlang, bitte.«

Annika sagte nichts. Kein einziges Wort. Auch nicht, als er die Haustür aufstieß, die wegen der Bauarbeiten den ganzen Tag offen stand. Sie folgte ihm durch das Treppenhaus, das mit einer Plane ausgelegt und mit Baueimern und Mörtelkübeln vollgestellt war. Das Erdgeschoss – ein Trümmerfeld. Zwei Bauarbeiter brüllten sich gerade an, was aber hauptsächlich daran lag, dass sich die beiden nicht im selben Raum aufhielten.

»Un' sonst?«, rief der eine.

»Muss!«, schnauzte der andere zurück.

Annika wandte ihren Blick nach links, als wäre völlig klar, wohin der Weg sie führte – und blieb auf der Schwelle der türlosen Wohnung stehen. Paul stellte sich neben sie.

Der raumgewordene Schutthaufen war nicht wiederzuerkennen. Steine und Staub waren verschwunden, die Plastikrohre an der Decke mit Metall verkleidet, die tausend Kabel gebündelt. Die Klinkerwand glänzte, der

Betonboden war mit einem Teppich ausgelegt, Vorhänge hingen an den Fenstern – und mitten im Raum standen die drei zartgelben Möbelstücke aus Annikas Werkstatt. Die Fenster waren geputzt und ließen freie Sicht auf den Mirabellenbaum im Garten. Auf dem Tisch: eine Kerze, eine Thermoskanne, Kaffeegeschirr, ein Körbchen mit Schokocookies, eine kleine gelbe Ente und ein Geschenk. Ein Geschenk? Eine Stunde zuvor hatte dort noch kein Geschenk gelegen. Merkwürdig, aber nicht wichtig. Nicht jetzt. »Du weißt es also«, sagte Annika.

»Ich weiß nicht alles.«

»Wo war sie?«

»Bei Jojo.«

Pauls Stimme klang so wackelig, wie sich seine Beine anfühlten. Was nun? Annika betrat den Raum, ging zum Tisch hinüber, berührte das abgewetzte Holz, setzte sich. Irgendwie gelangte Paul auf den zweiten Stuhl. Sprechen war unmöglich. Alles, was er sich in den letzten Tagen so mühevoll zurechtgelegt hatte, war wie weggeblasen. Er öffnete den Mund – und schloss ihn gleich wieder. Warum sagte sie nichts?

Er polierte seinen linken Manschettenknopf in Grund und Boden, griff fahrig nach der Ente, fuhr mit dem Zeigefinger über ihren Rücken, als müsste er sie beruhigen. Annika nahm sich einen Cookie. Ein Zeichen? Ein gutes womöglich? »Ein unglaubliches Geschenk«, sagte Paul. Er drehte die Ente auf den Kopf, fühlte das kalte Metall, fasste mit zwei Fingern in den Hohlraum, bekam es im dritten Anlauf zu fassen.

Da lag er.

Der Schlüssel.

Zu ihrer gemeinsamen Wohnung.

Genauer gesagt zur Haustür der ehemaligen Kerzenfabrik, in der sich ihre zukünftige Wohnung befinden könnte, da die Wohnungstüren und somit auch die dazu passenden Schlösser derzeit noch nicht eingebaut waren. Der Schlüssel, den auch Jojo besaß, da sich der Proberaum ihrer Band im Keller desselben Gebäudes befand. Beziehungsweise aktuell noch befand, denn sobald die Wohnungen bezugsfertig waren, würde sich die Gruppe eine neue Bleibe suchen müssen.

Paul kannte die ganze Geschichte. Er wusste, dass Annika ihrer Schwester am Abend nach dem Bandbesuch von dem Raum mit dem traumhaften Ausblick erzählt hatte. Er wusste auch von den vier Wohneinheiten, die in dem Haus anstelle der ursprünglich geplanten Geschäftsräume entstehen sollten. Dass sie den Vermieter angerufen und sich um eine Wohnung beworben hatte, obwohl diese offiziell noch längst nicht auf dem Markt war, war ihm ebenfalls zu Ohren gekommen. Und er wusste, dass Annika den Vermieter bekniet hatte, ihr den Haustürschlüssel zu leihen, damit sie Paul zum Geburtstag überraschen konnte. Eine unglaubliche Idee! Und dann war alles anders gekommen …

Paul dachte an das weiße Hemd, und prompt brach in seiner Brust eine kleine Eiszeit aus. »Was denkst du?«, fragte er.

Annika setzte sich aufrecht hin.

»Also Paul, was ich dir –«

»Moin!« Ein Mann mit weißen Turnschuhen federte herein. Er blickte sich um, schüttelte den Kopf. »Na, wie sieht's denn hier aus? Hübsch, hübsch.« Er blickte Annika verschwörerisch an. »Sie nehmen sie also?«

»Tja, Herr Mattes, also ...«

»Schön eingerichtet isses ja nun schon mal. Wobei Boden und Putz ja erst noch gemacht werden. Und das Bad auch.« Er nickte beifällig. »Soll ich dem Makler dann Bescheid sagen, dass er die nicht mit aufnimmt?«

Annika warf einen schnellen Blick zu Paul. »Ich rufe Sie später noch mal an, okay?«

»Wie Sie wollen, gar kein Thema.« Der Vermieter griff nach dem Schlüssel, der noch auf dem Tisch lag. »Aber den nehme ich schon mal mit.«

»Vielen Dank«, sagte Annika.

Herr Mattes klopfte dreimal auf den Türrahmen, und weg war er.

Annika blickte ihm einen Moment hinterher, dann nahm sie das Geschenk, das neben der Thermoskanne lag. »Noch eine Überraschung?«, fragte sie.

»Das ist nicht von mir. Ich weiß nicht, wer das da hingelegt hat.«

»Im Ernst?« Sie löste einen Klebestreifen nach dem anderen, bis das Geschenk ausgepackt vor ihnen lag. Paul beugte sich nach vorne, konnte gar nicht glauben, was er da sah. »Das ist von Jojo!« Behutsam öffnete er das kleine grüne Buch. »Die Zeichnungen hat sie in Paris gemacht!«

Annika klappte das Buch auf. Paul mit dem Kontrabass vor seinem Auto. Riesig hatte Jojo das eingehüllte Instrument gezeichnet, winzig dagegen den Wagen, als hätte sie die Szenerie durch seine Augen hindurch beobachtet.

»Das ist wahnsinnig schön«, sagte er.

»Meine Schwester hat viel Talent.«

Langsam blätterte Annika durch das Skizzenbuch. Paul sah sich selbst, er sah Jojo, und er sah lauter alte Bekannte, die sie zum Teil wohl nachträglich gezeichnet hatte. Der vermeintliche Käufer von der Autobahnraststätte. Die Seidenhaarige aus der Rue Gabrielle. Der Kontrabass-Spieler aus der Métro. Der hagere Beethovenfreund von der Krankenhauspforte. Die dreiköpfige Herrenrunde aus dem Speisesaal. Der Verlotterte mit seinen langen schwarzen Haaren. Die Kalligrafin. Die beiden Louvre-Ordner mit ihren Polyestersakkos. Der schlafende K2-Mann und sein Chihuahua-Welpe. Ozzy. Lilou. Der Wieselnde nebst Frau und Kind. Monsieur und Madame Campion im Krankenhaus. Der Camembert-Kassierer vor der Waschstraße. Die alte Dame mit dem Liebesschloss, die drei Betrunkenen im Schlauchboot und Miss Lachs. Alles hatte Jojo festgehalten!

Paul erzählte, Annika hörte zu. Sie lachte, fragte nach, wollte jedes Detail wissen. Und während sie über dem Buch hockten, spürte Paul, wie ihm von innen langsam wieder wärmer wurde. »Fällt dir eigentlich was auf?«, fragte Annika, nachdem sie alles gesehen hatten.

»Was meinst du?«

»Guck mal genau hin.«

Sie blätterte noch einmal zurück, tippte auf einzelne Zeichnungen. Paul sah sich selbst. Mit dem Kontrabass im Arm und böser Falte über der Nase. Er sah sich im Speisesaal des Tupperdosen-Hotels. Mit einer Serviette in der Hand. Den Mund geöffnet, als würde er gerade einen Vortrag halten. Er sah sich über das Beachvolleyballfeld hecheln und mit verschränkten Armen vor einer Graffiti-Mauer stehen. Stationen einer Reise. Besonders gut gefiel er sich nicht.

Ein paar Seiten später gab es andere Versionen seiner selbst. Paul, der den kleinen Jungen mit dem Bobbycar anlächelte. Paul in der Waschstraße. Nass, aber strahlend. Paul in den Wellen der Seine, umgeben von Quietscheenten. Paul auf dem Montmartre, vor der Statue, die aus der Wand zu treten schien. Mit einem Glitzern in den Augen, das er bei sich selbst noch nie gesehen hatte. Diese Pauls gefielen ihm schon viel besser.

»Du hast dich ganz schön verändert«, sagte Annika.

»Das stimmt.« Paul löste seinen Blick von dem Buch. Ihm war beim Anblick der Skizzen richtig warm geworden. »Und weißt du was? Ich bin stolz darauf! Auf alles. Ich mag den neuen Paul.«

»Ich auch.« Annika räusperte sich. »Und es tut mir wahnsinnig leid, dass ich mich so angestellt habe. Ich war sauer, aber ... naja, ich habe mich in die Sache ganz schön reingesteigert.«

Paul knetete seine zittrigen Hände.

»Und ... das weiße Hemd?«, fragte er.

»Du hast kein weißes Hemd.«

»Der Typ, der dich abgeholt hat.«

»Das war Marv.« Annika fuhr einmal im Kreis über den Rand ihres Schokocookies.

»Ein Freund?«

Sie betrachtete den Keks wie eine Postkarte. »Ein Kollege. Wir waren zusammen auf der Messe in Bologna. Ein ganz lieber Kerl.«

»Aha.«

»Tja, das kommt jetzt wahrscheinlich sehr überraschend für dich, aber ich überlege, ob ich mich selbstständig mache. Mit ihm und seinem Lebensgefährten zusammen. Möbeldesign. Klar, was sonst? Bei Mobilis werde ich ja doch nur durch die Welt gescheucht. Aber keine Ahnung, ob was draus wird. Noch ist nichts spruchreif.«

»Die Idee ... ist super!«, sagte Paul, der sich an der Tischkante festhalten musste, um im Sitzen nicht das Gleichgewicht zu verlieren. »Wenn man nicht zufrieden ist, muss man seinen Glücks-Cookie neu bestücken.«

»Oder einen neuen backen.« Annika lächelte. Sie lächelte!

»Meine Pläne haben sich übrigens auch geändert«, verkündete Paul atemlos. »Oder besser gesagt: einer.«

»Welcher denn?«

»Ich werde keinen Ratgeber schreiben, ich schreibe eine Geschichte, und zwar meine – unsere. Über das Wochenende in Paris.« Er senkte die Stimme. »Dort wirst du alles nachlesen können. Jedes Detail.«

»Klingt spannend.« Annika biss in ihren Cookie, wischte einen Krümel von ihrer Oberlippe und lächelte wieder. So, jetzt aber. Jetzt oder nie! Paul gab sich einen Ruck.

»Eine Sache weiß ich allerdings noch nicht ganz genau«, sagte er leise.

»Ob es ein Happy End gibt?«

»Die Geschichte verdient es.« Er schluckte. »Und die Figuren auch.«

»Was schwebt dir denn so vor?«

Paul umklammerte die Quietscheente. »Ich dachte an

eine Szene beim Kaffeetrinken«, sagte er leise. »Wie die beiden in ihrer zukünftigen Wohnung sitzen. An den Moment, wenn sie sich endlich in die Arme fallen …«

»Nein«, sagte sie.

Paul erstarrte.

»Das ist zu abgelutscht.« Annika begann in ihrer Tasche zu kramen. »Ich finde, es sollte etwas Romantisches sein. Eine süße kleine Geste, die klarmacht, wie gut deine Figuren zusammenpassen.«

»Tun sie das denn?«, fragte Paul.

Annika antwortete nicht. Sie zog ein Notizbuch aus ihrer Tasche und nahm einen Löffel zur Hand. »Hast du schon eine Idee für den Titel?«, fragte sie. Paul schüttelte mechanisch den Kopf. Wen kümmerte der Titel? Was war mit seinem Happy End?!

Annika blickte zu dem Mirabellenbaum, dann zu dem Skizzenbuch und schließlich zu der Quietscheente.

»Wie wär's mit ›Paris für Anfänger‹?«, fragte sie mit einem Augenzwinkern.

»Gut!« Paul nickte. Das klang authentisch, und nach Neuanfang. Für einen Moment sah er das Cover seines Buchs vor sich. Im Vordergrund eine Parkbank, darauf ein Mann und eine Frau, die sich nicht ansahen. Im Hintergrund der Eiffelturm. Auf dem »A« für Anfänger könnte noch eine kleine Quietscheente sitzen …

Fünf Minuten später hielt er ein Blatt Papier in den Händen. Darauf: zwei Kaffeeflecken. Der linke war bereits zu einem Männchen ausgestaltet. Eine Fleckenfrau. Sie stand vor einem Haus, mit einem Schlüssel in der Hand. »Jetzt bist du dran«, sagte Annika. »Da fehlt nämlich noch jemand.« Als sie den Stift zu ihm herüberschob, berührten sich ihre Finger eine Millisekunde länger als nötig. Die Tee-Perlen in Pauls Magen begannen zu glühen, sprühten Funken wie winzige Wunderkerzen, und ihm wurde auf einmal so warm, als säße er im sonnenheißen Sand des Pariser Stadtstrandes. Nur wenige Striche, dann war es vollbracht. Rebellisch und verrucht hatte sich Paul früher gefühlt, wenn er diese Männchen zeichnete. Diesmal nicht. Sein Kaffeefleck war zu Hause.

Und er auch.

Danke!

Für die tolle Unterstützung danke ich dem dtv, besonders Esther Böminghaus und Alice Huth! Ein großes Dankeschön auch an Bastian Schlück von der Agentur Schlück. Und nicht zuletzt danke ich meinem Mann Andreas für das heldenhafte Rollen des Steines! :)